Lauren Brooke

Heartland – Paradies für Pferde

Zu neuen Ufern
&
Durch dick und dünn

Band 7 und 8

Aus dem Englischen übersetzt
von Miriam Margraf

Ravensb[illegible]chenverlag

Bibliografische Information der Deutschen Nationalbibliothek:
Die Deutsche Nationalbibliothek verzeichnet diese Publikation
in der Deutschen Nationalbibliografie; detaillierte bibliografische Daten
sind im Internet unter *http://dnb.d-nb.de* abrufbar.

Einmalige Sonderausgabe
Diese Sonderausgabe enthält zwei Bände der Serie „Heartland“,
erschienen im Ravensburger Buchverlag:
„Zu neuen Ufern“ (Band 7, erstmals erschienen 2002)
„Durch dick und dünn“ (Band 8, erstmals erschienen 2002)

Umschlagkonzeption: Sabine Reddig unter Verwendung
eines Fotos von Scholastic, New York, und RF Company/Foto Gorski

Printed in Germany

ISBN 978-3-473-34777-3

www.ravensburger.de

Zu neuen Ufern

1

Im Licht des späten Januarnachmittags schimmerte das rotbraune Fell des Fohlens wie Gold. Die Nüstern der kleinen Stute bebten, sie blickte aufmerksam in die Ferne und versuchte die Witterung aufzunehmen, die der Wind zu ihr herübertrug. Dann plötzlich fuhr sie mit einem übermütigen Kopfschlagen herum. Der Schnee wirbelte in alle Richtungen als sie zu ihrer Mutter galoppierte. Hungrig stieß sie den Kopf unter den Bauch der Stute und begann zu saugen.

Amy beobachtete die Pferde vom Gatter aus und verfolgte jede ihrer Bewegungen. Das Fohlen hörte auf zu trinken und stupste seine Mutter in die Seite.

„Hallo, Daybreak!“, rief Amy. Daybreak drehte den Kopf. Ihre großen, schönen Augen blickten wachsam und neugierig zugleich. Sie verharrte noch einen Augenblick, dann kam sie einige Schritte näher.

„Komm schon, komm her!“, ermutigte Amy sie. Daybreak fiel in einen leichten Trab und kam zum Tor herüber. Sie schnaubte leise und berührte Amys Hand mit den samtenen Nüstern. Glücklich streichelte das Mädchen ihren Hals.

„Wer hätte das gedacht. Sie hat sich wirklich sehr verändert.“ Ty trat neben Amy. Mit seinen achtzehn Jahren war er drei Jahre älter als sie, und er war der einzige Mensch auf Heartland, der von Pferden ebenso viel verstand wie sie selbst. Nur zu gut wusste er, wie schwierig Daybreak im Umgang gewesen war. Bis Weihnachten hatte sie allen Menschen grundsätzlich misstraut, nicht etwa, weil sie schlecht behandelt worden wäre, sondern weil sie mit einem übermäßig stolzen Wesen und einer gehörigen Portion Temperament zur Welt gekommen war. Jetzt aber näherte sie sich Amy aus freiem Willen.

Ty streckte ihr ebenfalls seine Hand zum Schnuppern entgegen. Daybreak blies leicht darüber und berührte sie vorsichtig mit den Lippen. „Braves Mädchen", murmelte er.

„Noch vor einer Woche wäre sie vor dir weggelaufen", sagte Amy. Erst nachdem sie Daybreak nach einer Virusinfektion wieder aufgepäppelt hatte, fasste das Fohlen Vertrauen zu Amy. Später hatte sie dafür gesorgt, dass auch Ty und Ben, ihre beiden Helfer, so viel Zeit wie möglich mit der Kleinen verbrachten.

„Keine Frage, sie gewöhnt sich immer besser an uns – *zu* gut", stimmte Ty zu. „Wir müssen für Mutter und Tochter bald ein neues Zuhause finden."

„Aber sie hat sich gerade erst von der Krankheit erholt!", protestierte Amy. „Und sie braucht noch so viel Erziehung!"

„Schau sie dir doch an, Amy!" Daybreak knabberte vorsichtig an Tys Ärmel. „Sie ist völlig gesund. Und sie akzeptiert die Menschen nicht nur, sondern interessiert sich auch für sie!"

Amy war im Zwiespalt. Einerseits musste sie Ty Recht geben, andererseits schien ihre Verbindung mit dem Fohlen so frisch und zerbrechlich zu sein. Sie wollte sich noch nicht von ihm trennen – später vielleicht.

„Es ist zu früh, Ty", wandte sie ein. „Wir sind doch noch ganz am Anfang mit ihr."

Ty zuckte die Achseln und wandte sich zum Gehen. Amy ließ ihren Blick über die verschneite Koppel schweifen. Eine Krähe landete auf der entfernten Seite des Paddocks. Auch Daybreak hatte den Vogel bemerkt. Mit einem ausgelassenen Quietschen fuhr sie herum und jagte ihm hinterher.

„Da siehst du's!" Amy kam der Temperamentsausbruch der Kleinen gerade recht. „Sie ist noch völlig unberechenbar!"

Ty zog die Stirn kraus. „Komm schon, Amy, das meinst du doch nicht ernst! Sie platzt einfach nur vor Energie. Der richtige Besitzer wird mit ihr klarkommen. Wir können Melody und Daybreak nicht behalten, das ist gegen unsere Regeln. Und – nebenbei gesagt – wir brauchen die Box für Pferde, die unsere Hilfe nötig haben. Denk an die Warteliste!"

Amy nickte. Er hatte ja Recht. So waren die Prinzipien, die Amys Mutter damals vor zwölf Jahren bei der Gründung der Heartland Farm aufgestellt hatte. Sobald ein Pferd erfolgreich behandelt oder korrigiert worden war, kam es entweder zu seinem Besitzer zurück oder wurde bei Leuten untergebracht, die sich seiner annahmen.

„Ich habe doch gar nicht gesagt, dass wir sie behalten wollen." Amy seufzte. „Aber ein bisschen Zeit sollten wir Daybreak wirklich noch gönnen." Sie sah Ty an. Ihre Blicke trafen sich. Einen Moment lang sahen sie einander in die Augen, dann blickte Amy verunsichert weg.

Nach kurzem Schweigen sagte Ty: „Gut, lassen wir die beiden noch ein wenig hier draußen in der Sonne. Wir müssen das alles nicht heute entscheiden."

„Genau", stimmte Amy zu. Sie gingen an den Koppeln entlang zum Hof zurück. Zu ihrer Linken stöberten noch zwei andere Pferde mit den Nasen im Schnee.

Ty ging zum Koppeltor. „Ich denke, ich werde Moochie und Jake jetzt reinbringen. Für heute hatten sie genug Auslauf."

„Tja, dann bleibt mir wohl nichts anderes übrig, als die Sattelkammer aufzuräumen."

Ty grinste. Das war die bei Weitem unbeliebteste Arbeit. Ganz gleich wie man es anstellte, es gab nie genug Platz in dem kleinen Raum. „Dann viel Spaß! Wenn du Glück hast, helfe ich dir später!"

Amy lachte. „Ich bin schon ganz heiß auf den Job!" Sie schlug den Weg zum Hof ein.

Amy ließ ihren Blick über die Sattelhalter an der Wand gegenüber schweifen und seufzte. Auf den meisten waren zwei oder sogar drei Sättel übereinandergestapelt. Eine ideale Lösung war es nicht. Die Wand zur Linken war zur einen Hälfte mit Trensen bedeckt, zur anderen mit Fotos und Siegerschleifen. Rechts hingen Halfter, Martingals, Gurte, Ausbinder, Longen, darunter standen die Kisten mit den Pferdedecken. Dann gab es noch ein Regal mit Putzzeug und in der Mitte den Tisch, auf dem sie das Leder reinigten. Alles war dicht zusammengestopft, man konnte sich in dem Raum kaum noch bewegen.

Amy hängte gerade eine heruntergefallene Trense auf den Haken zurück, als Ben eintrat.

„Na, alles klar?" Er stellte eine Putzkiste ins Regal.

„Nichts ist klar. – Ich hab keine Ahnung, wie man aufräumen könnte, du etwa? – Und, wie war Red heute unterm Sattel?"

Red war Bens eigenes Pferd, ein sechsjähriger Hannoveraner-Fuchs mit außergewöhnlichem Springvermögen.

„Prima. Er geht großartig."

Ben wies auf die Wand zur Linken. „Warum nimmst du nicht die Fotos und Schleifen ab, um dort ein paar Sättel unterzubringen?"

„Hab ich mir auch schon überlegt." Sie trat näher heran und betrachtete die Fotos. Sie zeigten sie selbst auf ihrem Pony Sundance und ihre Mutter, Marion, auf Pegasus und die ganze Reihe der Pferde, die unter Marions Obhut gekommen und dann wieder entlassen worden waren. An einige konnte sich Amy überhaupt nicht mehr erinnern – damals war sie zu klein gewesen. Es war vielleicht wirklich das Beste, die Fotos abzunehmen, wie Ben vorgeschlagen hatte.

„Oder nur einige", fügte er hinzu, als er Amys nachdenkliche Miene bemerkte.

Amy brachte ein Lächeln zustande. „Nein, ich denke, es ist eine gute Idee. – Ich werde Lou und Grandpa fragen, was sie davon halten."

Amy ging ins Haus und kickte die Stiefel von den Füßen. Dann lief sie durch die Küche zum neu eingerichteten Büro, wo sie ihre ältere Schwester Lou am Computer sitzend fand.

„Hallo!", rief sie von der Türschwelle her. Sie wusste, dass Lou nicht gern gestört wurde. „Ich hab mir gerade Gedanken über die Sattelkammer gemacht. Ben schlägt vor, die Fotos abzunehmen und stattdessen ein paar neue Sattelhalter anzubringen."

Lou tippte mit allen zehn Fingern, ohne den Blick vom Monitor zu wenden. „Bitte was?“, warf sie ihrer Schwester geistesabwesend zu.

„Neue Sattelhalter“, wiederholte Amy leicht genervt. „Die Sattelkammer ist so voll, dass wir die Sättel übereinanderstapeln müssen.“

„Oh, ja, natürlich.“ Lou wandte den Blick noch immer nicht vom Bildschirm. „Gute Idee.“ Endlich sah sie Amy an. „Wir können die Fotos bestimmt auch im Haus unterbringen. Was kostet so ein Sattelhalter?“

„Keine Ahnung. Kannst du's rausfinden?“ Sie trat hinter Lou und warf einen Blick auf den neuen Laptop. „Freut mich, dass dir dein Spielzeug gefällt.“

„Spielzeug?!“, rief Lou. Im Gegensatz zu Amy war Lou in England aufgewachsen, und besonders wenn sie sich aufregte, kam deutlich ihr britischer Akzent durch. „Dieses Spielzeug macht einen großen Unterschied, Miss Amy Fleming.“ Sie bemerkte Amys amüsierten Gesichtsausdruck und lächelte nun gleichfalls. „Denn dank des neuen Betriebssystems kann ich all den langweiligen Bürokram zehnmal so schnell erledigen. – Und wir können noch eine ganze Menge mehr damit anstellen.“ Sie drehte den Bildschirm so, dass Amy ihn sehen konnte.

„Das hier ist eine Zusammenstellung mehrerer Einstreu-Lieferanten. Ich habe mir ein Angebot ausgedacht. – Die Lieferanten dürfen den Namen von Heartland in ihrer Werbung verwenden, schließlich haben wir einen guten Ruf. Und dafür bekommen wir die Ware billiger.“

„Welche Ware denn?“

„Ich habe über einige Sorten von Einstreu gelesen, die euch

eine Menge Zeit beim Ausmisten ersparen könnten", erklärte Lou, „außerdem wäre das Ganze auch wieder eine Reklame für uns."

„Aber Stroh ist prima", entgegnete Amy, „die beste Einstreu, die es gibt, und die kriegen wir direkt vom Farmer."

„Ja, aber die Werbung durch die Lieferanten würde uns doch auch wieder Kundschaft bringen!"

„Na ja, vielleicht." Amy bemühte sich, Lous Enthusiasmus zu verstehen. Ihrer Meinung nach war die gute Pflege der Pferde wichtiger als irgendein neues Computersystem oder Werbung. Aber sie musste ihrer Schwester wenigstens eine Chance geben. So fügte sie hinzu: „Du kannst es ja mal versuchen."

Das Telefon klingelte und Lou griff nach dem Apparat. „Du wirst schon sehen."

Amy lächelte. In den fünf Monaten seit Lou ihren Job in New York aufgegeben hatte, um nach Heartland zu kommen, waren sie nicht immer einer Meinung gewesen. Aber mit der Zeit hatte sich ihr Verhältnis gebessert, und Lou gehörte inzwischen genauso auf die Farm wie Amy, die hier groß geworden war.

Als Amy das Büro gerade verlassen wollte, fing sie einen Gesprächsfetzen auf.

„Ich denke, Sie sollten ihn so bald wie möglich zu uns bringen", hörte sie Lou sagen. „Ja, am Sonntag passt es gut. Kein Problem."

Nach einer Pause fügte sie hinzu: „Vierzehn Uhr dreißig, sehr gut. Vielen Dank für Ihr Vertrauen! Auf Wiederhören!"

Sie legte auf und wandte sich Amy mit leicht geröteten Wangen zu.

„Was gibt's denn?"

„Setz dich, es ist wichtig! – Ein neuer Kunde! Ich habe ein Pferd gefunden, eine neue Aufgabe für dich!"

Amy setzte sich nicht. „Ein neues Pferd?", fragte sie konsterniert. „Was meinst du damit – du hast es *gefunden*?"

„So, wie ich's sage!" Lou grinste. „Seit geraumer Zeit überlege ich mir schon, dass wir auf die Leute zugehen sollten, statt zu warten, bis sie uns finden. Und jetzt habe ich es geschafft!"

„Sag schon", fragte Amy ungeduldig, „mit wem hast du telefoniert?"

„Erinnerst du dich an das große Feuer im letzten November? – Als dieser Rennstall in Baltimore abgebrannt ist?"

Amy nickte. „Brookland Ridge." Es hatte in allen Zeitungen gestanden.

„Genau der! – Und dort habe ich gestern angerufen und erklärt, wer wir sind und was wir machen. Ich habe sie gefragt, ob sie bei irgendeinem ihrer Pferde unsere Hilfe brauchen."

„Aber das sind doch alles Rennpferde!", rief Amy erschrocken aus.

„Na und? Ist das ein Problem?"

„Na ja ...", Amy zögerte. „Ich weiß nicht so recht – es ist nur so, dass Rennpferde ziemlich überdreht sein können."

Lou machte ein betretenes Gesicht, während Amy tief durchatmete. „Du hättest das lieber erst mit mir besprechen sollen, Lou." Sie versuchte, ihre Aufregung zu beherrschen.

„Tut mir leid. Du hast ja Recht. Ehrlich gesagt hatte ich nicht damit gerechnet, dass sie so schnell zusagen würden." Lou sah ihrer Schwester in die Augen.

Amy seufzte. „Okay, erzähl mir von dem Pferd."

„Es heißt Gallant Prince ..."

„Gallant Prince!" Amys Stimme überschlug sich. Der Hengst war einer der Spitzen-Dreijährigen der vergangenen Saison gewesen. Er hatte die Preakness Stakes, eines der fünf klassischen Zuchtauswahl-Rennen, in Pimlico gewonnen. Als in seinem Stall das berüchtigte Feuer ausgebrochen war, hatte er seine Box und die Stalltür zertrümmert und war durch die lodernden Flammen ins Freie gesprungen. Durch den Lärm, den er veranstaltet hatte, war der Stallbursche geweckt worden. Nur so hatte das Leben der anderen Pferde gerettet werden können. In den Medien wurde Gallant Prince seitdem als eine Art Held gehandelt. – Sein eigenes Leben hatte das Pferd freilich um einen hohen Preis erkauft: Bei dem Ausbruch hatte es sich einen so schweren Sehnenschaden zugezogen, dass er für Rennen nicht mehr zu gebrauchen war.

„Was ist seitdem passiert?", fragte Amy.

„Sie haben ihn in eine Spezialklinik gebracht und die Sehne brennen lassen." Amy nickte. Diese für die Pferde kurzzeitig schmerzhafte, auf Dauer aber wirkungsvolle Behandlung eines verletzten Beins mit dem heißen Eisen bewirkt ein Zusammenziehen der überdehnten Sehne, wodurch die lahmenden Tiere oft so weit wiederhergestellt werden, dass sie nach einer angemessenen Schonzeit noch an Freizeitreiter abgegeben werden können.

„Das eigentliche Problem ist jedoch das emotionale", fuhr Lou fort. „Gallant Prince ist ziemlich verängstigt und daher völlig unberechenbar. Er lässt keinen an sich heran. Ich habe mit

Luke Norton, seinem Trainer, gesprochen. Er ist am Ende seiner Weisheit. Das Pferd hat schwere seelische Verletzungen, es ist völlig traumatisiert. Sie haben schon alles Mögliche ausprobiert, aber nichts hat gefruchtet. Seine Rennergebnisse lassen zu, ihn als Zuchthengst einzusetzen. Aber natürlich nur, wenn wir ihm helfen können ..."

Amy dachte nach. Gallant Prince war eine große Herausforderung, ein außergewöhnliches Pferd, und wenn sie ihm helfen könnte ...! – Sie atmete tief durch. Dann ordnete sie ihre Gedanken. „Wir müssen ihn von den Stuten getrennt halten."

„Ist das hinzukriegen?", erkundigte Lou sich ein wenig ängstlich.

„Das muss ich mit Ty bereden."

„Tu das. – Und lass mich wissen, was für Probleme es sonst noch geben könnte. – Denk dran: Ich habe zugesagt, dass Gallant Prince am Sonntag kommen kann."

2

„Ty!“ Amy rannte auf der Suche nach dem Freund über den Hof. „Ty, wo steckst du?“

In Jakes Box entdeckte sie ihn endlich. „Da bist du ja!“

„Was ist denn?“, erkundigte Ty sich erstaunt. „Du bist ja ganz außer Atem!“ Er nahm Jake gerade die dicke Winterdecke ab. Moochie zupfte bereits zufrieden am Heu.

„Erinnerst du dich an Gallant Prince. Den Hengst von Brookland Ridge, der …“

„Na, klar, den kennt doch jeder!“, fiel Ty ihr ins Wort.

„Er kommt hierher!“

„Was?“ Die Decke fiel auf einen Haufen frischer Pferdeäpfel.

„Was hältst du davon? Lou hat mit dem Trainer gesprochen. Sein Besitzer will ihn zum Zuchthengst machen, aber er ist noch absolut traumatisiert. Keiner kann ihn anfassen.“

Ty hob die Pferdedecke auf und reinigte sie mit einem Strohwisch. „Das wundert mich nicht – nach so einem Erlebnis!“ Er hielt inne und sah Amy an. „Aber wir haben keine Erfahrung mit Rennpferden.“

Amy hatte diese Bedenken erwartet. Die nervösen Vollblüter aus dem Rennbetrieb waren anders als die Pferde, die sie sonst behandelten; und sie hatten ohnehin schon genug zu tun. Dennoch sagte sie: „Aber wir haben noch nie ein Pferd zurückgewiesen, egal, wie hoffnungslos der Fall uns erschien.“

„Das ist wahr." Ty verließ Jakes Box, die Decke über dem Arm, und schob den Riegel hinter sich zu. „Und eigentlich haben wir keinen Grund, es diesmal zu tun. Vielleicht wird es schwierig, aber na ja ..."

„Du würdest also zustimmen?"

„Ich denke, schon. – Aber wir müssen uns gut überlegen, wo wir ihn unterbringen."

Amy blickte den Stallgang hinunter. Zu beiden Seiten gab es jeweils sechs Boxen und dann noch weitere sechs im vorderen Komplex, die direkt zum Hof hinausgingen. „Wir haben mehr Wallache als Stuten", dachte Amy laut nach. „Das heißt, wir müssten den Hengst hier im Innenstall unterbringen und die Wallache um ihn herumgruppieren. Dann wäre noch eine Box frei. Wenn wir ihn ganz nach hinten stellen, könnten wir die leere Box als Lücke zwischen ihm und den anderen Pferden lassen, dann stünde er praktisch allein und es käme zu keinen Revierkämpfen. Was hältst du davon?"

„Könnte klappen", sagte Ty. „Wir haben kaum Alternativen."

„Okay", sagte Amy. „Dann bringe ich Ben schon mal bei, dass Red auch umziehen muss."

„Das übernehme ich. – Und wenn's dir recht ist, hole ich jetzt Melody und Daybreak rein. Es wird langsam zu kalt für sie."

Als sie den Stall verließen, war die Sonne bereits hinter dem schneebedeckten Dach des Farmhauses verschwunden. Es wurde rasch dämmrig. Sie trennten sich: Ty ging zu den Koppeln und Amy zum Haus, wo sie ihren Großvater, Jack Bartlett, bereits durchs Küchenfenster sehen konnte. Offensichtlich unterhielt er sich gerade mit Lou.

Als sie eintrat, platzte sie sofort heraus: „Grandpa, hat Lou schon mit dir über Gallant Prince gesprochen?"

„Hat sie", antwortete Jack mit einem Lächeln. „Das führt uns in eine neue Richtung, nicht wahr?" Er sah Amy aufmerksam an, seine Augen verengten sich gedankenvoll. „Es ist eine große Verantwortung. Vor allem musst du aufpassen, dass die Geschichte nicht ausufert, verstehst du – wir werden damit wahrscheinlich ziemlich viel Aufmerksamkeit erregen."

„Wie meinst du das? Ich versteh dich nicht."

„Die Aufmerksamkeit der Presse. Er hat schließlich bereits für jede Menge Schlagzeilen gesorgt."

Natürlich! Der Großvater hatte Recht. Die Gallant-Prince-Story war ein Renner in der Region, und die Leute waren neugierig, was mit dem Hengst weiter passieren würde.

„Trotzdem macht das keinen Unterschied darin, wie wir ihn behandeln", sagte Amy.

„Nein", stimmte Jack zu, „sollte es jedenfalls nicht. Er ist ein Pferd, das Hilfe braucht, wie die anderen auch. Aber du wirst mit deiner Arbeit plötzlich in der Öffentlichkeit stehen, Amy, das erzeugt Druck."

Die Worte ließen Amy unsicher werden. Es war unmöglich zu sagen, wie schwierig sich der Umgang mit Prince gestalten würde, bevor sie ihn nicht selbst erlebt hatte. Dennoch – er war nicht das erste schwer traumatisierte Pferd, das sie behandelte. Alles würde gut werden. Gallant Prince brauchte sie. Es *musste* einfach funktionieren.

„Glaubst du, dass du es schaffst?", fragte Lou unsicher. „Wenn es dir zu viel ist, kann ich Mr Norton immer noch absagen."

„Nein", antwortete Amy fest. „Wir werden das schaffen. Wir sind seine letzte Rettung, also soll er herkommen."

„Wo warst du heute Früh?", flüsterte Amy, als Soraya verspätet neben ihr in die Schulbank glitt. Es war Freitagmorgen, und die Freundin war nicht wie gewöhnlich im Schulbus gewesen. „Ich muss dir was erzählen!"

„Zahnarzt", lispelte Soraya zurück und schenkte Amy ein schmerzverzerrtes Lächeln. Sie öffnete die Schultasche und packte ihr Geschichtsbuch aus. Mit hochgezogenen Augenbrauen gab sie Amy zu verstehen: „Warum, was ist los?"

Ohne den Lehrer aus den Augen zu lassen, grinste Amy verschwörerisch. „Ein Rennpferd kommt nach Heartland!"

Sorayas braune Augen weiteten sich erstaunt.

Amy nickte. Als der Geschichtslehrer ihr einen strengen Blick zuwarf, beugte sie sich rasch wieder über ihren Schnellhefter. „Ich erzähl's dir nachher."

Soraya warf ihr einen ungeduldigen Blick zu, konzentrierte sich dann aber auf das, was der Lehrer an die Tafel schrieb.

Sie mussten das Ende der Unterrichtsstunde abwarten, bevor Soraya die ganze Geschichte zu hören bekam. Beim Klingelzeichen stopften sie die Bücher in ihre Taschen und beeilten sich, das Klassenzimmer zu verlassen.

„Nun erzähl schon!", drängte Soraya.

„Es ist Gallant Prince!", platzte Amy heraus.

„*Der* Gallant Prince – dessen Stall abgebrannt ist?"

„Genau der! Offensichtlich ist er seitdem völlig durchgedreht. Also werden wir ihn behandeln."

Soraya war beeindruckt. „Das ist fantastisch, Amy“, begann sie, wurde jedoch mitten im Satz unterbrochen

„Was ist fantastisch?“ – Neben ihnen war plötzlich ihr gemeinsamer Freund Matt Trewin aufgetaucht, zusammen mit Ashley Grant. Die Atmosphäre zwischen ihm und Amy war etwas angespannt, seitdem er sie auf Ashleys Weihnachtsparty gefragt hatte, ob sie mit ihm gehen wollte und sie ihm einen Korb gegeben hatte. Für sie war er immer nur ein guter Freund gewesen, mehr nicht. Und nun ging er Arm in Arm mit Ashley – Amys erklärter Feindin.

„Hallo, Matt!“, sagte Soraya.

„Kommt schon, verratet mir die Neuigkeiten!“

Amy wollte ihm unbedingt von Gallant Prince zu erzählen, jedoch nicht in Anwesenheit von Ashley. Deren Mutter nämlich betrieb einen Reitstall, der sich Green Briar nannte – und dessen Methoden unterschieden sich bei Weitem von denen, die man auf Heartland anwandte. Und außerdem: Ashley versäumte keine Gelegenheit, Amy eins auszuwischen.

„Ach, nichts weiter“, sagte Amy also leichthin und versuchte, das Thema zu wechseln: „Hat vielleicht einer von euch die Bio-Hausaufgaben gemacht?“, fuhr sie fort.

„Warum?“, mischte sich Ashley schnippisch ein. „Brauchst du mal wieder Matts Hilfe? Das ist ja ganz was Neues!“

Amy starrte sie böse an. Matt und Soraya trugen es stets mit Humor, wenn sie ihr helfen sollten, weil sie eine Hausaufgabe aus Zeitmangel mal wieder nicht erledigt hatte. Das ging Ashley überhaupt nichts an. „Nein, ich hab sie schon fertig“, log Amy deshalb.

„Was für eine Sensation!“, neckte Matt sie und schlenderte mit Ashley davon.

Amy blickte den beiden fassungslos nach. Es war wirklich nicht zu begreifen, was Matt an Ashley fand. Sie war einfach grauenhaft! Aber das merkte er offenbar nicht.

„Und – *hast* du die Hausaufgabe wirklich gemacht?“, fragte Soraya.

„Natürlich nicht. Kannst du mir helfen?“

Soraya grinste. „Klar. Wir erledigen das beim Mittagessen.“

Doch trotz Sorayas Hilfe hatte Amy heute Schwierigkeiten, sich zu konzentrieren. Immer wieder dachte sie an den Hengst. Sie versuchte sich die Panik eines Pferdes vorzustellen, das vom Feuer eingeschlossen war. Er würde lange brauchen, um sich von dem schrecklichen Erlebnis zu erholen. Amy erinnerte sich an das schöne Tier, dessen Karriere sie während der letzten Saison im Fernsehen verfolgt hatte. Seitdem musste Gallant Prince sich sehr verändert haben. Würde er sich auf sie einlassen? Wie sollte sie mit ihm anfangen?

Als Amy an diesem Nachmittag die Auffahrt zur Heartland Farm hinauflief, war sie glücklich, den Schultag hinter sich zu haben. Ein Auto fuhr gerade vom Hof.

„Lou!“, rief Amy, als sie das Haus betrat, „Lou, wer war das mit dem Wagen?“

Amy ging ins Wohnzimmer und war erstaunt, die Fernsehsessel um den Tisch herumgruppiert zu sehen. Lou räumte gerade einige Fotoalben zurück ins Regal.

„Was ist denn hier los?“, wollte Amy wissen.

„Das waren Reporter“, erwiderte Lou aufgeregt, „Sie bringen was über uns in der ‚Richmond Post‘!“

„In der ‚Richmond Post‘?“ Amy war beeindruckt, denn es handelte sich um ein ziemlich auflagenstarkes Blatt, das über die Region hinaus verkauft wurde.

„Und alles wegen Gallant Prince!“

„Wie kommt es, dass sie so schnell Wind davon bekommen haben?“

Lou zuckte die Achseln und räumte die leeren Kaffeetassen vom Tisch. „Vermutlich haben sie's auf Brookland Ridge erfahren.“

„Und was wollten sie wissen? – Prince ist doch noch nicht einmal hier!“

„Alles Mögliche über Heartland. Mit welchen Methoden wir arbeiten. Über Mom und was damals passiert ist ...“

Amy winkte erleichtert ab. „Das ist schon okay, denke ich.“

Als sie am nächsten Morgen mit der Stallarbeit begann, versuchte Amy, den Hengst aus ihren Gedanken zu verbannen. Sie begrüßte die Stute Melody und ihr Fohlen Daybreak im Außenstall.

„Hallo Mädels!“, sagte sie, während sie in die Box schlüpfte und dem Fohlen das Halfter anlegte. Sie klopfte der Mutterstute den Hals. „Ich entführe dir dein Baby für eine kleine Weile.“

Als sie Daybreak aus der Box führte, wieherte Melody besorgt. Daybreak dagegen spitzte neugierig die Ohren und schien sich über den Ausflug zu freuen. Amy führte das Fohlen über den

Hof und ließ es dann anhalten. Es stand gehorsam still, während Amy ihre Hände über seinen Körper gleiten ließ und dann nacheinander alle vier Hufe anhob. Später würde es zur Routine gehören, dass man Daybreak täglich die Hufe reinigte und regelmäßig vom Schmied ausschneiden ließ. So lernte sie schon jetzt, die Beine freiwillig zu heben und sich dabei auszubalancieren. Das Fohlen war begierig, die Lektion auszuführen und liebkoste Amy mit der Nase.

„So ein feines Mädchen!", lobte Amy, während sie einen Vorderhuf aufnahm und wieder absetzte.

„Sie wirkt ganz entspannt", bemerkte Ben, der gerade aus der Futterkammer kam.

Amy stimmt zu. „Sie macht sich gut. – Hast du einen Augenblick Zeit?"

„Na ja, ich wollte gerade Red longieren, aber das kann warten. – Warum?"

„Ich habe gedacht, dass du auch einmal mit Daybreak arbeiten solltest. Sie muss sich allmählich an andere Leute gewöhnen."

Ben nickte. „Natürlich."

„Prima. Zehn bis fünfzehn Minuten reichen völlig. Es ist besser, wenn ich nicht dabei bin. Falls es Probleme gibt, ruf mich, ich bin in der Sattelkammer."

„Okay." Ben nahm den Führstrick.

Amy begab sich in die vollgestopfte Sattelkammer. Ihr fiel ein, dass sie noch keine Zeit gefunden hatte, den Großvater wegen der Fotos zu fragen und sie nahm sich vor, ihn später darauf anzusprechen.

Sie war gerade dabei, Sundance' Sattel zu putzen, als Ty hereinkam. Amy lächelte ihm entgegen. Sie hatten einander in den letzten Tagen wenig gesehen – es gab zu viel Arbeit. Doch jetzt waren sie allein.

„Wie geht's dir?“, fragte er leise.

„Ganz gut. Ich habe gerade mit Daybreak gearbeitet, und jetzt macht Ben mit ihr weiter. – Du stellst doch heute die Wallache in andere Boxen, nicht wahr?“

Die Sattelseife rutschte ihr aus der Hand und schlitterte auf den Boden neben Tys Füße. Er hob sie auf und gab sie Amy zurück. Als sich ihre Hände berührten, errötete Amy. Sie wusste, Ty wartete seit dem Weihnachtsabend, an dem sie sich geküsst hatten, auf den Augenblick, dass sie mit ihm reden würde. Aber jetzt fehlten ihr die Worte. Ty bedeutete ihr sehr viel, aber war sie sich ihrer Gefühle sicher? Auf keinen Fall wollte sie wie die anderen Mädchen in der Schule werden, die ständig nur von irgendwelchen Jungen schwärmten.

„Amy ...“, sagte Ty.

„Ty, ich ...“, begann sie gleichzeitig. Sie brachen ab und sahen einander in die Augen.

„Amy, ich glaube, es reicht für Daybreak“, war Bens Stimme zu vernehmen.

Sie fuhren zusammen.

Ben steckte den Kopf zur Tür herein. „Soll ich sie in die Box bringen?“

„Nein, ich mach das schon.“ Amy fühlte sich durch die Unterbrechung erleichtert. „Hat sie sich bei dir auch anständig benommen?“ Sie schlüpfte an Ty vorüber und trat auf den Hof.

„Ja, sie war prima", erwiderte Ben. „Obwohl Melody immerzu nach ihr gerufen hat."

Die Stute spähte über die Boxentür und wieherte aufgeregt. „Sie wird sich gleich beruhigen", sagte Amy. Sie wusste, dass sie eigentlich in die Sattelkammer zurückgehen sollte, um mit Ty zu reden, doch irgendetwas hielt sie zurück. Was, wenn sie sich irgendwann nicht mehr verstehen würden? Das wäre leichter zu ertragen, wenn sie einfach so weitermachten wie bisher, als Freunde eben. – Amy griff nach Daybreaks Führstrick und brachte sie zurück zu ihrer Mutter.

Unterdessen war Ty schon dabei, Pirat zum hinteren Stall zu führen. Sie sah ihm nach, beobachtete, wie sicher und gekonnt er mit dem Pferd umging. Plötzlich fühlte sich Amy unbehaglich. Sie bedauerte, nicht mit Ty gesprochen zu haben, und eine innere Stimme flüsterte ihr zu: *Etwas hat sich geändert. Es ist nicht mehr so wie früher zwischen euch.* Aber sie versuchte, nicht mehr daran zu denken, als sie mit dem Ausmisten begann.

Gegen Mittag bekam Amy Hunger. Sie ging in die Küche, um sich etwas zu essen zu holen. Lou führte gerade ein Telefongespräch. Es klang, als spräche sie mit ihrem Freund Scott Trewin. Er war Matts älterer Bruder und der Haustierarzt von Heartland. Amy ging zum Kühlschrank und stellte sich ein kleines Mittagessen zusammen. Sie konnte nicht vermeiden, dass sie alles mithörte.

„Das ist es *nicht*, Scott!", sagte Lou hitzig. „Es ist nicht persönlich gemeint. Das musst du doch verstehen!"

Offenbar gab es Streit.

„Wenigstens ist es ein System", sagte Lou als Nächstes. „Es wird funktionieren, und deshalb werde ich es auch bei jedem anwenden. Warum nervt dich das so?"

Als Amy etwas Schinken und ein Stück Käse auf den Tisch legte, fiel ihr Blick auf die „Richmond Post". Neugierig schlug sie die Zeitung auf, um nach dem Artikel über die Heartland Farm zu suchen.

Lou legte auf und setzte sich zu ihr. „Auf Seite vier." Ihre Stimme klang noch immer verärgert. Nach kurzem Schweigen sagte sie: „Ich verstehe nicht, warum Scott so einen Aufstand macht!"

Amy sah von der Zeitung auf. „Wieso macht er einen Aufstand? Was ist los?"

„Ach, ich habe einfach nur ein Rundschreiben an unsere Lieferanten und Dienstleister geschickt, dass Heartland in Zukunft alle Rechnungen erst am Monatsende bezahlt", erklärte Lou, „verstehst du, nichts weiter als einen formalen Brief. Scott meinte, es sei ihm lieber, wenn wir beim alten System bleiben würden, und ich habe ihm geantwortet, dass es überhaupt kein System gab. Jetzt gibt es eines, und es betrifft ihn wie alle anderen."

„Na ja", begann Amy vorsichtig, „er ist immerhin seit Jahren unser Tierarzt."

„Was hat das damit zu tun", entgegnete Lou ärgerlich.

Amy wusste nicht, was sie darauf sagen sollte. Sie schlug die Seite vier der „Richmond Post" auf und begann zu lesen:

Letzte Wetten auf Gallant Prince
Seitdem sein Stall auf Brookland Ridge im vergangenen Jahr niederbrannte, ist der Held jener Nacht, der Hengst Gallant Prince, unkontrollierbar. Seine letzte Hoffnung ist ein Ausbildungsstall mit dem Namen Heartland. Hier, so heißt es, könnte man selbst die wildesten Pferde zähmen.

Amy runzelte die Stirn. Heartland Farm war mehr als ein Ausbildungsstall – außerdem gefiel ihr das Wort „zähmen" nicht. Das Vertrauen eines Pferdes zu gewinnen bedeutete, eine Beziehung zu ihm aufzubauen, nicht, es zu dressieren. Sie las weiter:

Vor zwölf Jahren ist die Heartland Farm, eine Einrichtung zur Korrektur verdorbener Pferde, durch Marion Fleming gegründet worden. Diese kam vor einigen Monaten bei einem tragischen Verkehrsunfall ums Leben. Dennoch wurde die von ihr begonnene Arbeit auf Heartland fortgesetzt. Mit der Ankunft des berühmten Galoppers Gallant Prince werden alle Augen auf die Farm gerichtet sein. Das Ansehen Heartlands steigt oder fällt mit dem Erfolg seiner Erziehungsmethode bei dem traumatisierten Hengst, des einstigen Stolzes seines Besitzer, der nun hofft, ihn für die Zucht retten zu können.

Amy sah entsetzt auf. „Das ist ja grauenhaft!", rief sie aus, „Sein Ansehen steigt oder fällt …?"

„Ich weiß." Lou seufzte. „Sie haben sich nur das herausgepickt, was sie hören wollten."

Amys Magen zog sich vor Angst zusammen. „Grandpa hat Recht. Sie verstehen es, einen unter Druck zu setzen, nicht wahr?“

Lou nickte betrübt.

3

„Wenn bei der Ankunft von Gallant Prince hier auch nur ein einziger Journalist aufkreuzt, dann jage ich ihn vom Hof“, drohte der Großvater am Sonntag beim Mittagessen, „das Pferd wird von dem Transport schon aufgeregt genug sein!“

„Keine Frage“, pflichtete ihm Lou bei, „wenn sich noch ein paar von denen blicken lassen, schicke ich sie weg. Sobald Gallant Prince da ist, haben wir es leichter – dann können wir einfach das Tor verrammeln.“

Amy nickte. „Sie können schließlich nicht tagelang auf dem Hof herumhängen und warten, was als Nächstes passiert.“

Amy seufzte erleichtert: Der Großvater blieb in dieser Beziehung unerbittlich, und das war gut so. Trotzdem war sie nervös und hatte keinen Appetit. Sie legte ihr Besteck nieder und schob den Teller mit dem Brathühnchen von sich.

Ty räusperte sich. „Ich werde dann draußen weitermachen. – Wenn der Hengst kommt, bin ich in der Nähe.“

Er stand auf und schlüpfte in seine Gummistiefel. Lou begann, das Geschirr abzuräumen. Ben und Amy wollten ihr helfen.

„Lasst mich das nur machen.“ Lou winkte sie zur Tür hinaus. „Raus mit euch. Ihr habt auf dem Hof genug zu tun!“

Der Pferdetransporter traf beinahe auf die Minute pünktlich ein. Als Amy ihn kommen hörte, lief sie zur Auffahrt und auch Lou erschien in der Haustür. Der Transporter hielt auf dem Hof. Zwei Männer stiegen aus – der eine um die fünfzig, der andere in Tys Alter.

„Louise Fleming?“, fragte der Ältere der beiden.

Lou trat auf ihn zu. „Das bin ich.“

„Luke Norton.“ Er schüttelte ihre Hand. „Wir haben miteinander telefoniert.“

Lou nickte und stellte dann Amy und Ty vor. „Meine Schwester, Amy Fleming, und Ty Baldwin. Sie werden mit Gallant Prince arbeiten.“

Luke Norton wandte sich ihnen zu und musterte sie von oben bis unten. „Sie also?“

„Wie ich Ihnen bereits sagte“, warf Lou rasch ein.

Luke Norton hob eine Augenbraue, fuhr sich mit der Hand durchs schüttere Haar und zuckte mit den Achseln. „Meinetwegen, wenn Sie mit ihm fertig werden ... Wo wollen Sie ihn unterbringen?“, fuhr er fort.

„Im hinteren Stall, in einer Innenbox“, sagte Ty.

„In Ordnung.“ Luke Norton nickte seinem Stallburschen zu. „Lad ihn aus, Sam!“

Der Stallbursche begann die Rampe zu entriegeln.

Amy beobachtete Sam aufgeregt. Mit einem Ohr hörte sie Luke Norton zu, der sich jetzt mit verschränkten Armen über den Verlauf der Brandnacht erging ...

Amy erlebte das Feuer in ihrer Fantasie selbst. Sie hörte das verzweifelte Wiehern der Pferde, sah das Weiße in ihren Augen, ihre Panik, aufsteigenden Rauch ... und sie sah Prince sich in den Flammen aufbäumen, die Stalltür zerschlagen, sah die Hufe niederkrachen, hörte das Splittern des Holzes und die wilden Schreie der Tiere …

Als Sam die Rampe hinunterließ, war Amy wieder ganz und gar in der Gegenwart. Sie trat einen Schritt vor und spähte in den Transporter. Alles blieb ruhig. Amy hatte Lärm und Getrampel erwartet; jetzt war sie verwundert. Ruhig führte Sam den Rapphengst heraus. Amy konnte es kaum fassen. Prince schien nicht im Geringsten unkontrollierbar zu sein. Im Gegenteil, er wirkte vollkommen gelassen, nahm vorsichtig Witterung auf und setzte dann sichtlich angestrengt ein Bein vors andere.

Amy schluckte. Der Sieger von Pimlico war nicht wiederzuerkennen. Eine entsetzliche Narbe entstellte seine rechte Gesichtshälfte. Schulter, Brust und Vorderbeine waren mit Brandwunden bedeckt. Rasch wandte sie sich an Luke Norton.

„Hat er ein Beruhigungsmittel bekommen?"

Luke nickte. „Anders hätten wir ihn gar nicht transportieren können."

Amy wechselte einen Blick mit Ty. Natürlich – das war sinnvoll. Wenn Prince wirklich so traumatisiert war, wie man behauptete, wäre es ein unnötiges Risiko gewesen, ihn ohne Tranquilizer auf Reisen zu schicken. Sam führte Prince zu ihr, und sie betrachtete den gesenkten Kopf mit den blicklosen Augen. Dann berührte sie vorsichtig die zickzackförmige Narbe auf seinem Gesicht.

„Prince", flüsterte sie. Er bedachte sie mit einem trüben Blick und wich zurück.

„Braver Junge", sagte Sam, „ganz ruhig!"

Prince stand wieder still und ließ die Ohren seitwärts baumeln.

„Bist du sein Pfleger?“, fragte Amy den Jungen.

Sam schüttelte den Kopf, er schien sich unbehaglich zu fühlen. „Nein, das war Ryan Baileys Job. Er hat sich immer um ihn gekümmert.“

„Wieso *hat*?“, wiederholte Amy.

„Ryan musste den Rennstall verlassen“, antwortete Luke Norton an Sams Stelle und wandte sich dann an Sam, so, als sei die Angelegenheit für ihn damit erledigt: „Lass ihn uns unterbringen, bevor das Beruhigungsmittel aufhört zu wirken.“

Ty und Amy wiesen Sam den Weg zum hinteren Stall und zeigten ihm Prince’ Box. Der Hengst beschnupperte gelangweilt sein Heunetz. Die Wallache im Stall spürten die Anwesenheit des Neuen und wieherten aufgeregt, doch Prince bewegte kaum die Ohren in ihre Richtung.

„Braver Junge“, murmelte Amy. Dann wandte sie sich noch einmal an Sam: „Welches Mittel hat er bekommen?“

„ACP. Wir haben’s ihm vor ein paar Stunden gegeben, direkt vor dem Verladen.“

„Bald wird die Wirkung nachlassen“, bemerkte Ty.

„Mit Sicherheit“, sagte Sam. „Dann müsst ihr aufpassen!“

„Was heißt das?“, fragte Amy rasch.

„Er dreht einfach durch.“ Sam klang betrübt. „Ich weiß nicht, was man für ihn tun kann, damit er sich beruhigt. – Ich hole jetzt sein Zeug. Wo soll ich’s hintun?“

„Ich zeig’s dir“, erbot sich Ty. „Die Sattelkammer ist drüben neben den Außenboxen."

Sie folgten Sam wieder zum Transporter. Amy gesellte sich zu Lou, die immer noch mit Luke Norton sprach. „Ich kann Ihnen keine verbindliche Auskunft geben, wie lange wir ihn hierbehalten müssen", sagte sie höflich. „Aber natürlich werden wir Sie über seine Fortschritte unterrichten. Jedes Pferd hat andere Bedürfnisse – wir werden die Behandlung individuell einstellen."

„Meinetwegen", sagte Luke achselzuckend. „Ich lass es Mr Hartley wissen. Er ist der Besitzer, er zahlt."

„Wir werden Sie ganz bestimmt bald anrufen", versicherte Amy.

„Na ja, probieren Sie erst mal, mit ihm klarzukommen", entgegnete Luke knapp. „Er kann sehr schwierig sein."

Mit einem Blick zum Transporter vergewisserte er sich, dass Sam alles ausgeladen und die Rampe wieder geschlossen hatte.

„Wenn du so weit bist, starten wir, Sam!" Er kletterte auf den Fahrersitz und ließ den Motor an. Sam winkte noch einmal, ehe er neben ihn in die Kabine stieg.

„Was versteht er unter ‚sehr schwierig'?", überlegte Amy laut, als der Transporter die gewundene Auffahrt hinunter verschwand. „Das kann vieles bedeuten."

„Wir werden es wohl bald wissen", meinte Ty, als sie gemeinsam zum hinteren Stall zurückgingen.

Dann standen sie vor Prince' Box und beobachteten ihn. Amy studierte den feinen, trockenen Kopf. Er deutete auf ein hochsensibles, intelligentes Wesen hin. Kaum zu glauben, dass so ein Pferd unkontrollierbar sein sollte.

„Wir sollten damit beginnen, seinen körperlichen Zustand zu prüfen und die Wunden zu behandeln, die der Brand bei ihm hinterlassen hat", schlug Ty vor, „denn Schmerz verschlimmert in der Regel die seelischen Qualen."

„Scott kommt heute Nachmittag, um ihn sich anzusehen", sagte Amy. „Wir müssen vor allem ihn nach seiner Meinung fragen."

Scott kam nur eine Stunde später. Als er die Narben des Hengstes sah, pfiff er ungläubig durch die Zähne. Er betrat die Box und ließ seine Hand an dem gebrannten Vorderbein hinuntergleiten. Prince wich etwas zurück, zeigte sonst aber keine Reaktion.

„Noch wirkt der Tranquilizer", meinte Scott. „Könnt ihr ihn mal rausführen?"

„Das mache ich", sagte Amy.

Während Amy den Hengst im Schritt herumführte, beobachtete Scott seine vorsichtigen Bewegungen.

„Die Verletzungen sind alle relativ gut verheilt", sagte er schließlich. „Er wirkt zwar noch angeschlagen, aber trotzdem braucht er Arbeit. Rennpferde sind so gezüchtet, dass sie schon von frühestem Alter an intensiv trainiert werden können. Man gewöhnt sie bereits als Jährlinge daran, und je länger sie in der Box herumstehen, desto unruhiger und verrückter werden sie." Er hob das Augenlid des Hengstes, er zeigte keinen Widerstand. „Seit wann ist er hier?"

„Seit zirka einer Stunde."

„Das Beruhigungsmittel wird wahrscheinlich in der nächsten Stunde aufhören zu wirken. – Hat man euch gesagt, wie er sich normalerweise verhält?"

„Nichts Konkretes", gab Amy zu, „nur, dass er unkontrollierbar ist."

Scott wirkte besorgt. „Schwer zu sagen, inwieweit das Mittel sein Verhalten verändert hat. Also, ruft mich an, falls ihr meine Hilfe braucht. Ich beeile mich jetzt, meine übrigen Visiten hinter mich zu bringen." Nach kurzem Zögern rang er sich ein ironisches Lächeln ab. „Nebenbei gesagt, richtet Ms Louise Fleming, der Dame, die hier auf Heartland die Verwaltung organisiert, doch bitte aus, dass ich die Rechnung wie gewünscht zum Monatsende einreichen werde – und sagt Lou Fleming, meiner Freundin, dass ich sie nach dem Spätdienst anrufe." Amy nickte, sie lächelte.

Den ganzen Nachmittag über ließen Ty und Amy den Neuankömmling nicht aus den Augen. Amy bemerkte, dass Prince immer unruhiger wurde. Ein Sturm trieb dunkle Wolken über den Himmel, die Abenddämmerung kam früh. Zu diesem Zeitpunkt lief Prince bereits verstört im Kreis herum.

„Wir müssen ihn durchgehend beobachten", sagte Amy zu Ty. „Ausgerechnet jetzt kommt Sturm auf. Der macht alle Pferde nervös. Vielleicht ist es gut, ihn gleich zu füttern. Und ich werde ein paar Kräuteressenzen in sein Wasser geben. Etwas, das beruhigend wirkt."

„Wir könnten zusätzlich eine Bachblütentherapie versuchen", schlug Ty vor. „Walnuss-Extrakt zum Beispiel hilft bei Umgebungswechsel. Sieh doch mal in den Büchern nach."

Amy mischte das Futter für Prince. Dann nahm sie eines der abgegriffenen Bücher aus dem Regal in der Futterkammer und sah das Inhaltsverzeichnis durch. Es war das alte Handbuch ihrer Mutter, das für sie und Ty unentbehrlich geworden war.

Walnuss hilft zur Eingewöhnung bei Ortswechsel, ver-

änderten Lebensbedingungen oder Umweltveränderung. Das ist es, dachte sie. Sie greift nach zwei kleinen braunen Fläschchen im Regal und steckte sie in die Tasche. Als sie die Futterkammer verließ, begannen dicke Regentropfen zu fallen. Sie rannte zum hinteren Stall. Schon von draußen konnte sie den Hengst in seiner Box randalieren hören. Gerade, als sie den Riegel der Außentür zurückschob, donnerte es und ein Blitz zuckte über den Himmel. Plötzlich fiel der Strom aus, der ganze Hof lag im Dunkeln.

Sie vernahm ein verzweifeltes Wiehern. Gallant Prince! Im schwindenden Tageslicht sah sie das Weiße in den weit aufgerissenen Augen des Hengstes und das Funkeln eines Hufeisens, als er stieg. Seine Vorderbeine krachten gegen die Boxentür. Er bäumte sich erneut auf und wieherte panisch. Als seine Hufe zum zweiten Mal gegen die Tür donnerten, hörte Amy den Klang splitternden Holzes …

4

„Ty! *Ty*!“ Amy ließ den Futtereimer fallen und stürmte aus dem Stall. „Wir haben Stromausfall!“

Gerade in diesem Moment wurde der Hof wieder hell. Sie machte auf dem Absatz kehrt und rannte zurück in den Stall. Die verzweifelten Schreie des Hengstes hallten über den ganzen Hof. Als Amy seine Box erreichte, sah sie, dass sein Körper schweißbedeckt war. Augen und Nüstern waren angsterfüllt aufgerissen.

Amy sah Blut an seinem Vorderbein herabrinnen. „Prince! Ruhig!“, rief sie, doch das Pferd beachtete sie überhaupt nicht. Inzwischen begannen auch seine Stallgenossen nervös zu trampeln und gegen die Wände zu schlagen.

„Er ist komplett durchgedreht!“, schrie sie atemlos, als Ty an ihrer Seite erschien, „und jetzt werden auch noch die Wallache verrückt!“

Ben kam ebenfalls herbeigestürzt. „Was ist denn los?“

„Kannst du versuchen, die anderen Pferde zu beruhigen? Wir kümmern uns um Prince.“

Ben eilte in die Futterkammer, um Möhren und trockenes Brot an die Wallache zu verteilen, damit sie sich beim Fressen beruhigten.

„Wir müssen so dicht wie möglich bei seiner Box bleiben“, sagte Ty. „Er soll wissen, dass wir ihn nicht allein lassen. Wir müssen ihm Gelegenheit geben, uns zu vertrauen.“

Amy nickte. Mehr konnten sie im Augenblick beim besten Willen nicht tun. Prince wütete weiter und sie redeten ununterbrochen beruhigend auf ihn ein. Nach einer Viertelstunde zeigte er erste Anzeichen von Erschöpfung, und seine Bewegungen wurden langsamer. Schließlich blieb er zitternd und schweißgebadet mit rollenden Augen an der hinteren Wand stehen. Seine Flanken bebten bei jedem Atemzug.

„Ich versuche reinzugehen", sagte Amy.

Obwohl sie den Riegel so leise und vorsichtig wie nur möglich zurückgeschoben hatte, sprang der Hengst bei dem Geräusch sofort aggressiv auf sie zu. Hastig verrammelte sie die Tür wieder. Die Vorderhufe wirbelten auf das Holz nieder. Ty und Amy warteten beklommen, bis sich Prince wieder etwas beruhigt hatte. Offenbar war er jetzt zu erschöpft, um weiter zu toben.

„Wir sollten Scott lieber gleich rufen", sagte Ty, „damit er sich das Bein ansieht."

„Mach du das! Ich bleibe hier bei ihm."

„Okay, ich beeile mich."

Amy musterte den Hengst durchs Gitter. Obwohl er jetzt nicht mehr randalierte, wirkte er immer noch vollkommen hysterisch. Was, wenn er sich ohne Beruhigungsmittel tatsächlich immer so verhielt? Bei dieser Aussicht fühlte sie sich vor Hilflosigkeit wie gelähmt.

„Scott ist auf der Garston Farm, wo eine Kuh vorzeitig kalbt", verkündete Ty bei seiner Rückkehr. „Er braucht mindestens noch zwei Stunden."

„Dann müssen wir eben so lange hierbleiben."

Ty nickte. „Lou hat versprochen, uns was zum Essen in den Stall zu bringen."

Amy bemerkte, dass sie vor Aufregung zitterte und versuchte, ruhig und gleichmäßig zu atmen. „Danke. Wenn du nicht hier wärst ..." Ihr versagte die Stimme.

„Hey ..." Ty berührte sanft ihren Arm. „Ich bin immer für dich da. Das weißt du doch, Amy."

Amy nickte. Aber sie wollte sich auf nichts einlassen, was sie und Ty betraf. Nicht gerade jetzt. Gallant Prince zog wieder ihre Aufmerksamkeit auf sich. Trotz seiner Erschöpfung begann er erneut, panisch in seiner Box herumzurennen.

Endlich hörte Amy das Geräusch eines Autos. Das musste Scott sein. Nur einen Moment später betrat der Tierarzt den Stall. Mit einem Blick erkannte er die Verfassung, in der sich das Pferd befand.

„Ich gebe ihm ein schnell wirkendes Sedativum", sagte Scott. „Anders wird er mich an das Bein nicht heranlassen."

„Okay." Amy gefiel die Idee, Prince schon wieder unter Drogen zu setzen, überhaupt nicht, aber sie musste Scott zustimmen – eine Alternative gab es nicht. „Gemeinsam müssten Ty und ich ihn festhalten können."

„Kann ich helfen?", bot sich Lou an. Sie stand etwas abseits und sah zu.

„Wir machen das lieber allein", meinte Amy. Sie öffnete die Boxentür, und in dem Augenblick, als Prince auf sie zusprang, packte sie mit schnellem Griff sein Halfter. Das Gleiche tat Ty, und schon im selben Moment jagte ihm Scott die Kanüle in die

Halsvene. Innerhalb von Sekunden wurde der Atem des Pferdes ruhiger und sein Kopf sackte herunter. Scott desinfizierte und verband die Platzwunde am Bein.

„Ich bleibe heute Nacht in seiner Nähe“, sagte Amy, als Scott fertig war und die Box verließ. „Ich hole mir ein paar Decken und schlafe in der leeren Nachbarbox.

„Ich glaube nicht, dass das nötig ist“, erwiderte Ty und betrachtete sie besorgt.

„Nein, wirklich, du siehst erschöpft aus“, stimmte Lou zu.

„Ich bringe es nicht fertig, ihn allein zu lassen“, beharrte Amy. „Nicht, wenn er sich wieder dermaßen aufregt. Es sollte wirklich jemand bei ihm sein, wenn das Beruhigungsmittel zu wirken aufhört. Was ist, wenn er die Box auseinandernimmt?“

„Meinst du wirklich?“ Ty sah sie zweifelnd an.

„Natürlich meine ich das. Fahr du jetzt nach Hause, damit morgen früh wenigstens einer wach und ausgeruht ist!“

Ty fügte sich widerstrebend.

„Ich bringe dir dein Handy her“, sagte Lou, „dann kannst du wenigstens sofort Scott oder Ty anrufen, falls du ihre Hilfe brauchst.“

„Ich bin in Bereitschaft“, sagte Scott und verabschiedete sich.

Amy schlief schlecht. Zwar begann Prince nicht wieder zu toben, aber Amy wurde vom Rascheln des Strohs wach gehalten, weil er die ganze Nacht in seiner Box herumlief. Sobald es hell wurde, erhob sie sich und sah nach ihm. Er stand jetzt mit gesenktem Kopf. Sein Futter hatte er nicht angerührt. Er war mit seinen Kräften offensichtlich am Ende.

„Hallo, mein Junge“, sagte Amy sanft, öffnete das Gitter über der Tür und streckte ihm ermutigend die Hand entgegen. Er wich zurück.

Entschlossen öffnete sie die Boxentür. Beim Klang des Riegels schnaubte Prince, und kaum trat sie ein, warf er den Kopf in die Höhe und schnellte in die hinterste Ecke.

Amy wartete einen Augenblick, dann trat sie noch einen Schritt näher. Diesmal schoss der Kopf des Vollblüters mit angelegten Ohren und gebleckten Zähnen auf sie zu. Mit einem Satz war Amy aus der Box heraus und knallte die Tür hinter sich zu. Sie war frustriert. Prince schnaubte nervös und musterte sie misstrauisch. Sie beobachtete ihn noch eine Weile. Doch er gab sein aggressives Gebaren nicht auf, also legte sich Amy wieder in die Nachbarbox. Sie fühlte sich hilflos und zerschlagen.

Um sieben Uhr morgens tauchte Lou mit einer Tasse Kakao auf. „Hast du schlafen können?“, fragte sie besorgt.

„Kaum“, gab Amy zu und nahm dankbar einen Schluck. „Es war kalt im Stall, und Prince ist die ganze Zeit herumgerannt.“ Draußen fuhr ein Auto vor und die Tür schlug: Das musste Ty sein.

Er kam schnurstracks zu ihnen in den Stall. Lou verschwand wieder in ihrem Büro.

„Na, wie geht’s dir?“, erkundigte er sich liebevoll.

Amy lächelte angeschlagen. „Prince kommt einfach nicht zur Ruhe. Er lässt mich nicht in seine Nähe.“

Tys Blick war mitfühlend. „Man sieht dir an, dass es eine harte Nacht war.“

Amy zuckte mit den Achseln. „Es war der Stromausfall, bei dem er so durchgedreht ist. Das war der Auslöser. Vielleicht ist es so, dass er bei Dunkelheit generell unruhiger wird. – Das Feuer ist schließlich nachts ausgebrochen. Eventuell sollten wir irgendetwas mit der Stallbeleuchtung anstellen, eine spezielle Glühbirne oder so. Orange Licht beruhigt."

Ty dachte nach. „Ja, warum nicht. Es ist einen Versuch wert. Ich besorge heute noch so eine Lampe."

„Klasse. Und ich werde ihm etwas Minze unters Futter mischen. Vielleicht regt das seinen Appetit an."

Amy versuchte die bleierne Müdigkeit aus ihren Gliedern zu schütteln, als sie über den Hof zur Futterkammer ging, um mit der morgendlichen Routinearbeit zu beginnen.

Schließlich traf auch Ben ein. „Komm schon, Amy, ich übernehme deinen Job", bot er sich sofort an, „geh du lieber rein und mach dich für die Schule zurecht."

„Danke, Ben, ich schaff das schon noch", beharrte Amy, obwohl sie sich ausgelaugt fühlte. Das Letzte, was sie sich heute vorstellen konnte, war, die Schulbank zu drücken. Aber sie hatte wohl keine andere Wahl.

„Du kommst zu spät", sagte Ben mit Nachdruck.

Amy blickte auf ihre Armbanduhr und erschrak. Die Zeit war einfach so verflogen. – Ohne noch eine Sekunde zu verlieren, stürzte sie ins Haus, zog sich um und rannte hinunter zur Bushaltestelle.

In der Pause saßen Amy und Soraya zusammen in der Cafeteria. Amy hatte den Kopf auf die Arme gelegt. Die Augen fielen ihr zu.

„Du siehst nicht gerade gut aus", bemerkte Soraya voller Sorge. „Das würdest du auch nicht, wenn du die ganze Nacht bei einem durchgedrehten Pferd gewacht hättest", murmelte Amy. Das ungekämmte Haar fiel ihr übers Gesicht. Sie sah selten tadellos aus, aber heute musste sie vollkommen schlampig wirken. „Hast du vielleicht eine Haarbürste dabei?"

Soraya wühlte in ihrer Tasche und reichte Amy die Bürste. „Prince ist also nicht gut drauf, oder?"

„Nein." Amy zerrte die Bürste durch ihre braune, schulterlange Mähne. „Er ist völlig verstört. Es ist schrecklich, ihn so aufgedreht zu sehen. Wenn es Ty nicht gäbe, wüsste ich nicht, wie ich das durchstehen sollte."

„Wundert mich nicht", erwiderte Soraya mitfühlend. „Ich find es wirklich tough, dass du die ganze Nacht über bei ihm geblieben bist."

„Ich konnte ihn einfach nicht allein lassen." Sie seufzte. Plötzlich verengten sich ihre Augen. – Ashley Grant kam herüber. Diesmal war Matt nicht an ihrer Seite.

„Hallo, Amy!" Ashley warf ihr Haar mit einer einstudierten Bewegung über die Schulter. „Wie läuft's auf Heartland?

„Danke der Nachfrage", antwortete Amy kühl. Doch sie lag auf der Lauer. Ashley *wollte* etwas, dessen war sie sich sicher.

„Ich fürchte, diesmal hast du dich ziemlich übernommen. Aber das musste ja kommen, früher oder später."

„Wovon redest du?", fragte Amy finster.

Ashley lächelte boshaft. „Ein Rennpferd ist eben etwas ganz anderes als deine niedlichen kleinen Reitponys. Wie bist du nur auf den Gedanken gekommen, dass du damit fertig wirst? Bist du überhaupt schon mal bei einem Galopprennen gewesen? – Ich kann mich nicht erinnern, dir jemals auf der Rennbahn begegnet zu sein."

Amy starrte die andere an. Eine Antwort fiel ihr sichtlich schwer. „Ich habe andere Prioritäten", sagte sie schließlich kalt.

„Du siehst heute ein wenig ramponiert aus, Amy. Wenn du nachts nicht schlafen kannst, solltest du vielleicht mal ein paar Schlaftabletten nehmen. Am besten, du teilst sie dir mit Gallant Prince." Damit machte sie kehrt und stolzierte davon.

„Unverschämtheit!", murmelte Amy.

„Aber ich versteh das nicht. Woher weiß sie, dass ihr Ärger mit ihm habt?", fragte Soraya wütend. „Prince ist doch gestern überhaupt erst angekommen!"

„Na ja, in der Wochenendausgabe der ‚Richmond Post' war ein Artikel über uns." Sie sahen einander an und schüttelten die Köpfe. Das konnte es nicht sein, denn Ashley schien haargenau zu wissen, was sich in der vergangenen Nacht zugetragen hatte! – „Matt!", riefen beide gleichzeitig aus.

Amy gab es einen Stich. Sie fühlte sich von Matt hintergangen. Natürlich wusste *er* über alles Bescheid, schließlich war er Scotts Bruder …

„Wie *konnte* er nur!", schrie Amy, ungeachtet dessen, dass sich jetzt alle nach ihr umdrehten.

„Na ja, es ist ja schließlich kein Geheimnis", verteidigte ihn Soraya lahm. „Prince ist schließlich berühmt. Und ich wette, Ashley hat Matt ausgequetscht."

„Aber er hätte sich doch denken können, dass sie sich daraufstürzt wie ein hungriger Geier!", protestierte Amy.

„Er mag sie – das heißt, er vertraut ihr."

Amy seufzte tief. Es war unglaublich! Ihrer Meinung nach war Ashley wirklich das Letzte!

„Amy! Komm, und sieh dir das an!", rief Ty, als sie an diesem Abend in den hinteren Stall kam. Gemeinsam mit dem Großvater stand er über irgendetwas gebeugt.

Amy eilte zu ihnen. „Was macht ihr da?", fragte sie neugierig. Sie sah den Großvater mit zwei Krokodilklemmen an einer alten Autobatterie hantieren.

„So, fertig." Jack richtete sich lächelnd auf. „Ich gehe jetzt rein, sonst verpasse ich noch das Fußballspiel im Fernsehen. Ty erklärt dir alles, Amy." Damit verließ er eilig den Stall.

„Und – was hat das zu bedeuten?" Amy deutete auf die Batterie.

„Für den Fall, dass wir mal wieder Stromausfall haben", erklärte Ty, „hat Jack eine Notbeleuchtung für Prince' Box konstruiert. Die Autobatterie versorgt dann die Lampe mit Strom."

„Gute Idee."

„Und wir haben eine orange Glühbirne eingeschraubt", fuhr Ty fort. „Das warme Licht wird ihn vielleicht etwas beruhigen."

„Wie hat er sich heute benommen?" Amy spähte in die Box. Prince stand so weit wie möglich von ihnen entfernt an der hinteren Wand. „Hat er was gefressen?"

„Ein bisschen. – Das meiste hat er liegen lassen. Er ist unglaublich schreckhaft, aber wenigstens hat er keinen Unsinn gemacht."

Amy betrachtete das stumpfe schwarze Fell. Darunter stachen die Rippen hervor. Ganz offensichtlich fraß er nicht genug. Solange er sich nicht beruhigte, würde sich daran auch nichts ändern. „Dass er vor Feuer furchtbare Angst hat, ist ja klar", meinte sie nachdenklich und fuhr fort: „Wir müssen herausfinden, wo der Knackpunkt im Alltäglichen liegt, worüber er sich eigentlich so furchtbar aufregt, obwohl ihm keine Gefahr droht."

„Es würde mich nicht wundern, wenn sich gar nichts Spezielles finden ließe", mutmaßte Ty. „Er ist in einem Stadium, wo ihn einfach alles Unerwartete, jede Veränderung aus der Bahn wirft."

„Meinst du? – Ich hatte den Eindruck, dass es ihm schlechter ging, sobald es dunkel wurde, weil das Feuer ja auch nachts ausgebrochen ist. Wenn das der Fall wäre, könnten wir es mit Sonnenröschen-Extrakt versuchen, das hilft bei Nachtängsten."

„Kann schon sein", erwiderte Ty, „obwohl ich nicht den Eindruck hatte, dass es ihm tagsüber entschieden besser ging."

Amy lehnte sich über die Boxentür. Der Hengst hob nervös den Kopf und begann im Kreis zu laufen, wobei er sie und Ty immer wieder misstrauisch beäugte.

„Allein, dass wir hier herumstehen und reden, scheint ihn sehr zu beunruhigen", sagte Amy verzweifelt, „Er ist ein einziges Nervenbündel. Eigentlich hätte der Walnuss-Extrakt helfen müssen, aber, na ja … Wenn wir noch etwas Holzapfel dazugeben, könnte das seine körperlichen Schmerzen lindern. Aber das reicht alles nicht aus. Ich muss Zugang zu ihm finden, ich als Mensch, verstehst du? Ich habe schon überlegt, es mit T-Touch zu versuchen. Das hat bei Daybreak wunderbar gewirkt."

Ty nickte. „Daran habe ich auch gedacht – aber wie willst du das anstellen bei einem Pferd, das scheut und Schweißausbrüche bekommt, sobald man sich ihm nur zu nähern versucht!"

„Vielleicht wird es besser, wenn er sich ein wenig eingewöhnt hat", sagte Amy hoffnungsvoll. „Ich komme später noch einmal her. Ich muss noch ein bisschen mit Daybreak arbeiten, bevor es dunkel wird."

Amy war sich nicht sicher, aber ihr schien, als wäre bei der Erwähnung der jungen Stute ein Schatten über Tys Gesicht gehuscht.

„Ben hat sie heute früh schon geführt", sagte er.

„Schön", erwiderte Amy, „ich werde sie trotzdem noch einmal aus der Box holen, mehrere Lektionen am Tag können ihr nicht schaden."

Ty zuckte mit den Achseln. „Wenn du es wirklich für notwendig hältst.

„Je öfter, desto besser", verteidigte sich Amy, „fünfzehn Minuten reichen ja. Danach mische ich die Abendrationen."

Der Anblick des Stutfohlens mit seinen großen, vertrauensvollen Augen stimmte Amy heiter nach den Sorgen mit Prince. Sie genoss es, von Daybreak mit freundlichen Stupsern begrüßt zu werden und liebkoste ihre kleinen, weichen Nüstern. Dann führte sie die Kleine auf den Hof und begann mit der täglichen Routine, ließ ihre Hand an jedem Bein hinabgleiten und freute sich, dass sie freudig die Hufe gab, ohne dazu noch aufgefordert werden zu müssen. Amy beendete die Übung mit einigen Minuten T-Touch-Massage, wobei sie ihre Finger in kleinen Kreisen über den Körper des Fohlens gleiten ließ. Wie immer wirkte diese besondere Methode der Massage sofort wundervoll beruhigend. Daybreak stand vollkommen still und genoss sichtlich die Aufmerksamkeit, die ihr zuteilwurde.

„Das macht ihr wirklich toll“, sagte Ty anerkennend, als Amy und Daybreak an ihm vorüberkamen.

Amy lächelte ihm zu.

Als sie Daybreak zu Melody in die Box zurückgebracht hatte, begann es zu dämmern. Amys Gedanken kreisten immer wieder um den Hengst. Sie machte sich auf die Suche nach Ty, der schon die Abendrationen zusammenstellte. „Ich denke, ich sollte es mit dem T-Touch bei Prince einmal versuchen, bevor es noch dunkler wird. – Wenn ich erst nach dem Füttern damit anfange, ist es schon völlig finster.“

„Das ist wahr“, stimmte Ty ihr zu. „Ich komme mit. Wenn nötig, helfe ich dir.“

Gemeinsam gingen sie zum hinteren Stall, wo Prince rastlos in der Box herumlief. Er warf den Kopf in die Höhe und schnaubte, als Amy vorsichtig den Riegel zurückschob und eintrat.

„Ganz, ganz ruhig!“, murmelte sie sanft. Er blieb an der hinteren Wand stehen und starrte zu ihr herüber. Sie konnte seine Erregung geradezu spüren. – Ty hatte völlig Recht, er würde beim geringsten Anlass in Panik verfallen. Ununterbrochen leise auf ihn einredend trat sie näher. Prince schüttelte drohend den Kopf und wich vor ihr zurück, so lange, bis er schließlich völlig in die Ecke gedrückt stand und nicht weiter rückwärts gehen konnte. Amy näherte sich seiner Schulter, sodass er sie beobachten konnte, ohne sich von ihr bedroht zu fühlen. Er schnaubte und rollte mit den Augen, machte jedoch keine Anstalten, sie anzugreifen.

In diesem Moment kam Ben in den Stall. Hinter ihm fiel krachend die Außentür zu. Als hätte man direkt neben ihm einen Schuss abgefeuert, schnaubte Prince, wieherte wild und stieg hoch.

„Amy!" Ty riss die Boxentür auf. „Komm raus da!"

Amy duckte sich unter den Vorderhufen des Hengstes hindurch und war mit einem Satz bei der Tür, während Prince sich erneut aufbäumte. Ty warf die Tür hinter ihr zu und schob den Riegel vor.

Mit klopfendem Herzen lehnte sich Amy an die Wand.

„Entschuldigung", sagte Ben betroffen, „bist du okay, Amy?"

Amy nickte und beobachtete mit Entsetzen, wie der Hengst, blind vor Panik, in seiner Box wütete.

„Irgendwie *müssen* wir ihn doch beruhigen können!", rief Ty aus.

„Hat denn noch gar kein Mittel bei ihm angeschlagen?", fragte Ben und spähte nun ebenfalls über die Tür in Prince' Box.

Amy schüttelte resigniert den Kopf. Ty redete beruhigend auf den Hengst ein – aber ohne den geringsten Erfolg. Prince stieg und sprang und drosch mit Vorder- und Hinterbeinen auf die Wände ein, wobei er mit hoher, verzweifelter Stimme wieherte. Als er endlich innehielt, starrte er mit vor Entsetzen aufgerissenen Augen auf die drei Gesichter über der Boxentür, anscheinend ohne sie wirklich wahrzunehmen. Seine Nüstern waren gebläht, er zitterte am ganzen Körper.

„Du meine Güte!“, murmelte Ben. „Der ist ja nicht zurechnungsfähig!“

„Ja“, bemerkte Ty verdrossen, „so viel also zu dem orangefarbenen Licht.“

„Und zum T-Touch-Versuch“, fügte Amy hinzu. „Aber bevor Ben reinkam, war er tatsächlich schon etwas ruhiger. Einen kleinen Unterschied hat die Lampe *doch* bewirkt. Sicher hat das Knallen der Tür ihn irgendwie an das Feuer erinnert.“ Aber eigentlich glaubte Amy ihren Worten selbst nicht. Sie klammerte sich an Strohhalme. Prince war völlig grundlos in Panik ausgebrochen …

„Wir müssen ihn sich selbst überlassen, Amy“, sagte Ty. „Oder willst du jede Nacht hier verbringen? Wenn er durchdreht, kannst du sowieso nichts für ihn tun – die Box zu betreten, wäre viel zu gefährlich.“

Amy nickte betrübt. Es machte sie krank, ein Pferd in solch einem seelischen Zustand zu erleben und ihm nicht helfen zu können. Und tief im Innern weigerte sie sich zu glauben, dass ein Pferd für die Menschen nicht mehr erreichbar war. Es *musste* einfach einen Weg geben, um Zugang zu dem Hengst zu bekommen – aber welchen? Was konnte ihn dazu bringen, ihr zu vertrauen?

5

In den nächsten Tagen änderte sich an Prince' Verhalten nichts. Sobald die Sonne untergegangen war, begann er seine Box zu demolieren. Zwar benahm er sich bei Tage etwas ruhiger, aber Ben und Ty waren sich darüber einig, dass es viel zu riskant wäre, ihn putzen oder gar hinausführen zu wollen.

Am Mittwochnachmittag, nachdem Amy aus der Schule gekommen war, beratschlagten sie in der Sattelkammer.

„Es gibt nur eine Möglichkeit", sagte Amy, „Join-up."

Ty sah sie voller Zweifel an. „Ich halte es für gewagt, ihn im Roundpen freizulassen. Er ist schließlich vollkommen unberechenbar."

„Aber anfassen lässt er sich doch auch nicht, so etwas wie T-Touch ist unmöglich", beharrte Amy. „Eine freie Arbeit, eine Beschäftigung draußen, die ihn stark fordert, ist unsere einzige Chance! Er braucht Bewegung, sonst dreht er noch mehr durch! Beim Join-up muss ich ihm nicht zu nahe kommen. Ich muss ihn nur so lange auf Distanz halten, bis er sich von selbst entschließt, Kontakt aufzunehmen. Und du könntest danebenstehen und notfalls eingreifen. – Lass es uns wenigstens versuchen!"

Das Join-up-Verfahren war für gewöhnlich der erste Schritt, den sie auf Heartland unternahmen, um eine Beziehung zum Pferd aufzubauen. Amy hatte die Technik von ihrer Mutter erlernt und bisher war sie immer erfolgreich gewesen.

„Ich glaube, es ist einfach noch zu früh dafür", wandte Ty ein, „vielleicht sollten wir warten, bis die Kräuter, die wir ihm verabreichen, doch noch wirken."

Amy stellte sich vor, dem Hengst im Roundpen allein gegenüberzustehen. Er war ein starkes und unberechenbares Pferd. Auch wenn es im Roundpen, wo sie einander ausweichen konnten, anders wäre, als mit ihm in der Box eingesperrt zu sein – das Unterfangen blieb riskant. Prince' Angst konnte jederzeit in Aggression umschlagen. Doch dann dachte Amy an Spartan, mit dem sie im vergangenen Jahr gearbeitet hatte. Er war ebenso schwer traumatisiert gewesen wie Prince – und das Join-up hatte funktioniert!

„Wir sollten nicht noch länger warten!", sagte sie entschlossen. „Wir können jetzt gleich beginnen. Es ist noch eine Stunde lang hell, wir sollten es versuchen."

„Aber du weißt, dass wir auch mit den Wallachen arbeiten müssen", gab Ty zu bedenken. „Die Unruhe im Stall überträgt sich auf alle. Pirat und Red reagieren da besonders sensibel. Tagsüber können wir sie ins Paddock stellen, aber nachts haben sie trotzdem Stress. Ich habe Ben schon geraten, ihm auch etwas Walnuss-Extrakt ins Futter zu mischen und vielleicht etwas Espe, das könnte helfen."

Amys schluckte. Ty hatte Recht. Prince' Tobsuchtsanfälle belasteten auch die anderen Pferde. Sie wusste, dass Ben sich nur mit Mühe zurückhielt, aber seine Sorge um den hochsensiblen Red, sein eigenes Pferd, war deutlich erkennbar. Und was Pirat anging, so war Prince' Unruhe das Letzte, was er gebrauchen konnte. Er war ebenfalls mit Angst- und Stress-Symptomen nach

Heartland gekommen, allerdings waren die Probleme nicht so tiefgreifend gewesen wie bei Prince. Anfangs aber war er stundenlang rastlos im Stall herumgelaufen. Durch Prince' schlechtes Beispiel fing er jetzt wieder damit an.

„Okay", sagte Amy lahm. „Wenn wir mit Prince gearbeitet haben, bekommt Pirat von mir eine T-Touch-Massage." Sie warf Ty einen flehenden Blick zu. Prince hatte für sie einfach Priorität.

Ty nickte widerstrebend.

Amy nahm jeweils zwei Stufen gleichzeitig, als sie die Treppe hinauf in ihr Zimmer hastete, um sich umzuziehen. Gerade schlüpfte sie in ihre Jeans, da sah Lou zur Tür herein. „Amy?"

„Komm nur rein!"

Lou wirkte beunruhigt. „Hat Grandpa dir gegenüber schon eine Bemerkung über unserem Neuankömmling gemacht?"

„Bisher nicht. Wieso?"

Lou seufzte. „Er hat sich heute bei mir beschwert, dass er noch nie einen Stall voll derart verängstigter Pferde gesehen hätte."

Amy tat einen tiefen Atemzug und nickte. Sie dachte an ihr Gespräch mit Ty und musste dem Großvater Recht geben.

„Ich glaube, er macht sich große Sorgen", fuhr Lou fort. „Habt ihr bei Prince schon irgendwas erreicht?"

Amy sah in Lous besorgtes Gesicht. „Noch nicht", gab sie zu. „Es ist noch zu früh. Aber wir wollten gerade ein Join-up versuchen."

„Ich wollte es dir nur gesagt haben. Du weißt ja, dass es sonst überhaupt nicht Grandpas Art ist, solche Kommentare abzugeben."

Amy nickte. Tatsächlich pflegte sich Jack Bartlett sonst nie in die Arbeit mit den Pferden einzumischen. Er vertraute Amy voll und ganz. Wenn er solche Dinge zu Lou sagte, war das schon bedenklich. –

Amy näherte sich Prince mit ausgestreckter Hand, in der anderen eine Longe, während Ty das Geschehen von der Boxentür aus beobachtete. Wie üblich wich das Pferd mit erhobenem Kopf und angstgeweiteten Augen zurück. Eine Weile standen sie einander regungslos gegenüber. Das brachte nichts. Amy beschloss, die Taktik zu ändern. Prince würde ihr nicht entgegenkommen, also musste sie ihn überrumpeln. Vorsichtig, mit dem geringsten Aufwand an Bewegungen, fasste sie den Verschluss der Longe, hielt den Mechanismus geöffnet und näherte sich damit langsam dem Tier. In der Sekunde, als es die Kopfhaltung veränderte, um Amys Bewegung verfolgen zu können, kam sie so weit heran, dass sie blitzartig und ohne das Pferd zu berühren den Verschluss in den Halfterring einhaken konnte. Sie sprang zurück, als Prince zu toben begann und warf Ty das Ende des Seils zu. Dann schlüpfte sie hinter Tys Rücken. Der gab dem Hengst gerade so viel Freiheit, dass er steigen konnte, gestattete ihm jedoch nicht, sich wegzudrehen. Als Prince sich endlich so weit wieder beruhigt hatte, dass er zitternd stillstand, führte ihn Ty aus dem Stall.

„Das ist Wahnsinn!", murmelte er Amy zu. „Wir können ihm nicht einmal eine Trense oder ein Steiggebiss anlegen! Kein normaler Mensch führt einen tobenden Hengst am Halfter!"

Den ganzen Weg zum Roundpen gebärdete sich Prince wie

ein Verrückter, sodass Amy um Ty bangte und ihren Entschluss fast schon bereute. Doch Ty gab die Longe geschickt nach, sobald Prince stieg und verkürzte sie sofort wieder, damit er ihn beim Ausschlagen nicht mit den Hinterbeinen erwischen konnte. Sein Gesicht war grimmig, und je mehr Prince tobte, desto entschlossener bot ihm Ty Paroli.

Amy übernahm im Roundpen. Mit einer knappen Bewegung ließ sie das Pferd von der Longe. Prince sprang sofort zurück und raste nach außen. Dann blieb er stehen, starrte zu ihr herüber und schüttelte aggressiv den Kopf. Amy trat auf ihn zu, wobei sie drohend das Longenende über ihrem Kopf kreisen ließ. Prince ergriff die Flucht vor ihr und begann, auf dem äußeren Zirkel des Rundes zu traben. Es war das erste Mal, dass Amy den Rappen in Aktion sah. Für einen Vollblüter bewegte er sich mit ungeheurem Raumgriff, und von der Verletzung war lediglich eine kleine Unregelmäßigkeit im Takt des Schrittes zurückgeblieben, die sich wahrscheinlich auch nicht mehr verwachsen würde.

Amy richtete ihre Schulter quer zum Pferd aus und begann, es zu jagen. Immer wieder warf sie die Longe in seine Richtung, hielt es sich damit vom Leibe und zeigte ihm gleichzeitig, dass sie nicht aufhören würde, es zu treiben, bevor es kein Zeichen guten Willens erkennen ließ.

Obwohl Prince bald zu lahmen begann und ihm die verletzte Sehne sichtlich wehtat, sendete er keines der von Amy erhofften Signale. Weder bewegte er ein Ohr in ihre Richtung, noch entspannte er sich endlich. Kein Anzeichen dafür, dass er ihre Freundschaft suchte. Im Gegenteil: Er drohte mit angelegten Ohren und scheute, sobald sie die Longe schwang. Lediglich seine

Lahmheit wurde immer ausgeprägter, je länger sie ihn im Kreis scheuchte.

„Ty, ich muss aufhören", sagte sie schließlich mit hängenden Schultern. Der Hengst blieb stehen, hob den Kopf und schnaubte aufsässig. „Damit erreichen wir rein gar nichts."

Ty kam von Zaun heruntergeklettert. Dann näherten sie sich dem Hengst von zwei Seiten. Er war zu erschöpft, um massiven Widerstand zu leisten, so blieb ein weiterer Ausbruchsversuch lahm, und binnen Kurzem konnte Amy die Longe ins Halfter einklinken. „Mir kommt es vor, als ob er nicht reagieren *wollte*", sagte sie kopfschüttelnd, „nicht, als ob er nicht *könnte*. Ich komme einfach nicht an ihn heran!"

In dieser Nacht lag Amy schlaflos in ihrem Bett und starrte an die Decke. Das Join-up hatte in den vergangenen Monaten bei so vielen Pferden funktioniert – Promise, Gypsy, Spartan ... Prince war das erste Pferd, das keinen Kontakt aufnehmen wollte und so weit entfernt wie möglich von ihr seine Runden ging.

Spartan – das Pferd, bei dessen Rettung im vergangenen Herbst der schwere Unfall passiert war. Amys Mutter war dabei ums Leben gekommen. Sie selbst und das Pferd waren schwer verletzt worden, als ein stürzender Baum Jeep und Anhänger unter sich begraben hatte. Wochen später hatte sie mit Spartan im Roundpen gearbeitet. Während sie ihn Runde um Runde getrieben hatte, hatte sie dabei den eigenen Schmerz und die eigene Wut herausgelassen, bis das Pferd endlich die kaum noch erhofften Signale ausgesandt hatte. Nach diesem ersten gelungenen Join-up war Spartan schrittweise wieder zu dem freundlichen, umgänglichen Pferd von einst geworden. Amy war als Einzige in der Lage gewesen, Zugang zu ihm zu bekommen, denn nur sie konnte nachvollziehen, was er durchgemacht hatte.

Ihre Gedanken wanderten wieder zu Prince. Sie dachte an die immerwährende Panik in seinem Blick, einmal mehr stellte sie sich das Feuer vor, die Verzweiflung, mit der Prince die Stalltür zerschmettert hatte ... aber sie war nicht in der Lage, das alles wirklich *nachzuempfinden*. Prince war in seinem Schmerz und seiner Angst allein. Vielleicht brauchte er jemanden, der ihn ebenso verstand, wie sie damals Spartan verstehen konnte? Wo war sein alter Pfleger, der den Stall verlassen hatte? Ob der vielleicht helfen könnte ... Endlich fielen Amy die Augen zu.

„Lou!", rief Amy, als sie am nächsten Morgen die Treppe hinabging, „was hast du am Samstag vor?"

„Ich habe ein Treffen mit einem Händler wegen der neuen Einstreu", ließ sich Lou aus dem Büro vernehmen. „Mehr nicht!"

„Und wo?"

„Richtung Hagerstown. Warum?"

„Würde es dir was ausmachen, noch ein Stück weiter in Richtung Baltimore zu fahren? Ich muss nach Brookland Ridge, um mit Sam zu reden, dem Stallburschen, der Prince hergebracht hat."

Lou erschien in der Tür und zuckte mit den Achseln. „Sicher. Bis dahin fährt man nur eine halbe Stunde länger. Wenn du meinst, dass es was nützt ..."

„Wer weiß. – Mir fällt nämlich langsam nichts mehr ein."

Es war Freitagabend. „Walnuss, Sonnenröschen und Espe", murmelte Amy, als sie ihren Blick über die Fläschchen im Regal in der Futterkammer wandern ließ. „Rettungskraut." Sie wandte sich ab. In dieser Phase war es wahrscheinlich besser abzuwarten, ob die Mittel, die sie bei Prince bereits anwandten, doch noch irgendeine Wirkung zeigten, als mit neuen herumzuexperimentieren.

Nachdem sie am Nachmittag Pirat im Roundpen longiert hatte, konnte sie Ben beobachten, der mit seinem Red auf dem großen Reitplatz arbeitete. Sie war kurz stehen geblieben, um den beiden zuzusehen, denn sie waren ein bemerkenswertes Paar. Doch heute hatte es Ben nicht leicht. Während Red auf dem Zirkel kanterte, ging er hart in die Hand und wehrte sich gegen den Reiter. Bens Gesicht war blass, sein Blick hochkonzentriert. Red schäumte, als Ben ihn endlich zum Trab parierte.

„Er geht nicht so gut, oder?", bemerkte Amy.

„Nein", entgegnete Ben finster, „Er ist total nervös und kann sich einfach nicht konzentrieren."

Obwohl Amy die Antwort bereits kannte, fragte sie: „Und woran liegt das?"

„Er ist schon die ganze Zeit über schwierig." Ben zögerte, ehe er hinzufügte: „Die ganze Zeit, seitdem …" Er brach ab und vermied es, Amy ins Gesicht zu sehen.

Seitdem Prince da ist, dachte Amy den Satz zu Ende. Irgendwie fühlte sie sich schuldig. „Versuch's doch mal mit Lavendelöl", schlug sie vor, „gib einen Tropfen auf deinen Finger und lass ihn daran schnuppern. Wenn er es mag, kannst du ihm damit die Nüstern massieren."

„Ich werd's probieren, danke, Amy."

Für einen Augenblick trat Stille ein.

„Es ist nur", sagte Ben, bevor er Red wendete, um weiter mit ihm zu arbeiten, „dass ich auch darunter leide, wenn es Red nicht gut geht."

Das verstand Amy nur allzu gut. Die Ursache für Reds Probleme war offensichtlich. Betrübt schlich sie mit Pirat davon.

Amy war froh, als es endlich Samstag war. Das Warten war nervend gewesen. Nun konnte sie in Sachen Prince endlich etwas Neues unternehmen. Nach einem zeitigen Mittagessen fuhr sie mit Lou zusammen in Richtung Baltimore.

„Ich setze dich vor meinem Treffen in Brookland Ridge ab", sagte Lou.

„Mit wem genau triffst du dich überhaupt?", fragte Amy.

„Die Firma heißt ‚Champions'. Sie stellen Qualitäts-Einstreu her und wollen mit mir über meinen Werbe-Vorschlag reden."

„Champions?" Amy sah desinteressiert aus dem Fenster. „Nie gehört."

„Ich glaube, die Niederlassung hier existiert noch nicht so lange."

„Aha." Amy gab sich einen Ruck, heuchelte Interesse. Sie wollte Lou nicht vor den Kopf stoßen, obwohl sie nicht allzu viel von ihren Ideen hielt. „Und was ist das für eine Einstreu?"

„Sie heißt SupraDry und soll besonders saugfähig sein", erklärte Lou, „aber ich muss mir erst mal ansehen, ob das Zeug tatsächlich so gut ist, wie die behaupten. Noch mehr schlechte Reklame können wir uns im Augenblick nicht leisten."

„Also, bisher hat Prince uns noch keinen schlechten Ruf eingebracht!“, protestierte Amy. Aber sie hatte ein flaues Gefühl im Magen.

Lou setzte sie vor dem Rennstall ab. „Ich lass mein Handy eingeschaltet, ruf mich einfach an, wenn du hier fertig bist.“

Amy winkte und ging den breiten, frisch geharkten Sandweg hinauf. „Brookland Ridge“ stand in schmiedeeisernen Lettern über dem Tor zum Hof geschrieben. Sie ging hindurch und erreichte den ersten Stallkomplex – er bot einen traurigen Anblick. Gemäuer und Balken waren verkohlt und das Dach eingefallen. Die Atmosphäre war still und unheimlich. Noch immer hing der Brandgeruch in der Luft.

Beklommen eilte Amy weiter. Ein Durchgang hinter dem niedergebrannten Gebäude führte zu weiteren Ställen. Hier herrschte reges Treiben. Ein Stallbursche fegte gerade den Hof, andere schleppten Eimer. Die Pferde streckten die Köpfe aus den Außenboxen und blickten der Fremden neugierig entgegen.

Amy sprach einen der Pfleger an, erkundigte sich nach Sam und wurde zu der betreffenden Box geschickt.

Sam war gerade damit beschäftigt, eine große Schimmelstute zu putzen. Er pfiff leise vor sich hin und bemerkt zunächst gar nicht, dass jemand über die Tür hereinschaute.

„Hi, Sam!“, rief Amy.

Er zuckte zusammen.

„Erinnerst du dich an mich? Ich bin Amy Fleming von Heartland.“ Sie machte eine Pause, bevor sie fortfuhr: „Ich dachte, dass du mir vielleicht helfen könntest.“

Er lächelte freundlich, doch das Lächeln schwand bei Amys Schilderung der Schwierigkeiten mit Prince. „Ich dachte, dass ich einmal mit seinem ehemaligen Pfleger reden sollte", schloss sie, „mit dem, der entlassen wurde."

„Ryan?"

„Ja. Hast du Kontakt zu ihm?"

Sams Miene war verschlossen. „Nein. Keiner von uns hier hat noch mit ihm zu tun."

„Gibt es einen Grund?", erkundigte sich Amy vorsichtig. Sie hatte den Eindruck, ins Fettnäpfchen getreten zu sein.

Ben legte Striegel und Kardätsche beiseite und kam zur Tür. „Du hast keine Ahnung, was passiert ist, oder?"

„Wie sollte ich?"

Sam seufzte. „Eine üble Geschichte. Ryan hat's bei dem Brand ziemlich schlimm erwischt, und dann hat er sich auch noch die alleinige Schuld an dem Feuer gegeben."

„Was ist ihm geschehen?"

„Er hat wochenlang im Krankenhaus gelegen und hat ein Auge verloren."

Amy atmete hörbar aus.

„Der Trainer von Gallant Prince hat ihn gefeuert, aber er wollte sowieso gehen." Sam schüttelte den Kopf.

Amy schwieg einen Augenblick, während sich Sam an den Hufen des Pferdes zu schaffen machte. „Hatte er ein enges Verhältnis zu Prince?", fragte sie schließlich.

„Die beiden waren unzertrennlich."

„Hör mal, Sam", drängte Amy, „kannst du mir nicht sagen, wo ich Ryan finde?"

Sam richtete sich auf. „Na ja", sagte er nach kurzem Zögern, „es tut ja wohl keinem weh, wenn ich dir seine Adresse gebe."

Während sie die Auffahrt hinunterging, telefonierte Amy mit Lou.

„Ich bin in zwanzig Minuten da", sagte ihre Schwester.

Amy dachte über Ryan nach. Er hatte die Brandnacht miterlebt und er kannte Prince genau – er war ihre letzte Hoffnung.

„Kannst du mich noch zu dieser Adresse fahren?", erkundigte sich Amy, als Lou endlich kam.

Lou sah auf die Uhr. „Wenn es nicht allzu lange dauert."

Das Haus war nicht schwer zu finden. Es lag unweit von Brookland Ridge.

„Ich beeile mich", versprach Amy beim Aussteigen.

Als sie an der Tür klingelte, fühlte sie sich unbehaglich. Aber niemand reagierte auf das Läuten. Sie versuchte es noch einmal und ging dann achselzuckend zurück zum Auto. Gerade, als sie wieder einsteigen wollte, sah sie eine junge Frau beladen mit Einkaufstüten die Straße herunterkommen. Sie hielt schon einen Schlüssel parat. Amy wartete. Die andere mochte nicht viel älter sein als Amy. Tatsächlich schlug sie den Weg zu Ryans Haustür ein und bedachte dabei die Unbekannte mit einem abweisenden Blick.

Amy rannte ihr nach und sprach sie nervös von hinten an. „Hallo. Ich suche Ryan Bailey. Wohnt der hier?"

Die Frau drehte den Schlüssel im Schloss. Sie schaute immer noch argwöhnisch. „Warum? Was wollen Sie?"

„Mein Name ist Amy. Ich möchte mit ihm über Gallant Prince reden."

„Wenn Sie von der Presse sind, können Sie gleich wieder verschwinden."

„Bin ich nicht", sagte Amy geduldig. „Ich versuche, Prince zu helfen. Es geht ihm schlecht. – Ich habe gehört, dass Ryan auch eine Menge durchgemacht hat", fügte sie rasch hinzu.

Der Blick der jungen Frau wurde jetzt etwas freundlicher. Sie wechselte ins vertraute Du.

„Und du kommst *woher*?"

„Heartland-Farm. Wir arbeiten mit verletzten oder schwierigen Pferden – solchen wie Prince."

Jetzt schien Amys Gegenüber interessiert zu sein. „Also gut – ich bin Beth, Ryans Frau. Komm mit rein." Sie stieß die Tür auf.

Amy folgte ihr durch den Flur ins Wohnzimmer.

„Setz dich doch!" Beth fegte eine Zeitung vom Tisch.

Amy sah sich in dem schlichten, schmucklosen Raum um und nahm auf dem Sofa Platz. Beth setzte sich ihr gegenüber. „Wie viel weißt du denn von dem, was Ryan passiert ist?"

„Wenig", gab Amy zu. „Ich habe mit einem der Pferdepfleger von Brookland Ridge gesprochen. Daher habe ich auch eure Adresse ..."

„Mit wem hast du gesprochen?", fiel Beth ihr ins Wort.

„Mit Sam."

„Sam – wie geht's ihm?"

„Du kennst ihn?", fragte Amy überrascht.

Beth lächelte traurig. „Ich habe selbst dort gearbeitet. – Was hat er dir erzählt."

Amy wiederholte, was sie von Sam erfahren hatte.

Beth nickte. „Dem ist eigentlich nichts hinzuzufügen. – Und womit kann ich dir nun helfen?"

Amy atmete tief durch. „Nun ja, ich dachte, ich könnte vielleicht mit Ryan sprechen. Über Prince. Das Pferd ist in schlechter Verfassung. Vielleicht kann Ryan uns weiterhelfen."

Beth sah sie schweigend an.

„Ist er hier?", fragte Amy unsicher.

„Er ist oben." Beth seufzte. „Aber er wird nicht mit dir reden wollen. Er redet mit niemandem darüber."

„Warum?" Amy versuchte möglichst freundlich zu klingen.

„Er ist seitdem völlig in sich gekehrt", antwortete Beth nach kurzem Zögern. „Ich habe meinen Job im Rennstall aufgegeben, um mich um ihn zu kümmern, aber ..." Für einen Augenblick versagte ihr die Stimme, dann fuhr sie mit abgewandtem Blick fort. „Es ist alles anders seitdem. Wir haben im vergangenen Sommer geheiratet, wir waren glücklich, verstehst du? Und dann – dann passierte der Brand ... Die Pferde haben ihm alles bedeutet. Nachdem ihm gekündigt worden ist, wollte ich auch nicht mehr im Rennstall arbeiten. Jetzt jobbe ich im Supermarkt." Beths Augen waren feucht, und Amy fühlte sich immer unbehaglicher.

„Das tut mir Leid", sagte sie leise.

Beth wischte sich die Tränen aus den Augen. „Ich wollte, ich könnte irgendwie an ihn herankommen. Aber es ist, als hätte ich ihn verloren – es ist so, als ob er überhaupt nicht mehr anwesend wäre."

„Aber – seine Verletzungen sind verheilt?", fragte Amy.

„Mehr oder weniger. Er hat ein Auge verloren. Die vielen Hauttransplantationen haben ihm das Leben gerettet. All das ist nicht mehr das Problem …“

„Glaubst du“, fragte Amy zögerlich, „dass ich trotzdem einmal zu ihm kann, um mit ihm zu reden?“

Beths Blick war zweifelnd. „Weißt du, er will einfach nicht …“, begann sie, brach dann aber ab und dachte nach. „Gut“, entschied sie dann. „Probier es einfach.“

6

Beth bereitete eine Tasse Kaffee für Ryan zu und bat Amy, ihr zu seinem Zimmer hinauf zu folgen. Sie klopfte leise an die Tür. „Ryan?"

Keine Antwort.

Beth öffnete die Tür einen Spaltbreit. „Ryan, hier möchte jemand mit dir sprechen."

Noch immer blieb es still im Zimmer.

Amy entschloss sich, die Initiative zu ergreifen. „Darf ich?" Beth nickte, gab Amy die Kaffeetasse und öffnete ihr die Tür.

Das Zimmer war abgedunkelt, die herabgelassenen Jalousien ließen nur einen schmalen Spalt Licht herein. Amys Augen brauchten eine Weile, um sich zu gewöhnen.

„Ryan?", fragte sie vorsichtig. Sie konnte eine Gestalt im Sessel neben dem Bett ausmachen. „Ryan, ich bin Amy. Ich möchte dich etwas über Gallant Prince fragen."

Ryan wandte sich ihr zu. Amy konnte eine Augenklappe erkennen.

„Können wir nicht ein wenig Licht hereinlassen?", fragte sie, stellte die Tasse auf den Tisch und ging zum Fenster.

„Nicht", ließ sich Ryans raue Stimme vernehmen, „nicht anfassen!"

Amy hielt erschrocken inne.

Es folgte ein unbehagliches Schweigen. Schließlich setzte sie sich auf die Tischkante. Inzwischen hatten sich ihre Augen so weit angepasst, dass sie Ryans hageres, vernarbtes Gesicht erkennen konnte.

„Ich weiß, dass der Gedanke an Prince für dich schrecklich sein muss", begann sie zögernd. „Du hast ihn sehr gerngehabt, nicht wahr?"

Ryan veränderte seine Haltung, antwortete aber nicht.

„Er ist so unglücklich", fuhr Amy fort. „Man hat ihn zu uns nach Heartland gebracht, weil wir uns mit verstörten Pferden befassen und versuchen, die Ursachen ihrer Probleme zu erkennen. Doch bei Prince bin ich gescheitert. Wir alle. Keiner von uns kommt an ihn heran. Wir haben alles Mögliche versucht ... aber er scheint sich überhaupt nicht auf uns einlassen zu *wollen.*"

Ryan wandte sich ab und kehrte Amy den Rücken zu. Das Schweigen lastete schwer auf ihr. Langsam fiel ihr nichts mehr ein, was sie noch sagen könnte. „Weißt du, was sonderbar ist", meinte sie nervös, „du sitzt hier im Dunkeln und bei Prince ist es genau das Gegenteil: Er hat in der Dunkelheit große Angst."

Ryan regte sich. Dann sagte er so leise, dass sie es kaum verstehen konnte: „Für mich gibt es nichts Sehenswertes mehr."

Amy starrte ihn an, sie schluckte. „Das stimmt nicht Ryan. – Denk doch einmal an Prince!"

Ryan schüttelte einfach nur den Kopf.

Amy versuchte es weiter. „Vielleicht könntest du noch einmal darüber nachdenken, ihn dir anzusehen. Vielleicht reagiert er auf jemanden, dem er vertraut?"

„Vertraut?" Endlich wandte sich Ryan ihr zu. „Wie kommst du auf die Idee, dass er mir vertraut?"

„Ich … ich bin mir nicht sicher", gab Amy zu. „Aber manchmal kann ein Pferd nur von jemandem erreicht werden, der sein Leid geteilt hat. – Das ist mir selbst so ergangen."

Ryan zuckte die Achseln. „Das würde ihm auch nicht helfen."

Amy wollte protestieren, doch der junge Mann wandte sich ab. Amy begriff, dass Ryan an einem Gespräch mit ihr nicht interessiert war. Sie erhob sich.

„Ich will Prince nicht wieder sehen", sagte Ryan jetzt. „Und nun geh bitte!" Es klang beinahe flehend. Amy sah ein, dass sie hier nichts ausrichten konnte.

Beth stand an der Anrichte und war dabei, Gemüse zu putzen, als Amy in die Küche kam. Sie warf ihr einen erwartungsvollen Blick zu. Als sie Amys enttäuschte Miene sah, füllten sich ihre Augen mit Tränen.

„Danke, dass ich es versuchen durfte", sagte Amy zu ihr. „Ich – weiß nicht, ob ich dir irgendwie helfen kann …"

Beth schüttelte den Kopf. „Er will sich dem, was passiert ist, einfach nicht stellen. Ich glaube, dass niemand ihn dazu bringen kann." Sie lächelte traurig. „Dann komm, ich bringe dich zur Tür."

Amy drückte Beths Hand fest und ging zurück zum Wagen.

Sie erzählte Lou, was sie erlebt hatte, und versank dann in Schweigen. Der Gedanke an Ryan erfüllte sie mit tiefer Traurigkeit. Wie hart musste es für Beth sein, ihn so leiden zu sehen! – Und weder er noch Prince waren für irgendjemanden erreichbar. Sie dachte an Beths Worte: *Er will sich dem, was passiert ist, einfach nicht stellen.* – Es schien tatsächlich so, als wären beide, Mensch und Tier, in einem Zeitabschnitt gefangen und unfähig, sich vor oder zurück zu bewegen.

„Ich weiß nicht, was ich noch für Prince tun kann", sagte sie schließlich zu Lou, „Ryan war meine letzte Hoffnung, weil er dasselbe durchgemacht hat wie Prince."

Lou warf ihr einen besorgten Blick aus dem Augenwinkel zu. „Fällt dir denn gar nichts mehr ein?"

Amy seufzte. „Ich bin ratlos, Lou. – Danke, dass du mich gefahren hast. – Ich werde mir diese Einstreu-Proben mal anschauen, wenn wir zu Hause sind."

Lou lächelte aufmunternd. „Die Einstreu ist unwichtig. Wir müssen uns etwas für Prince einfallen lassen."

Amy fand Ty in Gypsys Box. Er war gerade mit Putzen fertig.

Wo bist du gewesen?", wollte er wissen. Er sah sie gespannt an.

„Na ja, ich habe mit Ryan Bailey gesprochen."

„Prince' alten Pfleger?"

Amy nickte. „Es war ein ziemlich einseitiges Gespräch. Er gibt sich die Schuld an dem Desaster der Brandnacht in dem Rennstall. Er will mit der Welt nichts mehr zu tun haben. Keine Chance, ihn hierherzuholen."

Ty seufzte. „Du hast es zumindest versucht."

Amy zuckte hilflos die Achseln. „Und – wie geht es Prince heute?"

„Wie üblich – aufregt, unruhig, beißt nach mir, wenn ich ihm zu nahe komme."

„Was ist mit den anderen?"

„Pirat geht es besser. Die Espen-Essenz scheint zu wirken. Um Red mache ich mir Sorgen. Die anderen sind etwas unruhig, aber sie kommen klar."

Amy nickte. „Ich werde mich mal etwas mit Sundance beschäftigen. – Er fühlt sich wahrscheinlich schon sehr vernachlässigt."

„Da ist er nicht der Einzige", sagte Ty und bedachte Amy mit einem merkwürdigen Blick.

Es traf sie wie ein Faustschlag. „Wie meinst du das?"

„Ich wollte mit dir über uns beide reden. Aber du gehst mir aus dem Weg. – Glaubst du, ich merke das nicht?"

„Ich gehe dir nicht aus dem Weg!", protestierte sie halbherzig.

„Sondern?" Er hielt sie mit seinem Blick gefangen.

Amy fehlten die Worte. Noch nie hatte sie sich in einer derartigen Situation befunden. „Ich – ich wusste einfach nicht, was ich dir sagen sollte."

„Aber du musst gar nichts sagen", entgegnete Ty und trat näher an sie heran.

„Ty!" Amy spürte ihre Wangen glühen. „Ich will einfach nicht, dass sich irgendetwas ändert! Alles soll so bleiben, wie es ist."

Er sah zu Boden. „Verstehe."

Amy war völlig durcheinander. „Ty, nein! Das meine ich nicht", begann sie. „Ich … ich würde es nur schrecklich finden, dich jemals zu verlieren. Wenn sich jetzt etwas ändert zwischen uns … und dann geht es vielleicht schief … dann … dann …"

„Du meinst, wenn unsere Beziehung nicht hält?", fragte Ty behutsam.

Amy nickte und lächelte unsicher. „Lass mir einfach noch ein wenig Zeit. Wir reden später darüber."

„Gut", sagte er langsam. „Ich bin immer für dich da."

„Das Zeug ist ziemlich saugfähig", meinte Amy. Sie begutachtete die neue Einstreu, die Lou bei „Champions" gekauft hatte. Es war Sonntagmorgen. Lou, der Großvater und sie experimentierten in der Scheune mit den flockigen Spänen herum. „Diese Handvoll hat jetzt fast einen Viertelliter Wasser aufgenommen – und es ist entschieden weniger staubig als Stroh."

„Das wäre etwas für Pferde, die allergisch gegen Staub sind", bemerkte der Großvater.

Lou sah zufrieden aus. „Okay, dann werde ich eine ganze Palette bestellen", sagte sie, „und im Gegenzug bekommen sie einige Fotos von Heartland für die Werbung."

„Gut gemacht, Lou", lobte der Großvater. „Das war kein schlechter Einfall."

Sie gingen hinaus auf den sonnigen Hof, wo Ty beim Fegen war. „Ich wollte noch etwas anderes mit euch besprechen", sagte Lou, „die Gelegenheit ist günstig, wir sind gerade alle beisammen."

Ty stellte den Besen beiseite.

„Dann schieß los!", meinte der Großvater.

„Ich wollte eine Art wöchentliches Treffen vorschlagen", erklärte Lou, „wo wir uns alle zusammensetzen und über die Pferde und die anstehenden Aufgaben sprechen."

„Aber wir erzählen einander doch immer alles!", wandte Amy irritiert ein.

„Meistens", sagte Lou, „aber es klappt nicht immer. Denk daran, wie ich Shadow damals von seiner Besitzerin habe abholen lassen, ohne dass er schon richtig straßensicher war!"

Amy zog eine Grimasse. Das war eine ziemlich unangenehme und gefährliche Sache gewesen.

„Ich finde Lous Idee gut", sagte der Großvater, und auch Ty nickte.

„Aber es klingt irgendwie bürokratisch!", wandte Amy ein.

„Muss es doch nicht sein!", beschwichtigte Lou sie. „Wir können es als gemeinsames Abendessen gestalten, einmal wöchentlich. Mittwochabend oder so."

„Na gut", sagte Amy widerstrebend. „Soll ich's Ben ausrichten?"

„Ja bitte!" Lou lief zum Haus, weil das Telefon zu läuten begonnen hatte.

„Ich sag's ihm", erbot sich Ty. „Ich muss sowieso mit ihm reden, weil ich seine Hilfe brauche. Ich will nämlich heute Nachmittag versuchen, Prince noch einmal zu longieren."

„Noch einmal?", rief Amy aus. „Den kriegst du doch kaum bis ins Roundpen!" Mit Grauen dachte sie an den Kampf vor einigen Tagen.

„Aber er braucht Bewegung!", entgegnete Ty. „So explosiv wie er ist, traue ich mich nicht, ihn einfach nur auf die Koppel zu stellen. Er ist schließlich ein Hengst! Der hat es drauf und springt über den Zaun, dann ist er weg und die Hölle ist los!"

„Aber Ty – du kannst ihn nicht beherrschen! Du müsstest ihn

wenigstens auftrensen!" Amy warf dem Großvater einen besorgten Blick zu.

„Je länger er ohne Bewegung in seiner Box herumsteht, desto schlimmer wird es mit ihm, glaub mir!", erwiderte Ty. „Er ist ein Vollblüter! Ein Galopper, der nicht ausgelastet ist, dreht durch. Das macht alles noch viel, viel schlimmer! – Deshalb wollte ich Ben um Hilfe bitten. Zu zweit schaffen wir es hoffentlich, ihn aufzutrensen."

Amy musste Ty Recht geben: Je länger Prince in seiner Box eingesperrt war, desto mehr würde sein Zustand sich verschlimmern. Sie nickte langsam. „Gut, ihr solltet es wenigstens versuchen. – Was denkst du, Grandpa?"

„Der Gedanke daran, dass ihr ein so großes Risiko eingeht, gefällt mir zwar nicht", sagte er nachdenklich zu Ty, „aber wahrscheinlich haben wir keine andere Wahl."

Am Nachmittag beschloss Amy, mit Gypsy einen Geländeritt zu unternehmen. Die Stute war als notorischer Buckler nach Heartland gekommen. Inzwischen buckelte sie so gut wie gar nicht mehr, aber Amy hielt es für wichtig, dieses Verhalten noch zu festigen. Sie saß auf und schlug den Weg nach Clairdale Ridge ein.

Dazu musste sie am Roundpen vorbeireiten. Sie sah, dass Ty bereits dabei war, Prince zu longieren – und zwar am Halfter, ohne im Geringsten auf ihn einwirken zu können! – Erschrocken stellte sie fest, dass von Ben nichts zu sehen war.

Der Hengst lief zwar im Kreis, denn zum Ausbrechen bot das eingezäunte Rund keine Gelegenheit, und nach innen kam er nicht, weil Ty ihn sich mit der Peitsche vom Leibe hielt, doch rollte er wild mit den Augen, schlug mit dem Kopf und versuchte, seinem Bewegungsdrang mit hohen Sätzen Luft zu machen.

Amy spürte, wie sich Prince' Spannung auf Gypsy übertrug. Sie tätschelte der aufgeregt tänzelnden Stute den Hals, während sie versuchte, das Pferd am Roundpen vorbeizutreiben. Doch Gypsy blieb plötzlich wie angewurzelt stehen, den Hals hoch aufgerichtet, die Nüstern gebläht, und wieherte zu dem Hengst hinüber. Der bemerkte nun die Stute und schrie schrill.

Gypsy antwortete, und in dem Augenblick, als Amy ihr die Schenkel in die Seiten drückte, um sie zum Weitergehen zu bewegen, entlud sich ihre Spannung aus dem Stand heraus in mehreren heftigen Bocksprüngen.

Amy wurde in hohem Bogen aus dem Sattel geschleudert, der Zügel entglitt ihren Händen, Gypsy war frei und trabte neugierig zum Roundpen hinüber.

„Vorsicht, Ty!", schrie Amy, während sie aufsprang und Gypsy hinterherrannte. Doch sie konnte nicht mehr verhindern, dass die Nüstern der beiden Pferde sich berührten.

„Unternimm doch was!", brüllte Ty verzweifelt. Aber es war zu spät. Ein Höllenlärm brach los – Gypsy quietschte und ließ die Vorderbeine in die Holzstangen krachen, der Hengst schrie und stieg, während Ty versuchte, ihn vom Zaun wegzuzerren. Prince setzte sich zur Wehr, fuhr blitzschnell herum und schlug aus, seine Hinterhufe flogen gefährlich nah an Tys Kopf vorüber. Ty gelang es nicht, die Longe zu verkürzen, Prince schleifte ihn einfach mit sich und riss ihn mit einem weiteren Satz von den

Füßen. Sobald er Ty hilflos am Boden liegen sah, ließ er von der Stute ab und griff den vermeintlichen Rivalen an.

Gerade noch rechtzeitig sprang Amy über den Zaun, ergriff die Peitsche, die Ty fallen gelassen hatte, und jagte Prince von seinem Opfer weg.

Durch Lärm und Geschrei alamiert, kam endlich auch Ben herbeigerannt.

„Bring die Stute weg!", schrie Amy ihm entgegen. Sie hatte das lose Longenende zu fassen bekommen. Ty war wieder auf den Beinen und gemeinsam stemmten sie sich der Kraft des außer Rand und Band geratenen Hengstes entgegen.

Ben fing die aufgeregt am Zaun auf und ab trabende Gypsy ein und brachte sie fort.

Als die Stute außer Sichtweite war, wehrte Prince sich zwar immer noch gegen die Longe, indem er stieg und mit den Vorderbeinen danach angelte, aber er stellte wenigstens seine Angriffe ein.

Amy überließ Ty die Longe und öffnete ihm das Tor. Leichenblass führte er den tänzelnden Hengst in den Stall.

Als sie endlich den Riegel vor die Box geschoben hatten, standen sie sich einen Moment lang stumm gegenüber. Dann fragte Amy entgeistert: „Wieso hast du ihn nur mit Halfter longiert? Warum warst du mit ihm im Roundpen allein?"

„Auftrensen war unmöglich. Also hat Ben mir geholfen, ihn am Halfter hinauszuführen. Dann hab ich Ben fortgeschickt, weil ich dachte, ich käme auch allein zurecht." Ty befühlte seine rechte Schulter.

Jetzt erschien Ben im Stallgang. „Ich hätte auf keinen Fall fortgehen dürfen!“

„Wenn ich gewusst hätte, dass Gypsy so reagiert …“, begann Amy.

„Es war nicht deine Schuld“, sagte Ty, während er sich vorsichtig aus seiner Jacke schälte. – Auf dem Pullover darunter zeichnete sich ein Blutfleck ab.

„Verdammt, du bist verletzt!“ Amy fühlte sich schuldig. „Wir müssen das verbinden. Bist du gegen Tetanus geimpft?“

„Ja, letzten Monat erst. Aber du hast Recht, es blutet ganz schön. Lass uns reingehen.“

Gemeinsam gingen sie in die Küche und berichteten Lou, was geschehen war. Sie verband Tys Wunde, die nicht sehr tief, aber bereits von einem violetten Bluterguss umgeben war.

„Lou, wenn Grandpa davon erfährt, wird er Prince wahrscheinlich auf der Stelle zurückschicken“, sagte Amy bedrückt.

Lou zögerte. „Ty wird sich in den nächsten Tagen schonen müssen. Ihr könnt das vor Grandpa nicht verbergen. – Aber sehr lange kann niemand von uns mehr verantworten, was der Hengst hier anrichtet.“

Die drei sahen einander bedrückt an. Plötzlich griff Amy nach dem Telefon. „Ich probier's noch einmal bei Ryan. Ich bin mir beinahe sicher, dass er Prince helfen könnte. – Wenn er nur wollte.“

Sie wählte seine Nummer. Beth nahm ab.

„Hier ist noch einmal Amy von Heartland. Kannst du versuchen, Ryan ans Telefon zu bekommen?“, bat sie. „Bitte – sag ihm, dass wir ohne seine Hilfe nicht auskommen!“

Dann wartete sie ungeduldig, bis Beth wieder am Telefon war. Es dauerte geraume Zeit. „Er will nicht", ließ sie sich schließlich vernehmen. „Ich habe ihn inständig darum gebeten, aber er will einfach nichts davon wissen."

Amy fühlte ihren Mut sinken. „Gibt es denn keinen Weg, ihn zu überreden?"

„Tut mir leid, Amy." Beths Stimme klang belegt. „Ich wünschte mir auch, dass ihn irgendetwas interessieren würde, egal was."

„Okay", Amy bemühte sich, ihre eigene Verzweiflung in Grenzen zu halten, „Danke für Deine Bemühungen, Beth! – Alles Gute!" Sie ließ sich auf einen Stuhl sinken.

„Wir müssen mit Prince einfach weiterarbeiten", sagte Ty. „Mehr können wir nicht tun."

Lou seufzte.

Amy war klar: Wenn ihre Schwester sich nicht schuldig gefühlt hätte, weil sie Prince nach Heartland geholt hatte, wäre das Spiel längst aus gewesen.

Am nächsten Tag in der Schule vertraute Amy ihrer Freundin Soraya die Geschichte von Tys Unfall an.

„Ich habe Prince nur noch auf ihn losgehen sehen", erzählte sie. „Und es war mein Fehler, ich hätte niemals versuchen dürfen, mit Gypsy da vorbeizureiten." Sie holte tief Luft. „Wenn Ty irgendetwas Schreckliches passiert wäre, ich ..." Ihr versagte die Stimme.

Soraya blickte ihr nachdenklich in die Augen. „Ty bedeutet dir sehr viel, nicht wahr, Amy?"

„Es ist nicht so, dass …", stammelte Amy und brach schließlich ab.

„Willst du mir was erzählen?"

Amy schoss die Röte ins Gesicht, ihre Gedanken wirbelten durcheinander. „Nein! Jedenfalls – eigentlich nicht." Sie sah ihre Freundin verschwörerisch an. „Versprich mir, dass du's keinem weitererzählst!"

„Natürlich nicht!"

„Wir haben uns Weihnachten geküsst."

„Amy! – Wie konntest du das für dich behalten? Jede andere hätte damit angegeben …!"

Amy grinste unbeholfen, dann erstarb ihr Lächeln. „Versteh doch, Soraya, Ty ist schon so lange mit mir befreundet. Seit Jahren arbeiten wir zusammen auf der Farm, Tag für Tag. Was, wenn es mit uns beiden schiefgeht? Ich fände es furchtbar, mich jemals von ihm trennen zu müssen. Es war schon schlimm genug, Matt zu verlieren."

„Sei nicht albern! Du hast Matt nicht verloren!", versicherte ihr die Freundin.

„Ach so? Und wann hat er sich das letzte Mal mit uns abgegeben? Er hat sich seit einer Ewigkeit nicht mehr blicken lassen – seitdem er mit Ashley zusammen ist!"

„Na ja … das ist wohl so, wenn man verliebt ist. Man ist auf Wolke sieben und vergisst alles andere um sich herum."

„Matt – auf Wolke sieben?!", wiederholte Amy angewidert, „Na, vielen Dank!" Sie dachte nach. So viele Verluste hatte sie im vergangenen Jahr ertragen müssen – den Tod ihrer Mutter, den Tod ihres Lieblingspferdes Pegasus, und wenn dann noch ein guter Freund wie Matt sich abwandte, war das umso schwerer zu ertragen. Ty durfte sie nicht auch noch verlassen, falls es mit ihnen als Liebespaar nicht klappte … „Wie auch immer, versprich mir, keinem von Ty zu erzählen!“, schloss sie.

Soraya nickte. „Meine Lippen sind versiegelt.“

7

Am Mittwochabend hatte sich Lou mit dem Abendessen besondere Mühe gegeben. Als Amy nach der Stallarbeit ins Haus kam, schlug ihr der Duft von Hühnerpastete entgegen.

„Das riecht aber lecker!“, rief Ben aus, der nach ihr eintrat. „Hey, wir sollten vielleicht jeden Abend eine Teamsitzung machen, wenn das Essen so gut ist!“

Lou grinste.

Bald saßen sie gemeinsam mit Ty und dem Großvater um den Küchentisch versammelt. Lou hatte einen Stapel Papiere neben ihrem Teller zu liegen.

„Also – ich habe eine Akte für jedes Pferd angelegt“, erklärte sie, während sie die Pastete aufteilte. „Wir machen uns fortlaufend Notizen über die jeweiligen Fortschritte. Zum Schluss tippe ich alles ins Reine. Vielleicht könnten wir einen schriftlichen Bericht als zusätzlichen Service für die Besitzer anbieten. Was meint ihr?“

„Warum nicht? Das klingt gut“, meinte Jack lächelnd. „Alles restlos durchorganisiert. Hast du die Pferde nach einem bestimmten System katalogisiert?“, neckte er.

„Alphabetisch“, erwiderte Lou grinsend, „was glaubst du denn!“

Nachdem sie die erste Pastete hungrig niedergemacht hatten, begannen sie über die Pferde zu reden.

„Gibt es irgendwelche Fortschritte mit Prince?“, fragte Jack.

„Es geht nur langsam voran“, sagte Amy vorsichtig und warf Ty einen nervösen Blick zu. „In dieser Phase können wir noch nicht viel sagen.“

„Hat sich überhaupt etwas an seinem Verhalten gebessert?“, bohrte Jack weiter.

„Na ja – nicht so richtig“, gab Amy zu.

„Konkreter: Hat es Zweck, es noch länger mit ihm zu versuchen oder nicht?“

Alles in Amy sträubte sich, ihr Scheitern einzugestehen. „Doch, ich bin mir sicher, dass er sich irgendwann fängt“, sagte sie schließlich fest, „es ist eben noch sehr früh.“

„Er ist ziemlich unberechenbar“, ergänzte Ty, „und die Heilmittel, die wir ihm gegeben haben, wirken erst nach und nach.“

Der Großvater blickte in ihre ernsten Gesichter und seufzte.

„Ganz gleich, was wir tun, er braucht Zeit“, sagte Amy rasch, bevor er etwas anmerken konnte. „Prince ist zu schwer geschädigt, um in ein paar Wochen wieder hergestellt zu sein!“

„Es geht mir nicht um Prince, Amy“, entgegnete der Großvater. „Ich weiß, dass er wichtig ist, aber du musst auch an die anderen Pferde denken. Und an eure Sicherheit. Mir ist bewusst, welche Gefahr er darstellt. Deine Mutter hätte niemals ihre eigene Sicherheit und das Wohlbefinden der anderen Pferde wegen eines einzelnen Tieres riskiert.“

Amy musste ihm Recht geben.

„Und wir müssen Luke Norton allmählich wissen lassen, ob wir hier nur unsere Zeit vergeuden“, schloss Jack.

Betretenes Schweigen trat ein. Keiner wagte, ihm zu widersprechen. Schließlich stand Lou auf. „Die nächste Pastete?" Sie öffnete den Backofen. Damit schien die bedrückte Stimmung fürs Erste zerstreut.

„Ja, bitte!", sagte Ben und reichte ihr seinen Teller. „Es schmeckt großartig!"

Lou schnitt die zweite Pastete an.

„Wenigstens geht Moochie gut", bemerkte Ben, als Lou ihm den gefüllten Teller zurückgab.

„Er hat sich prima herausgemacht", stimmte Amy zu. Der Wallach, den sie im Herbst halb verhungert aufgefunden hatten, war prächtig herausgefüttert und ging tadellos unter dem Reiter.

„Dann sollten wir einen Platz für ihn finden?", fragte Lou.

Ben und Amy stimmten zu. „Auf jeden Fall."

„Gut." Lou nickte. „Und was ist mit Melody und ihrer Daybreak? Mr Phillips, der alte Besitzer, möchte gern, dass wir sie weitervermitteln. Er gibt zu, mit dem Fohlen überfordert zu sein. Daybreak hat doch große Fortschritte gemacht, oder?"

„Na ja", sagte Amy langsam. „Sie ist nach wie vor ziemlich feurig. Sie braucht gut und gern noch ein paar Wochen. Ich will sichergehen, dass sie sich bei einem neuen Besitzer wirklich anständig benimmt."

Zu ihrer Überraschung schüttelte Ty den Kopf. „Sie wird immer feurig sein, das ist ihr Wesen. – Nein, meiner Meinung nach kann sie Heartland verlassen."

„Ty!", protestierte Amy. „Aber du weißt doch, wie schwierig sie am Anfang war!"

„Eben", entgegnete er ruhig. Er lächelte. „Und wie umgänglich sie jetzt ist!"

„Aber nicht immer“, beharrte Amy.

Wieder trat Schweigen ein.

Nach einer Weile meldete sich Ben zu Wort. „Also, auch wenn ich mit Daybreak arbeite, benimmt sie sich anständig. Ich habe schon seit geraumer Zeit keine Probleme mehr mit ihr“, sagte er sachlich.

Lou betrachtete Amy eindringlich, doch die starrte wortlos auf ihren Teller.

„Amy!“ Ty legte ihr seine Hand auf den Arm. „Du willst dich nicht von Daybreak trennen, weil es ein Band zwischen euch gibt. Sie bedeutet dir besonders viel. So ist es doch, nicht wahr?“

„So ist es nicht“, widersprach Amy lahm und ohne Überzeugung.

„Ich denke schon“, fuhr Ty fort und suchte ihren Blick. „Ich weiß, du willst nicht, dass sich irgendetwas ändert. Aber, weißt du, Amy, manchmal nehmen die Dinge einfach ihren Lauf, egal, ob es dir passt oder nicht.“

Amy errötete und sah Ty ärgerlich an. Er zog seine Hand zurück. Die Stimmung am Tisch war gereizt.

Lou wandte sich an Ben. „Du stimmst Ty also zu?“, fragte sie.

„Ich denke ja“, antwortete er beinahe schuldbewusst, „Daybreak und Melody sind beide so weit.“

„Gut, dann werde ich morgen beginnen, mich nach neuen Besitzern für die zwei umzusehen“, verkündete Lou entschlossen.

Während der restlichen Dauer des Essens schwieg Amy und vermied jedermanns Blick. Sie fühlte sich gedemütigt und konnte es einfach nicht fassen, dass Ty ihr vor der versammelten

Mannschaft widersprochen hatte – und auch noch mit ihren eigenen Worten!

Als Ben und Ty an diesem Abend nach Hause fuhren, war es schon nach neun Uhr. Amy half Lou beim Abwasch, dann ging sie noch einmal hinaus auf den Hof zu Melody und Daybreak.

Melody stand dösend in ihrer Box und bewegte nur leicht den Kopf, als Amy hereinkam. Daybreak, die im Stroh gelegen hatte, sprang beim Geräusch des Riegels instinktiv auf die Beine.

„Hallo, Süße!“ Amy streckte dem Fohlen die Hand entgegen, damit es daran schnuppern konnte. Sie liebkoste sein weiches Fell, dann ging sie zu Melody und schlang ihr die Arme um den Hals.

„Ich will euch nicht gehen lassen“, flüsterte sie. Es schnürte ihr die Kehle zu. Daybreak rieb sanft ihren Kopf an Amys Seite. Tys Worte kamen ihr wieder in den Sinn – *manchmal nehmen die Dinge einfach ihren Lauf, egal, ob es dir passt oder nicht.* Was fiel ihm ein, so etwas zu ihr zu sagen? Hätte er in seinem Leben jemals so viele Verluste wie sie ertragen müssen, würde er vielleicht verstehen, wie schwer es für sie war, sich von denjenigen zu trennen, die sie liebte! Ihre Gedanken wanderten weiter zu Ryan, der allein in seiner dunklen Kammer saß und versuchte, *seine* Verluste zu verschmerzen – sein Leben war zerstört, er hatte seinen Job verloren, hatte Prince verloren, hatte seine Gesundheit eingebüßt. Plötzlich schämte sich Amy – sie war wenigstens gesund und munter. Es war schmerzlich gewesen, aber sie hatte verwunden, was ihr geschehen war, und hatte weitergemacht. Wer, wenn nicht sie, konnte Ryan zeigen, dass es – was immer auch passierte – stets einen Neubeginn gab? Er musste seinen Glauben an das Leben wiederfinden und neue Hoffnung gewinnen. Und das gelang nur, wenn er sich der Vergangenheit stellte, wenn er Prince wiedersah!

Erneut fiel ihr Spartan ein, das Pferd, dessen Rettung Amys Mutter damals das Leben kostete. Sie hatte ihn nicht aufgegeben. Sie hatte sich so lange mit ihm beschäftigt, bis er einsah, dass es besser war, ihr zu vertrauen, als weiterhin in Angst und Einsamkeit eingeschlossen zu sein. Während sie nachdenklich erst Melody und dann Daybreak streichelte, wurde ihr bewusst, dass sie auch Ryan nicht aufgeben durfte.

Mit einem Kuss auf die Nase verabschiedete sie sich von dem Fohlen und eilte hinüber zum hinteren Stall. Wie üblich lief Prince ruhelos in seiner Box umher. Als sie an seiner Tür auftauchte, schnaubte er nervös.

Sie beobachtete ihn eine Weile. Er blieb angespannt in der Mitte seiner Box stehen, bereit, zurückzuscheuen, sobald sie eintreten würde. „Ich werde dich nicht aufgeben, mein Junge“, sagte Amy leise und entschlossen. „Ich werde Ryan herbringen, um jeden Preis der Welt, ich versprech es dir!“

Als Amy am nächsten Morgen aufstand, fühlte sie sich geläutert. Auf dem Hof begegnete sie Ty und grüßte ihn mit einem zurückhaltenden Lächeln. „Ich hab die Wallache schon gefüttert“, sagte sie, „es sind nur noch die Tiere in den Außenboxen dran.“

„Dann fange ich schon mal an auszumisten.“ Sein Tonfall war reserviert. Er zögerte. „Amy … es tut mir leid wegen gestern Abend.“

Amy begegnete seinem Blick. „Mir tut es auch leid. – Und Ty … können wir reden … du weißt schon worüber.“ Sie lächelte schwach.

Er wirkte überrascht. „Ja, natürlich – wenn du willst.“

Amy sah auf die Uhr. „Vielleicht nicht gerade in diesem Augenblick – wir müssen erst mal siebzehn Pferde versorgen.“

„Richtig.“ Ty wirkte irgendwie erleichtert. „Dann eben, wenn du von der Schule zurück bist.“

Wie üblich war Amy auch an diesem Morgen spät dran. Nachdem sie den Hof gefegt hatte, blieben ihr noch zehn Minuten, um sich zu duschen und umzuziehen.

Neun Minuten später zerrte sie ihren Mantel von der Garderobe im Flur und rief: „Ich bin weg, Lou!“

„Bis später!“ Als Amy schon fast zur Tür hinaus war, vernahm sie Lous Stimme. „Augenblick noch!“

„Ich muss los, Lou!“

„Warte! – Hier ist ein Päckchen für dich!“

Amy wartete in der Tür, während Lou auf sie zustürzte. „Hier, nimm's einfach mit!“ Sie drückte Amy eine kleine braune Schachtel in die Hand.

„Mach's auf!“, rief Soraya, als ihr Amy im Bus das Päckchen zeigte.

„Ich mach ja schon, nun wart's doch ab!“

„Sieht aus wie ein Buch“, sagte Soraya.

„Nein, dann wäre es schwerer“, widersprach Amy, während sie das Packpapier auseinanderfetzte. „Eher eine Videokassette.“

Sie legte eine Ecke frei. „Ja, mit Sicherheit ein Video“, erklärte sie verwundert.

Als sie die Kassette endlich ausgepackt hatte, fiel eine Karte zu Boden. Sie hob sie auf und las:

Liebe Amy,
das habe ich gestern beim Aufräumen unseres Büros gefunden. Ich weiß nicht, ob es dir nützt, du solltest es dir auf jeden Fall einmal ansehen.
Sam

Soraya hatte der Versuchung nicht widerstehen können, Amy über die Schulter zu gucken. „Wer ist Sam?“, erkundigte sie sich neugierig.

„Ein Stallbursche von Brookland Ridge. – Ich hatte mich bei ihm nach Ryan erkundigt, der frühere Betreuer von Gallant Prince.“

„Ach, der! – Und was hat er dir da geschickt? Steht irgendwas drauf?“

Amy nahm die Kassette aus der Hülle, aber beides war unbeschriftet. „Nichts. – Ich werde warten müssen, bis ich wieder zu Hause bin, um es mir anzusehen.“

„Den ganzen Vormittag über? – Das wird dich umbringen!“, stichelte die Freundin.

Soraya behielt Recht. Amy konnte sich kaum auf den Unterricht konzentrieren. Sie konnte sich nicht einmal mehr über den Anblick von Matt und Ashley, die wie üblich beieinander hockten, aufregen. Alle ihre Gedanken kreisten um das Video. Und als sie endlich nach Hause kam, eilte sie schnurstracks zum Rekorder, ohne auch nur den Mantel auszuziehen.

Sie nahm die Fernbedienung zur Hand und setzte sich gespannt auf die Sessellehne.

Zunächst verstand sie nicht, warum Sam ihr das Video geschickt hatte. Es waren Fernsehaufzeichnungen von verschiedenen Rennen der vergangenen Saison.

Doch nach dem zweiten Rennen wurde der Bildschirm dunkel. Wenig später erschien darauf ein bekanntes Gesicht: Ryan! Erwartungsvoll beugte Amy sich vor.

Der Unterschied zwischen dem Ryan von damals und dem, den sie kennengelernt hatte, war erschütternd. Das Gesicht des jungen Mannes war ebenmäßig, in seinen braunen Augen glimmte ein schelmisches Funkeln. Breit lächelnd sprach er ins Mikrofon.

„Prince weiß, was er zu tun hat", erklärte er zuversichtlich, „er ist in Höchstform."

„Können wir Sie beim Wort nehmen?", fragte der Interviewer.

„Aber ja doch!", antwortete Ryan lachend.

„Das war der Kommentar von Ryan Bailey, dem Pfleger von Gallant Prince, zu den heutigen Preakness Stakes", sagte der Reporter in die Kamera und wandte sich noch einmal Ryan zu. „Wenn Sie von seinem Sieg dermaßen überzeugt sind, haben Sie denn auch auf ihn gesetzt?"

Ryans Miene wurde ernst. Er schüttelte den Kopf. „Ich wette niemals auf Prince", erklärte er. „Man wettet nicht auf Freunde.

Alles, was ich mir wünsche ist, dass er gesund aus dem Rennen zurückkommt."

Die Kamera fuhr näher heran. Wie viel Liebe und Zuversicht war in diesem Gesicht zu sehen!

Dann wurde das Rennen selbst gezeigt. Amy versetzte sich in Ryans Lage, wie er mitgefiebert haben musste, als die Startboxen sich öffneten und das Feld sich formierte, wie Prince sich dann auf der Zielgeraden mit jeder Faser seines Körpers streckte und sein Bestes gab, an der Konkurrenz regelrecht vorbeiflog und mit anderthalb Längen Vorsprung als Erster durchs Ziel galoppierte.

Wieder ein Schnitt. Jetzt wurde die Siegerehrung gezeigt. Prince blickte stolz in die Runde, aufmerksam und gelassen, als wäre das Rennen für ihn ein Spaziergang gewesen. Amy suchte die Szene nach Ryan ab. Im Vordergrund waren Luke Norton und ein anderer Mann, den Amy nicht kannte – vermutlich der Besitzer des Hengstes –, zu sehen. Dann kam Ryan ins Bild. Er hielt Prince am Führzügel und lobte ihn. Als die Kamera herumschwenkte, erfasste sie den kurzen Moment, als Prince seine Nüstern zärtlich an den Hals seines Pflegers schmiegte und Ryans Gesicht vor Stolz glühte.

Amy spulte das Band zurück und sah sich die Momentaufnahme noch einmal an: einen Augenblick intimster Kommunikation zwischen dem Pferd und „seinem" Menschen, daran bestand kein Zweifel.

Die Berichterstattung ging über zum nächsten Rennen, und Amy schaltete den Fernseher aus. Sie war sich sicher: Dieses Video barg den Schlüssel zu Ryans Seele. Wie hatte seine Frau gesagt? *Er will sich dem, was passiert ist, einfach nicht stellen.*

Wenn sie ihn nur davon überzeugen konnte, sich das Video anzusehen!

Tys Stimme schreckte sie aus ihren Gedanken auf. „Amy?"

„Ich bin hier."

Sie ertappte sich dabei, dass sie immer noch auf den dunklen Bildschirm starrte.

„Was tust du hier?", fragte Ty verwundert.

„Sam hat mir ein Video geschickt."

„Welcher Sam?" Er runzelte die Stirn, dann fiel es ihm ein: „Der Stallbursche von Brookland!"

Amy nickte. „Es ist ein Video von Prince. Ich hab's mir gerade angesehen."

„Und – irgendwelche Erkenntnisse?"

Amy stand auf. „Ich bin mir nicht sicher. Aber ich habe da eine Idee. – Hast du mich gesucht?"

„Ja." Ty sah plötzlich bekümmert aus. „Lou hat offenbar schon jemanden für Melody und Daybreak gefunden. Sie kommen heute Nachmittag, um sich die beiden anzusehen. Ich dachte, du solltest darauf vorbereitet sein."

„Heute schon!", rief Amy verzweifelt aus. Sie starrte Ty an. All der Kummer vom Vorabend überkam sie wieder.

„Es ist wirklich alles ein bisschen schnell gegangen", gab Ty zu. „Lou hat den ganzen Vormittag über herumtelefoniert und ein Ehepaar sagte sofort zu. Weil sie jetzt erst mal zur Bank und zum Supermarkt gefahren ist, habe ich ihr versprochen, dass wir die Angelegenheit über die Bühne bringen."

„Na, großartig!", fuhr sie Ty an. „Und vielen Dank auch an Lou! Dann muss ich mich jetzt wohl umziehen gehen." Sie verbarg ihre Verzweiflung, indem sie die Tür hinter sich zuschlug.

An das beabsichtigte Gespräch mit Ty verschwendete Amy im Augenblick keinen Gedanken.

8

Als sie auf ihrem Zimmer war, gelang es Amy, sich zu beruhigen. *Melody und Daybreak müssen früher oder später sowieso abgegeben werden,* redete sie sich selbst zu, *es wird nicht leichter, wenn sie länger bleiben. Los, Amy! Denk an all die schönen Erlebnisse mit den beiden!* Sie atmete noch einmal tief durch und ging hinunter.

Auf dem Hof sprach Ty bereits mit einem nett aussehenden Ehepaar um die vierzig. Amy ging zu ihnen hinüber.

„Hallo, ich bin Amy Fleming“, sagte sie freundlich.

„Angenehm, Jon Sleighman. Meine Frau, Carol.“

Amy nickte und lächelte höflich. „Melody und Daybreak sind dort drüben untergebracht." Sie wies in Richtung Boxen.

Gemeinsam mit Ty führte sie die Pferde heraus.

„Ein hübsches Fohlen“, sagte Jon anerkennend. „Und eine schöne Stute. Hallo, mein Mädchen!“ Er streckte ihr die Hand entgegen und ließ sie daran schnuppern. Carol tat das Gleiche bei Daybreak. Amy beobachtete sie aufmerksam, aber offensichtlich waren die beiden bewandert im Umgang mit Pferden.

„Mit Daybreak hatten wir anfangs Probleme“, sagte sie und erzählte kurz die Geschichte des Fohlens. „Wir haben sehr behutsam mit ihr gearbeitet, sodass sie Vertrauen zu den Menschen aufbauen konnte. Später wird sie wahrscheinlich leicht zu trainieren sein.“

„Oh, darüber brauchen Sie sich keine Sorgen zu machen. Wir wollen sie nicht trainieren“, wehrte Carol lachend ab. „Wir haben vor ein paar Jahren mit dem Reiten aufgehört. Aber irgendwie lässt uns der Gedanke an eine richtige Farm nicht los, verstehen Sie: Wir halten hauptsächlich Ziegen und Schafe. Früher hatten wir ein paar Reitponys, aber die haben wir verkauft.“

Ty und Amy wechselten einen beredten Blicke.

„Sie wollen nicht mit ihr arbeiten?“, fragte Amy.

Jon lächelte aufmunternd, als er Amys Zweifel bemerkte. „Nein, wir möchten einfach nur Pferde um uns haben, deshalb hielten wir es für eine gute Idee, welche aufzunehmen, die ein schönes Zuhause brauchen.“

Einen Augenblick lang fehlten Amy die Worte. Sie sah hinab auf Daybreak, die neugierig ihre Jackentasche untersuchte, und dachte an das Potenzial des Fohlens. Es hatte noch sein ganzes Leben vor sich. Wenn es auf die Farm der Sleighmans käme, wäre es, als würde man ihm alles vorenthalten, wozu es einmal in der Lage sein würde. Und es würde binnen Kurzem alles vergessen, was es gelernt hatte. Die Mühe, die sie mit ihm gehabt hatten, wäre vergebens gewesen. – Amy fasste ihren Entschluss. Während sie Tys Blick auswich, sagte sie freundlich: „Wissen Sie … Daybreak braucht aber unbedingt Arbeit. Wie ich bereits sagte – sie hat viel Temperament. Wenn man sie sich selbst überlässt, wird sie bald unkontrollierbar sein.“

„Aber sie ist doch so niedlich!“, protestierte Carol.

„Das ist sie nur, weil wir uns Tag für Tag intensiv mit ihr beschäftigen“, erwiderte Amy, die ihren Zwiespalt langsam überwand. „Wir haben eine strikte Routine, und die braucht sie auch.“

Jon und Carol sahen einander an. „Nun ja …", begann Jon. „Dergleichen wollten wir uns eigentlich nicht wieder aufladen."

Amy lächelte bedauernd. „In diesem Fall fürchte ich, dass Melody und Daybreak nicht die Richtigen für Sie sind. Es tut mir leid."

Jon und Carol dachten nach. Sie wirkten verunsichert. Amy sah das Missfallen in den Gesichtern der beiden, doch sie wusste, dass ihre Entscheidung richtig war. Ihr Blick wanderte zu Ty, aber er verzog keine Miene. „Wir werden Ihr Anliegen selbstverständlich nicht vergessen und geben Ihnen Bescheid, wenn wir etwas Passendes für Sie haben", bot sie höflich an.

Carol wirkte zufrieden. „Okay, das ist dann wohl das Beste." Das Pärchen klopfte Melody und Daybreak auf den Hals und verabschiedete sich.

Die ganze Zeit des Besuches über hatte Ty kein einziges Wort gesprochen. Glaubte er etwa, dass sie einfach nur alles unternahm, um Daybreak nicht von der Farm zu lassen?

„Meinst du, ich habe falsch entschieden?", fragte sie ihn unsicher, während sie dabei zuschaute, wie er Melody putzte.

Er hielt inne und sah sie an. „Natürlich nicht. Das waren die Falschen für Daybreak."

Amy war erleichtert. „Es ist nur …", begann sie zögernd. „Wegen gestern Abend …"

„Als ich dich zitiert hab", fuhr er fort, „das gehörte gar nicht zum Thema. Da kam plötzlich etwas in mir hoch. Ich hab's nicht so gemeint."

„Das weiß ich doch, Ty." Amy sah ihn offen an. „Ich … ich

meine … für uns … ich brauche einfach noch Zeit", begann sie unsicher. „Nicht, dass ich …" Sie brach ab.

Ty legte die Bürste beiseite, kam zu ihr und nahm ihre Hände. „Es ist so, wie ich es sage", er sah ihr in die Augen, „du hast alle Zeit der Welt."

In diesem Moment hörte Amy Lous Wagen die Auffahrt heraufkommen. Sie schluckte.

Als das Auto in Sichtweite kam, ließ sie rasch Tys Hände los. „Na, also", sagte sie lächelnd, „wir erzählen Lou lieber gleich, wie es mit den Sleightmans gelaufen ist."

Lou gefielen die Neuigkeiten nicht. „Wahrscheinlich habe ich am Telefon die falschen Fragen gestellt", sagte sie, wobei sie einen Armvoll Einkaufstüten auf dem Küchentisch platzierte.

Amy begann die Lebensmittel zu verstauen. „Wir brauchen jemanden, der richtig mit Daybreak arbeitet."

„Ich werd's von nun an deutlich sagen", meinte Lou. „Im Übrigen – was war eigentlich in dem Päckchen?"

„Ein Video. Ryan und Prince vor dem Brand."

„Und – nützt es dir was?"

„Es könnte vielleicht sogar Ryan aufrütteln", meinte Amy nachdenklich, „könnte ihm klarmachen, wie sehr er und Prince einander brauchen. – Wenn ich ihn nur dazu bringen könnte, es sich anzusehen! Er wird nicht wollen, aber einen Versuch ist es wert!"

„Du willst da noch mal hinfahren? – Amy, ich habe dieses Wochenende ziemlich viel zu tun. Ich schaffe es nicht, dich zu kutschieren."

„Ist schon okay. Ich finde bestimmt jemanden."

Nachdem sie Ordnung geschaffen hatten, ging Amy zum Telefon. Soraya platzte wahrscheinlich schon vor Neugier.

„Prince und Ryan wirkten so vertraut", erklärte sie ihrer Freundin. „Ich muss Ryan dazu bringen, sich das Video anzusehen, aber ich weiß noch nicht, wie ich zu ihm kommen soll."

Ohne zu Zögern sagte Soraya: „Ich frage Mom. Wir wollten sowieso mal nach Baltimore zum Shoppen fahren, dann kannst du mir danach auch gleich erzählen, wie's gelaufen ist!"

„Klasse!", rief Amy aus. „Ich frage Beth, ob sie zu Hause sind."

Beth klang deprimiert und hatte offenbar keine Lust, Höflichkeiten auszutauschen. „Hör mal, Amy, ich weiß, dass du Ryan überreden willst, Prince zu besuchen. *Keine Chance!* – Ich hab das letzte Mal wirklich alles versucht, um ihn zu überzeugen!"

Amy wählte ihre Worte mit Bedacht. „Beth, ich verstehe dich. Im Augenblick kommt es dir so vor, als würde er seine Meinung niemals ändern. Aber, glaub mir, es kommen wieder bessere Zeiten, es wird nicht ewig so bleiben."

„Da bin ich mir nicht so sicher", entgegnete Beth kurz angebunden.

Amy hörte den Zweifel in ihrer Stimme. „Beth?", fragte sie behutsam, „hast du dich nie gefragt, wie ich dazu komme, ein so schwieriges Pferd wie Prince zu betreuen … und überhaupt – die Arbeit auf der Heartland Farm zu organisieren?"

„Ein wenig schon, aber … ?"

„Ich hatte keine Wahl, Beth. Als meine Mutter im letzten Jahr bei einem Verkehrsunfall ums Leben kam, musste ich fortsetzen, was sie begonnen hatte."

„Oh, das wusste ich nicht."

„Nein, es gehört auch nicht hierher. Nur eines noch: Ich saß damals neben meiner Mutter im Auto. Und wir hatten ein Pferd dabei. Es war nach dem Unfall völlig traumatisiert. Ich habe es geheilt. – Es gibt immer einen Ausweg, Beth."

Das Schweigen, das darauf eintrat, dauerte so lange, dass Amy schon glaubte, die andere hätte aufgelegt. „Beth?"

„Ich bin noch dran." Die Stimme klang belegt.

„Ich habe etwas, das uns helfen könnte, ein Video, das Ryan und Gallant Prince zusammen bei den Preakness Stakes zeigt. Ich möchte es ihm zeigen."

Beth atmete tief durch. „Ich fürchte, er wird sich weigern, es anzusehen. Doch meinetwegen versuch es noch ein letztes Mal."

Sie verabredeten sich für Samstagvormittag. Dann legte Amy auf und ging hinaus. Ty und Ben waren schon nach Hause gefahren. In den Ställen war es ruhig. Amy atmete tief die Winterluft und ging zu den Koppeln hinaus. Dort, wo die Wolkendecke aufgerissen war, zeigten sich ein paar Sterne am Himmel. Amy schaute hinauf und dachte nach. Sie musste Ryan dazu bringen, mit der Vergangenheit zu leben – dann gäbe es auch für ihn wieder eine Zukunft.

Unangenehmer Sprühregen ging nieder, als Soraya und ihre Mutter Amy am Samstagmorgen abholten. Unterwegs fragte Soraya die Freundin über das Video aus. Auch ihre Mutter war begierig, mehr darüber zu erfahren.

„Ryan muss sich sehr verändert haben“, meinte Soraya schließlich.

Amy nickte. „Ja, sowohl er als auch Prince sind in dem Feuer schwer verletzt worden – seelisch und körperlich.“

„Es muss für Ryan hart sein, wieder ins normale Leben zurückzufinden“, sagte Mrs Martin. „Es ist sehr mutig von dir, Amy, dass du versuchst, an ihn heranzukommen.“

Amy lächelte nervös. „Das hat nichts mit Mut zu tun – ich schulde es Prince."

„Viel Glück!“, wünschte Soraya, als Amy vor Ryans Haus ausstieg. „Wir holen dich in ungefähr einer Stunde wieder ab!“

„Alles klar, bis dann!“ Amy zog sich die Kapuze über den Kopf und eilte durch den Regen zur Haustür.

Beth erwartete sie bereits. „Hi, hast du das Video dabei?“, erkundigte sie sich.

„Ja, hab ich.“

Beth nahm ihr die triefende Jacke ab, bat sie ins Wohnzimmer und kam ihr mit zwei Tassen Tee in der Hand nach.

„Welches Rennen ist es denn?“, fragte sie angespannt.

„Pimlico. – Prince hat mit anderthalb Längen gewonnen.“

„Ich weiß“, antwortete Beth traurig, „die Preakness Stakes. Ryan war danach so glücklich!“

„Warst du auch dort?“

„Ja.“ Sie setzte sich Amy gegenüber. „Als Frau des Pflegers konnte ich bei der Siegerehrung natürlich nicht so nahe an das Pferd heran, wie ich es gern gewollt hätte, aber ich stand ziemlich dicht dabei." Sie lächelte unglücklich. „Können wir es uns ansehen?"

„Sicher, aber Ryan sollte auch dabei sein." Amy versuchte Entschlossenheit zu demonstrieren. „Deshalb bin ich schließlich hier." Beth schüttelte bedauernd den Kopf. „Ich hab ihm davon erzählt, aber er weigert sich herunterzukommen. – Vielleicht sollten wir es einfach mal einlegen und den Ton etwas lauter stellen …" Sie sah elend aus und Amy wusste nicht, was sie darauf sagen sollte. Wenn Beth schon mit Ryan über das Video gesprochen hatte, konnte sie nicht viel mehr tun. Dabei war sie so überzeugt davon, dass die Aufzeichnung bei Ryan eine Veränderung bewirken würde! Sie wollte nicht aufgeben.

„Können wir vorher wenigstens noch einmal versuchen, mit ihm zu reden?"

Beth fügte sich widerstrebend. „Okay – ich zuerst." Sie stand auf und ging die Treppe hinauf. Amy hörte sie anklopfen und leise auf Ryan einreden. Nach einer Weile kam sie mit enttäuschter Miene zurück.

„Bitte lass es mich auch versuchen!", bat Amy.

Beth zuckte mit den Achseln.

Auf Amys Klopfen reagierte niemand. „Ryan, ich habe etwas mitgebracht, das du dir anschauen solltest", sagte sie durch die geschlossene Tür, „eine Fernsehaufzeichnung von den Preakness Stakes in Pimlico letztes Jahr."

Keine Anwort. Amy starrte auf die Tür. Was sollte sie tun? Sie konnte Ryan schließlich nicht *zwingen*, sich das Band anzusehen. Es war so ähnlich wie beim Join-up – er musste freiwillig kommen. Frustriert ging sie zurück ins Wohnzimmer.

Beth nahm gerade das Video aus der Hülle. „Ich möchte es mir aber trotzdem gern anschauen. Es sind traurige und schöne Erinnerungen zugleich."

„Dir müssen die Pferde doch auch fehlen", sagte Amy mitfühlend. „Willst nicht wenigstens du zurück in den Rennstall gehen, wenn Ryan sich ein wenig erholt hat?"

Sie schüttelte den Kopf. „Das könnte ich nicht. Ich würde mich dort nie wieder wohl fühlen. Der Job hat mir auch nicht so viel bedeutet wie ihm …"

„Wie lange hat er denn im Rennstall gearbeitet?"

„Seit seinem vierzehnten Lebensjahr."

Amy nickte verständnisvoll.

„Es tut mir gut, darüber zu reden", sagte Beth.

Sie legten das Video ein.

Beths Augen leuchteten auf, als sie Ryan so glücklich in die Kamera lachen sah.

„Die anderen Stallburschen haben ihn immer geneckt", erzählte sie Amy. „Er hat an Prince gehangen wie … wie an einem kleinen Bruder!"

Als die Kamera Ryans Gesicht heranzoomte, vernahm Amy plötzlich ein Geräusch. Sie blickte sich um und sah Ryan im Türrahmen stehen. Jetzt wandte Beth ebenfalls den Kopf.

Sein narbenübersätes Gesicht war starr. Der Anblick versetzte Amy einen Stoß. Langsam kam er herüber zum Sofa und setzte sich neben Beth, ohne den Blick vom Bildschirm abzuwenden.

„Ryan!", flüsterte sie atemlos.

Schweigend sahen sie sich den Rest der Aufzeichnung an.

Während des Interviews mit Ryan beobachtete Amy den jungen Mann, der hier stumm auf dem Sofa saß, sah seine verzweifelte Miene.

Nachdem sie den Fernseher ausgeschaltet hatten, legte ihm Beth behutsam den Arm um die Schulter.

„Es war alles meine Schuld", sagte er mit rauer Stimme. „Wäre ich nicht so blöd gewesen, würde Prince jetzt noch laufen."

„Was war dein Fehler?", fragte Amy rasch.

Ryan schien gar nicht hinzuhören. „Ich habe ihn ruiniert."

„Ryan, warte, warte!" Sie tauschte einen erregten Blick mit Beth. „Wovon redest du? Bitte erzähl mir, was passiert ist!"

Zögernd und leise begann Ryan zu sprechen. „In dieser Nacht war es so kalt im Stall. Deshalb hab ich die Kerosinöfen hineingestellt. Ich dachte, es kann nichts passieren. Die Pferde kamen nicht heran. Aber vermutlich war einer der Öfen leck; die Firma, von der wir sie kauften, hatte sie vielleicht schlecht gewartet, aber niemand weiß es genau – jedenfalls ist Kerosin ausgetreten und hat sich entzündet. Holz und Stroh haben sofort lichterloh gebrannt."

„Und Prince konnte ausbrechen?"

„Ja, Ich werde Prince' Anblick nie vergessen. Er raste vor Schmerz. Dass ich ihm das angetan habe! Ich könnte ihm nie wieder gegenübertreten!"

„Aber warst du es nicht, der alle anderen Pferde herausgeholt hat aus dem Feuer?"

„Dabei hat er sein Auge verloren", bestätigte Beth.

„Ich bin in den brennenden Stall gerannt und habe die Boxen

geöffnet, mehr konnte ich nicht tun. Wie durch ein Wunder haben alle Pferde überlebt."

„Es hat keinen Sinn, wenn du dir ewig Vorwürfe machst, Ryan", sagte Amy sanft. „Du hast alle Pferde retten können!"

„Aber das Feuer war auch meine Schuld!", sagte Ryan verzweifelt. „Danach war ich drei Wochen im Krankenhaus und es war klar, dass ich mich im Rennstall nicht mehr blicken lassen durfte. – Ich habe Prince ruiniert, ich habe alles kaputt gemacht."

„Es ist nicht alles kaputt!", protestierte Amy sanft. „Prince braucht dich! Ich weiß es! Ohne deine Hilfe können wir nichts mehr für ihn tun! Natürlich wird nichts mehr sein wie früher, Ryan, es wird anders sein, aber es gibt eine Zukunft – auch für Prince. Er könnte ein gutes Leben als Zuchthengst haben – aber nur, wenn wir sein Trauma besiegen können."

Ryan schüttelte wild den Kopf. „Er verbindet mich mit dem Brand. Das wird er nie vergessen!"

Amy fühlte sich plötzlich enttäuscht. Ryan war am Leben – und Prince war es auch. Warum unternahm Ryan nicht die leiseste Anstrengung, das Vertrauen und die Liebe des Pferdes wiederzugewinnen? Die Verluste, die *sie* hatte einstecken müssen, waren endgültig. Ryan dagegen hatte die Chance zu einem Neubeginn. Warum wollte er das nicht einsehen?

Ohne nachzudenken sagte sie: „Ryan, Prince leidet. Er ist gefangen in seinen Erinnerungen an das Feuer, so wie du. Und so wie du will er keinen Kontakt, will sich auf niemanden mehr einlassen. Nur du kannst nachvollziehen, wie es ihm ergeht!"

Ryan erwiderte nichts, und je länger sie sprach, desto sicherer war sich Amy, dass er ihr tatsächlich zuhörte. „Ihr kommt darüber nur gemeinsam hinweg. Prince braucht jemanden, der ihn versteht.

Du kannst dich nicht ewig in deinem Zimmer einschließen und mit Selbstvorwürfen quälen. Das ist nicht fair, weder dir selbst gegenüber, noch gegenüber Beth oder Prince! – Meinst du nicht, dass du schon gestraft genug bist?“

Ryan betrachtete sie mit einem nicht zu beschreibenden Gesichtsausdruck. – Scham? Angst?

„Wenn du wirklich glaubst, für das Feuer verantwortlich gewesen zu sein, dann *schuldest* du Prince deine Hilfe! Es ist das Mindeste, was du tun kannst!“, endete Amy leidenschaftlich.

Ryan starrte stumm auf die Tischplatte. Amy überlegte, ob sie sich zu weit vorgewagt hatte, doch wie sonst sollte sie ihn überzeugen?

Schließlich fragte er: „Wie – wie sieht Prince jetzt aus?“

Natürlich, durchfuhr es Amy, *er hat ihn seit der Brandnacht nicht mehr zu Gesicht bekommen!*

„Er hat Narben“, erklärte sie behutsam, „die aber gut verheilt sind. Vorn rechts die Sehne ist in Mitleidenschaft gezogen. Und er hat abgebaut, weil er vor Stress kaum frisst.“

Ryan nickte langsam. „Und ... was ist, wenn ...“ Er brach ab.

„Was wenn?“

„Wenn er mich nicht wiedererkennt?“

Amy spürte, wie schwer es für Ryan war, sich an den Gedanken zu gewöhnen, sein Schneckenhaus zu verlassen. Sie suchte nach den richtigen Worten. „Weshalb sollte er dich nicht wiedererkennen? Du bist noch immer Ryan. Und ... und – du hast dich weniger verändert, als du glaubst.“

Beth nahm die Hände ihres Mannes und streichelte sie. „Amy hat Recht", sagte sie leise.

Schließlich hob Ryan den Kopf und sah Amy ins Gesicht. „Gut. – Ich komme."

9

Amy berührte Ryans Arm. „Es wird nicht leicht werden, aber ich bin mir sicher, dass es richtig ist“, sagte sie, „ganz sicher!“ Sie hörte ein Auto vorfahren und vermutete, dass es Sorayas Mutter war. „Ich muss jetzt gehen.“ Sie fühlte sich plötzlich erschöpft.

Ryan lächelte jetzt unsicher. „Es fährt doch ein Bus zu euch raus, nicht wahr?“

„Zweimal am Tag.“

„Wann soll ich kommen?“

„Wann immer du willst. Je eher, desto besser.“

Ryan nickte.

„Ich lasse euch das Video da, vielleicht wollt ihr es euch noch einmal ansehen.“ Sie gab Ryan eine Visitenkarte von Heartland und verabschiedete sich. Beth begleitete sie zur Tür. „Danke!“, sagte sie und umarmte Amy impulsiv.

Amy lächelte. „Es ist nur ein erster Schritt.“

„Du hast immer an Ryan geglaubt, nicht wahr?“

Sie nickte. Sie hatte an Ryan geglaubt, wie damals an sich selbst, wie sie an jeden Menschen glaubte – und an jedes Pferd. „Ich habe selbst genug durchgemacht. Es hat lange gedauert, bis ich darüber hinweg war, und es war nicht leicht. – Das wird es auch für Ryan nicht werden.“

„Ich weiß.“ Beth nickte langsam. „Ich bin dir für immer dankbar, dass du ihn auf den Weg gebracht hast.“

Amy umarmte sie noch einmal und lief hinüber zum Auto. Sie fühlte sich so glücklich wie lange nicht mehr. –

Zurück auf der Heartland Farm machte sich Amy sofort auf die Suche nach Ty. Sie fand ihn bei Moochie.

„Und, wie ist es gelaufen?", fragte er, während er dem Wallach die Hufe auskratzte.

„Er wird kommen!", verkündete Amy und küsste Moochies Nase. Noch einmal sah sie Ryans vergrämtes Gesicht vor sich, sein Leiden wegen Prince …

Ty richtete sich auf. „Du bist erstaunlich, Amy!" Er sah sie an und erriet ihre Gefühle. „Es war nicht so einfach, was?"

„Nein. Er ist so – kaputt." Plötzlich schossen ihr die Tränen in die Augen. „So kaputt wie Prince."

„Hey!" Ty streichelte flüchtig ihre Wange.

Amy schluckte und versuchte, sich zusammenzureißen. „Und … was war hier so los?"

„Es waren noch einige Leute wegen Melody und Daybreak da." Er winkte ab. „Kannst du alle vergessen."

„Und Prince?"

„Keine Veränderung. Er braucht Bewegung. Aber nachdem, was neulich passiert ist, würde ich es nicht noch mal wagen, ihn an die Longe zu nehmen. – Wann will Ryan denn kommen?"

„Ich weiß es nicht. Ich wollte ihn nicht unter Druck setzen. Er weiß jedenfalls, wo er uns findet."

Ty warf ihr einen besorgten Blick zu. „Hoffentlich bald. Die Zeit wird knapp für unseren Champion."

In der Küche erzählte Amy auch dem Großvater von ihrem Erfolg.

Jack rührte nachdenklich in seinem Kaffe. „Und du glaubst, die Lösung gefunden zu haben?“ Er sah auf. Sein fragender Blick machte ihr bewusst, dass immer noch alles offen war. „Ich weiß es nicht, Grandpa. Ich glaube einfach, dass sie einander brauchen.“

Jack lächelte. „Amy, du bist eine Kämpfernatur, genau wie deine Mutter. Obwohl ich mir nicht sicher bin, ob sie so weit gegangen wäre.“ Er trank seinen Kaffee aus und erhob sich. „Ich freue mich darauf, Ryan kennenzulernen. – *Falls* er denn kommt!“, fügte er hinzu, als er schon halb zur Tür hinaus war.

Der Nachsatz traf Amy unerwartet. Was, wenn Ryan seine Meinung noch einmal änderte? „Ich bin sicher, dass er kommt“, sagte sie, im Innern ganz und gar nicht mehr überzeugt.

Am nächsten Morgen standen Amy und Ty wieder einmal ratlos vor Prince' Box. Der Hengst zupfte nervös an seinem Heunetz herum. „Er nimmt immer mehr ab“, sagte Ty besorgt. „Er frisst einfach nicht genug.“

Durch ihre Gegenwart verunsichert, wurde Prince immer nervöser und stampfte mit einem Hinterhuf auf, als würden ihn Insekten plagen.

„Vielleicht sollte ich doch noch mal ein Join-up versuchen?“, überlegte Amy.

„Hältst du das für eine gute Idee? – Sollten wir nicht lieber warten, bis Ryan kommt?“

„Wir wissen nicht, wann das sein wird“, wandte Amy ein

und dachte bei sich: Falls er auftaucht. Bei dem Gedanken an Jacks Worte überkam sie Angst. Deshalb setzte sie hinzu: „Bis dahin müssen wir weiterhin alles versuchen, um an ihn heranzukommen."

„Na ja … gut denn. – Aber wir müssen ihn irgendwie auftrensen. Das Risiko, ihn am Halfter zu führen, gehe ich nicht noch mal ein."

„Das ist richtig. Hilfst du mir?"

„Natürlich. Wann? – Jetzt sofort?"

Amy zuckte die Achseln. „Warum sollten wir es vor uns herschieben. – Ich hole seine Trense."

Prince unternahm die üblichen Anstrengungen, damit ihn niemand berührte. Doch nachdem sie den Führstrick ins Halfter einhaken konnten, gelang es Amy nach einigen vergeblichen Versuchen erstaunlich schnell, seine Nase herunterzuziehen und ihm das Gebiss ins Maul zu schieben. Offenbar behielt hier seine frühere Routine die Oberhand. – Das kannte er einfach. Schließlich führte Ty den schweißnassen, widerspenstigen Hengst in Richtung Roundpen. Kaum war er im Freien, tänzelte er seitwärts und versuchte loszukommen, aber die Trense verhinderte sein ständiges Bocken und Steigen.

Plötzlich blieb er wie angewurzelt stehen. Seine Ohren waren gespitzt, er witterte mit bebenden Nüstern. Amy und Ty sahen einander verwundert an und folgten dann Prince' Blickrichtung: Auf der anderen Seite des Hofes stand Ryan.

Ryan verharrte ebenso wie Prince. Sein Gesicht war totenblass, die Augen verdeckte eine Sonnenbrille.

Prince wölbte den Hals und blähte die Nüstern.

Jetzt bewegte sich Ryan und tat einen Schritt nach vorn, wobei er die Hand ausstreckte. „Prince?“ Es war beinahe nur ein Flüstern.

Prince gab ein schrilles Wiehern des Wiedererkennens von sich und riss sich los, ehe Ty reagieren konnte. Völlig überrumpelt ließ er ihn laufen, und der Hengst trabte Ryan mit hoch aufgerichtetem Hals entgegen.

Zum ersten Mal sah Amy Ryan lächeln. „Prince!“ Das Tier blieb bei ihm stehen und liebkoste den alten Freund leise schnaubend. Ryan presste das Gesicht in seine Mähne, als müsste er sich davon überzeugen, dass dies Wirklichkeit war.

„Prince, Prince!“, hörte Amy ihn immer wieder sagen. Sie sah Ty verblüfft an. War es wirklich so einfach?

10

Schlagartig wurde es Amy klar. Unmöglich, dass Prince von einem Moment auf den anderen vollkommen umgewandelt war! Sie bemerkte, dass sein Zügel lose herunterhing, Ryan hatte ihn nicht ergriffen. Und aus den Augenwinkeln sah sie, wie Ben und Gypsy sich auf den Weg zur Koppel machen.

„Ryan!“, schrie sie und sprintete los, doch es war zu spät. Prince hatte die Stute schon entdeckt, riss wild den Kopf in die Höhe und fuhr auf der Hinterhand herum. Dabei traf er Ryan unterm Kinn und schleuderte ihn rückwärts. Die Sonnenbrille landete am Boden, und Ryan fing den Sturz mit einer Hand ab. Der Hengst stieg, und Amy versuchte im Sprung die Zügel zu erwischen, doch vergebens, Prince preschte an ihr vorbei zu Gypsy hin.

Jetzt warf sich Ty ihm in den Weg, bekam einen Zügel zu fassen und wurde hinterhergeschleift.

Mittlerweile hatte auch Ben die Situation erfasst und war mit der Stute so schnell wie möglich wieder zurück in der Box verschwunden.

Ty ließ nicht locker und bremste Prince aus. Schließlich hielt der Hengst an und versuchte, steigend und schlagend seinen Widersacher abzuschütteln.

„Prince, ruhig, mein Junge!“, vernahm Amy Ryans Stimme, als sie gerade den Kopf des Hengstes erreicht hatte. Ryan war plötzlich neben ihr. Sofort stellte Prince seine Angriffe gegen Ty ein. Er riss die Nüstern auf und schnaubte nervös, aber Ryans Stimme schien ihn zu beruhigen, er stand mit bebenden Flanken. Ryan streckte die Hand aus, streichelte seine Stirn und nahm Ty behutsam den Trensenzügel aus der Hand.

„Bist du okay, Ryan?“, fragte Amy. Er sah bleich und erschreckt aus, aber er nickte.

Sie seufzte erleichtert. „Wir sollten ihn jetzt lieber wieder in den Stall bringen.“

Prince folgte Ryan anstandslos in seine Box. Amy und Ty warteten draußen, während Ryan ihn abtrenste. Prince zappelte und schüttelte ungeduldig den Kopf, aber er begann nicht wieder zu toben.

Ryan gab Amy die Trense. Dann nickte er Ty nervös zu, und Amy fiel ein, dass sie die beiden noch nicht miteinander bekannt gemacht hatte.

„Ryan, das ist Ty. Wir arbeiten beide mit Prince.“

Ty lächelte sein offenes Lächeln, und Ryan entspannte sich ein wenig.

„Kann ich eine Weile hier mit Prince allein bleiben?“, fragte er.

Amy und Ty tauschten Blicke aus. „Das ist gefährlich“, sagte Ty skeptisch. „Was meinst du, Amy?“

Amy beobachtete Prince. Vorhin, als Ryan zur Tür gekommen war, um ihr die Trense auszuhändigen, war der Hengst ihm gefolgt und hatte ihn sanft gegen die Schulter gestupst. Die grundlose Panik war aus seinem Blick verschwunden, obwohl er immer noch misstrauisch zu ihr und Ty herüberäugte.

„Bitte!“, sagte Ryan. Er wandte sich nach Prince um und streichelte seinen Kopf.

„Wenn du meinst“, sagte Amy widerstrebend, „aber einer von uns bleibt immer in der Nähe, falls er durchdrehen sollte. Du brauchst nur zu rufen.“ –

„Du hast die beiden in der Box allein gelassen?“ Lou wirkte entsetzt. – Nachdem Amy Ryan eine Putzkiste in Prince' Box gebracht hatte, war sie schnurstracks ins Haus gelaufen, um ihrer Schwester und Jack von Ryans Eintreffen zu berichten.

„Ty ist in der Nähe, falls er Hilfe braucht.“

„Aber Prince hat sich von dir kaum anfassen lassen!“, wandte der Großvater besorgt ein.

„Ich glaube nicht, dass Prince versuchen wird, Ryan etwas anzutun“, beharrte Amy, „er ist nur gegen Fremde so misstrauisch.“

„Hoffen wir's“, sagte Lou, immer noch beunruhigt. „Noch etwas anderes Amy – ich wollte sowieso mit dir reden. Es hat wieder jemand wegen Melody und Daybreak angerufen, eine Frau, vom Handy aus. Klang ganz vernünftig. Sie wollte in der nächsten Stunde mal vorbeischauen.“

„Okay, ja.“ Amy seufzte. „Sag mir Bescheid, wenn sie da ist. Ich bin im Stall.“

Als sie auf den Hof kam, hörte sie Ty bereits rufen. Sie begann zu rennen. „Was ist los?“ Ty stand in der Tür zum hinteren Stall und winkte sie herüber. „Ist Ryan okay?“, fragte sie besorgt.

„Halbwegs. Ich glaube, er hat es sich anders vorgestellt.“

Amy stürzte in den Stall. Sie fand Ryan bei Prince. In der

einen Hand hielt er eine Wurzelbürste, mit der anderen hielt er den Hengst am Halfter fest. Prince wirkte angespannt, Ryan frustriert.

„Komm schon, Prince“, murmelte er. Als er Amy bemerkte, wandte er sich ihr verzweifelt zu: „Er will einfach nicht stillstehen! Das hat er noch nie gemacht! Beim Putzen stand er sonst wie angewurzelt! Er ist völlig verändert!“

Amy sah Ryans Verwirrung, als Prince vor ihr in die hinterste Ecke seiner Box zurückwich.

„Du kannst nicht erwarten, dass er mit einem Mal völlig ausgewechselt ist“, sagte sie und öffnete behutsam die Boxentür. Sofort begann Prince warnend zu schnauben, doch er griff sie nicht an. Sie blieb vorsichtig hinter Ryan stehen. „Jetzt berühre ihn!“, sagte sie leise.

Ryan streckte die Hand aus. Das Pferd zögerte und reckte schließlich den Hals, bis Ryan seine Mähne streicheln konnte.

Amy atmete tief durch. „Ryan!“, sagte sie, ohne die Stimme zu heben, „Wenn du nicht hier wärest, hätte er mich nicht einmal in die Box gelassen! Dir scheint es wenig zu sein. Doch allein, dass ich hier stehe, bedeutet einen riesigen Fortschritt! Er hat sich verändert, glaub mir!“

Ryan schüttelte ungläubig den Kopf. „Ich habe gedacht, dass es ganz leicht ist“, sagte er mit rauer Stimme, „dass er einfach wieder wie früher ist.“

„Nichts wird mehr so, wie es einmal war, die Dinge verändern sich“, sagte Amy warm, „Das habe ich gelernt und du wirst es akzeptieren müssen, ebenso wie Prince. Trotzdem muss man weitermachen.“ Sie sprach jetzt etwas lauter. „Wir beide könnten gemeinsam mit Prince arbeiten. Mich lässt er nicht an sich heran, aber ich könnte dir ein paar Therapiemethoden beibringen."

Ryan schüttelte zweifelnd den Kopf, doch Amy sah ihn herausfordernd an. „Nichts ändert sich, wenn du es nicht selbst verändern willst" sagte sie fest. „Du darfst nicht so schnell aufgeben!"

Sie hörte Lou rufen. Wahrscheinlich war die Kaufinteressentin eingetroffen. „Du hast es in der Hand", sagte sie, während sie die Box verließ. „Es liegt ganz bei dir, Ryan."

Als Amy über den Hof zu den Außenboxen ging, war sie wütend. Sie wusste, wie schwer die Situation für Ryan war, aber seine rasche Resignation brachte sie auf. Sie seufzte und versuchte, sich auf Melody und Daybreak zu konzentrieren.

Auf dem Hof parkte ein Pick-up. Daneben stand eine sportlich wirkende Frau um die fünfzig und sprach mit Lou. Ty war auch bei ihnen. Als Amy hinzutrat, streckte sie ihr lächelnd die Hand entgegen. „Ich bin Jess Morgan. Nett, Sie kennenzulernen."

„Sie sollten alles Weitere mit Ty und Amy besprechen", sagte Lou. „Die beiden erzählen Ihnen, was Sie wissen müssen. Falls Sie mich brauchen – ich bin im Haus."

„Dann zeige ich Ihnen erst einmal die Pferde", sagte Ty. Amy nickte ihm zu.

„Ich erinnere mich noch sehr gut an Sie beide", wandte sich Jess an Amy, „obwohl Sie mich nicht kennen werden." Amy sah sie irritiert an. „Ich habe Ihre Farm im vergangenen Oktober beim Tag der offenen Tür besucht. Das hat mich sehr beeindruckt. Obwohl ich seit Jahrzehnten mit Pferden zu tun habe, konnte ich viel dazulernen. Besonders beeindruckt hat mich damals die Demonstration Ihrer Methoden, um das Vertrauen eines tief traumatisierten Pferdes wiederzugewinnen."

Amy lächelte verlegen. „Vielen Dank." Dass Jess sich für ihre Methoden interessierte, war ein gutes Zeichen.

„Haben Sie Erfahrung im Umgang mit Fohlen?", fragte sie die Besucherin geradeheraus, als Ty Melody und Daybreak auf den Hof führte.

Jess lächelte. „Ich möchte sagen, ich bin darauf spezialisiert. Wissen Sie, ich habe ein kleines Gestüt, ein paar Zuchtstuten, eine Hobbyzucht – nur drei, vier Fohlen im Jahr. Dennoch: Man lernt immer wieder dazu, es ist faszinierend."

Jess streichelte Daybreak, ließ die Hand an jedem Bein hinabgleiten und hieß das Fohlen die Füße heben. Daybreak gehorchte willig. „Gute Grundausbildung!", lobte Jess.

„Obwohl es mit ihr nicht einfach war", gab Amy zu und erzählte von den Anfangsproblemen mit Melody.

Jess hörte aufmerksam zu. „Nun, wenn Sie meinen, dass die beiden bei mir gut aufgehoben sind, kann ich Sie ja jederzeit um Rat fragen", meinte sie dann. „Zudem – ich wohne nicht weit entfernt. Sie könnten selbst ab und zu nach Daybreak schauen, wenn Sie das möchten."

Amy war bewegt. Das war genau das, was sie hören wollte. „Ich denke, wir werden Sie ihnen gern überlassen." Sie warf Ty einen raschen Blick zu. Der nickte zustimmend. „Und ich würde sie auch besuchen – wenn ich Zeit dazu habe", fügte sie hinzu.

„Abgemacht", sagte Jess zufrieden, „ich kann die beiden aber erst in ein paar Tagen abholen. Der neue Stall ist noch nicht fertig. Besteht da ein Problem?"

„Nicht im Geringsten", versicherte ihr Amy, „rufen Sie uns einfach an, wenn Sie so weit sind."

„Das tue ich." Sie verabschiedete sich mit festem Händedruck von Amy und Ty. „Sie leisten gute Arbeit hier. Es muss nicht einfach gewesen sein für Sie nach dem Verlust Ihrer Mutter. Aber ich bin mir sicher, dass sie wirklich stolz auf Sie wäre!"

Amy schluckte.

Nein, es war wahrhaftig nicht einfach, dachte Amy, als sie zum hinteren Stall zurückging, um nach Ryan zu sehen. *Aber ich habe nicht aufgegeben, niemals.* Als sie in den Stallgang trat, kam Ryan gerade aus Prince' Box. Sie ging ihm entgegen und nahm ihm den Putzkasten ab.

„Weißt du was, Amy? Ich habe über das, was du gesagt hast, nachgedacht." Er begegnete offen ihrem Blick. „Du hast Recht – Prince braucht mich. Er versteht nicht, was mit ihm passiert ist, und hat den Glauben in alles und jeden verloren – genauso wie ich. Aber du hast mich überzeugt: Ich werde nicht aufgeben. Ich werde mich so lange mit Prince beschäftigen, bis er mir und anderen Menschen wieder voll vertraut."

Eine Woge der Erleichterung durchflutete Amy. Also würde Ryan kämpfen! „Und vergiss nie – du bist nicht auf dich allein gestellt. Ty und ich werden alles Erdenkliche tun, um dir zu helfen. Keiner hier erwartet, dass du das allein durchstehst."

Ryan nickte. „Danke!“ Nach einer kurzen Pause fragte er: „Ist es in Ordnung, wenn ich morgen wiederkomme?“

„Natürlich! Komm, wann immer du willst!“

Zum ersten Mal sah Amy ein Lächeln auf dem zernarbten Gesicht. „Großartig. Die Busfahrt dauert ja nicht lange.“

„Und?“ Amy schaute in Prince’ Box, „hat er sich beim Putzen noch etwas beruhigt?“ Soweit sie es beurteilen konnte, war er entspannter, als sie ihn je gesehen hatte …

„Ein wenig.“ Ryan lächelte traurig. „Früher war er folgsam wie ein Hund. Er ist so verändert. Aber es ist gut, mit ihm zusammen zu sein.“ Er rief den Hengst. Prince kam sofort zur Tür.

„Bis morgen, alter Knabe!“ Ryan liebkoste seine Stirn.

Als er dann den Stallgang hinabging, sah Prince ihm mit gerecktem Hals angespannt nach. Die Stalltür schloss sich, und Prince stieß ein schrilles, gequältes Wiehern aus.

„Ist ja gut, mein Junge!“, versuchte Amy, ihn zu besänftigen, „Er kommt doch wieder!“ Aber Prince ignorierte sie und wandte den Blick nicht von der Tür ab. Sie versuchte, ihn zu streicheln, doch erst scheute er vor der Hand, dann schnappte er danach. Amy seufzte. Sie würden noch so viel Geduld mit ihm haben müssen! Dass er sie oder jemand anderen außer Ryan jemals akzeptieren würde, schien ihr in diesem Augenblick noch unvorstellbar.

„Du bewegst deine Finger in kleinen Kreisen“, erklärte Amy Ryan den T-Touch. Es war Donnerstagnachmittag. Seit Sonntag hatte Ryan die Heartland Farm noch zweimal besucht, und Prince ging es zusehends besser. Solange Ryan da war, durfte

Amy den Hengst sogar putzen – sofern es nicht zu lange dauerte, denn er wurde schnell ungeduldig. Dennoch konnte man ihn noch längst nicht als umgänglich bezeichnen. Jedes Mal wenn Ryan ihn verließ, war er verzweifelt und in der Nacht so ruhelos wie eh und je.

In diesem Augenblick stand Amy neben Ryan und lehrte ihn ihre Methoden. Vorsichtig folgte er ihren Anweisungen. Bald bewegten sich seine Finger sanft und rhythmisch über Prince' Fell.

Amy beobachtete ihn aufmerksam. „Genau das ist es!" Sie sah, wie der Hengst sich allmählich entspannte, während Ryan ihn massierte. „Ich lasse euch jetzt allein, solange ich dabei bin, ist er auf der Lauer."

„Okay, ich mache einfach so weiter." Ryans Gesicht war konzentriert. Amy verließ ihn leise, um Ben beim Füttern zu helfen.

Ty hatte den Tag freigenommen, so wartete noch eine Menge Arbeit auf sie.

„Macht Prince Fortschritte, seitdem Ryan hier ist?", fragte Ben, während er Häcksel, Rübenschnitzel und Luzerne in die Eimer füllte.

Amy seufzte. „Allmählich." Sie warf den Messbecher zurück in eine der Futtertruhen und klappte den Deckel zu. „Aber es geht vorwärts."

„Was meinst du, wie lange Prince noch hierbleiben muss?"

Amy warf ihm einen raschen Blick zu. Obwohl sein Red dank des Espenextrakts und des Lavendelöls, das sie ihm verabreicht hatten, etwas ruhiger geworden war, schien er immer noch nervöser denn je. Je schneller Prince zurück ins Gestüt wechselte, desto besser. – Das war Bens Meinung, auch wenn er sie nicht laut äußerte. Doch Amy wusste es.

„Ryan selbst ist schon ziemlich weit mit ihm“, erklärte sie. „Das Problem ist aber, dass Prince auf jeden anderen immer noch genauso misstrauisch reagiert wie zuvor. Solange aber kein anderer mit ihm umgehen kann, ist es unmöglich, ihn aufs Gestüt zu schicken. – Das kann noch Wochen dauern.“

Ben nickte betrübt. „Und was wird aus Ryan, wenn Prince zurückgeht?“

Darauf hatte Amy keine Antwort. „Keine Ahnung. Er wird’s überleben.“ Sie zuckte mit den Achseln, griff sich einen Stapel Futtereimer und ging zur Tür.

„Hey“, rief Ben ihr nach, „der geht doch vor die Hunde, wenn er wieder von Prince getrennt wird! Ich weiß, wie das ist. Ich fühle mich schon elend, wenn ich Red nur ein paar Tage nicht sehen kann!“

Amy blieb stehen und stellte die Eimer ab. Bens Worte hatten sie getroffen – er hatte Recht! In ihrer Entschlossenheit, bei Prince einen Durchbruch zu erreichen, hatte sie überhaupt keinen Gedanken an Ryans Zukunft verschwendet! Sie hatte Ryan und Prince wieder zusammengebracht, und beide begannen, sich nach und nach ihren traumatischen Erlebnissen zu stellen. Doch sobald Prince wiederhergestellt war, würde er aufs Gestüt übersiedeln, und Ryan bliebe allein zurück – ohne Prince, ohne Job … ohne Perspektive.

Amy schluckte. Sie hatte einen Weg für Prince’ Heilung gefunden – doch was würde aus Ryan werden?

11

„Ich denke, wir sollten nur dieses eine Foto hängen lassen.“ Amy zeigte auf das Bild, auf dem ihre Mutter und Pegasus zu sehen waren. „Die anderen können wir abnehmen.“ – Es war Samstagmorgen. Amy, Lou und der Großvater waren in der Sattelkammer versammelt, um darüber zu beratschlagen, wie man mehr Platz schaffen könnte.

„Einverstanden“, sagte Jack, „wir können ja auch einige Bilder im Haus aufhängen.“

Lou nickte. „Ich habe die Preise für Sattelhalter verglichen. Sie sind nicht so teuer. Wie viele brauchen wir noch? Sechs Stück?“

Amy betrachtete die freie Wand. „Ja, sechs passen da hin.“

„Okay“, sagte Lou, „ich bestell sie gleich übers Internet.“

Ty steckte den Kopf zur Tür herein. „Hey, hier drin ist es aber voll … Amy, kannst du mir bitte mal Prince’ Trense und eine Longe geben?“

„Seine Trense?“, wiederholte Jack.

„Ryan will anfangen, ihn zu longieren“, erklärte Ty. „Ben und ich bleiben dabei, für alle Fälle.“

„Oh, das ist ja wirklich ein erheblicher Fortschritt!“, bemerkte Jack Bartlett zufrieden. „Habt ihr schon Luke Norton darüber informiert?“

Amy wechselte einen Blick mit Ty. „Nein, um ehrlich zu sein:

Ich hab es vor mir hergeschoben. Ich denke mir, Ryan sollte noch so viel Zeit wie möglich mit Prince verbringen, bevor der Hengst aufs Gestüt kommt. Es wird Ryan wieder schlechter gehen, wenn er Prince ein zweites Mal verliert."

Ty nickte. „Das wär sehr schlimm für ihn."

Der Großvater rieb sich nachdenklich das Kinn. „Aber wir sind verpflichtet, Luke Norton so bald wie möglich zu unterrichten. Als Zuchthengst ist Prince eine sechsstellige Summe wert, und mit jedem Einsatz bringt er seinem Besitzer bares Geld. – Mal ganz davon abgesehen, dass er auf Heartland eine Menge Unruhe stiftet, auch jetzt noch."

Amy sah betreten zu Boden. Der Großvater hatte Recht. Wie auch immer – Prince musste gehen, und je schneller er sich erholte, desto eher würde Ryan von ihm Abschied nehmen müssen.

Der Großvater legte Amy verständnisvoll die Hand auf die Schulter. „Wir werden Luke Norton heute anrufen und ihm mitteilen, dass Prince auf dem Wege der Besserung ist, dass wir uns momentan aber noch nicht auf einen Zeitpunkt festlegen wollen, wann er so weit ist. Vielleicht kann Ryan sich mit ihm arrangieren, dass er auf dem Gestüt ein Besuchsrecht erhält. Eine andere Möglichkeit sehe ich wirklich nicht."

Amy seufzte. Wenigstens würden sie nichts überstürzen – und vielleicht käme ihr in der Zwischenzeit ja noch eine Idee. „So machen wir's Grandpa", stimmte sie zu. „Ich werde ihn gleich anrufen. – Und dann bringe ich einen Karton für die Fotos mit raus."

Amy ging ins Haus und wählte die Nummer von Brookland Ridge. Sie war nervös.

Eine Männerstimme meldete sich. Amy nannte ihren Namen und verlangte Luke Norton.

„Am Apparat“, sagte Norton. „Amy, schön von Ihnen zu hören. Wie läuft’s mit Prince?“

„Gute Neuigkeiten“, antwortete sie, „Er hat sich in den letzten Tagen ziemlich gefangen, ist jetzt bedeutend ruhiger. Wir haben mit der Longenarbeit begonnen.“

„Was Sie nicht sagen!“ Luke Norton klang ehrlich erstaunt. „Mr Hartley wird sich freuen, das zu hören. – Er erzählte mir übrigens, dass er demnächst mal zu Ihnen rausfahren will, um zu sehen, wie es so vorangeht.“

„Oh, ja, fein“, stammelte Amy, „dann erwarte ich ihn.“

Sie legte auf. Die Dinge beschleunigten sich. Amy wurde klar, dass sie mit Ryan sprechen musste, sofort. Er musste wissen, dass er bald wieder von Prince getrennt werden würde.

Sie informierte Lou und Jack über den unangemeldeten Besuch und machte sich auf dem Weg zum Reitplatz.

Prince trabte auf einem Zirkel, in dessen Mitte sich Ryan befand. Ben und Ty lehnten am Zaun und sahen zu. Auf Grund seiner Sehnenverletzung lief der Hengst nicht völlig im Takt, wirkte sonst aber hinlänglich entspannt. Was Amy jedoch besonders berührte, war die Veränderung, die sie bei Ryan sah. Er wirkte gelassen und selbstsicher – ein ganz anderer Ryan als der, den sie vor Wochen aus dem dunklen Zimmer gelockt hatte. Ben und Ty tauschten anerkennende Blicke, als Prince seinen Kommandos willig folgte.

Amy gesellte sich zu den Jungen. „Er geht gut, nicht wahr?"

Ty nickte.

„Ich habe gerade mit Luke Norton gesprochen", begann sie, brach jedoch ab, als ihr bewusst wurde, dass Ryan ihre Worte gehört hatte. Er rief Prince zu sich, rollte die Longe auf und kam zu ihnen herüber. „Was ist mit Luke Norton?"

Sie wählte den direkten Weg. „Mr Hartley will demnächst herkommen und sich persönlich von Prince' Fortschritten überzeugen", sagte sie offen.

„Jetzt schon?", fragte Ryan. Mit einem Mal war all sein Selbstvertrauen wie fortgeblasen.

„Wie kommst du mit Mr. Hartley klar?", erkundigte sich Amy.

„Vor dem Brand hatten wir ein ganz gutes Verhältnis." Er warf Amy einen kläglichen Blick zu. „Wenn er jetzt schon kommt, heißt das, dass Prince bald zurück aufs Gestüt geht, nicht wahr?"

Amy nickte unglücklich. „Es tut mir leid, Ryan. Das lässt sich nun mal nicht ändern. – Vielleicht darfst du ihn ja besuchen", fuhr sie fort in der Hoffnung, ihn irgendwie trösten zu können. Doch ihre Worte klangen hohl und sie wusste es.

„Mach dir keine Vorwürfe, Amy", sagte Ty sanft, als sie später in der Futterkammer allein waren. „Ryan geht es viel besser als vordem. Das darfst du nicht vergessen. Du kannst eben nicht alles auf einmal verändern."

Sie sah ihn lächelnd an, dankbar für seine Worte. Es war schön, dass es ihn gab.

Als Amy am Mittwoch von der Schule kam, hatte sich Hartley immer noch nicht blicken lassen. Vier Tage war es jetzt her, dass sie mit Luke Norton gesprochen hatte, und seitdem lief Ryans Gnadenfrist.

Lou saß am Küchentisch.

„Sieh mal, Amy!", rief sie aus. Amy spähte ihr über die Schulter.

„Der neue Prospekt von ‚Champions Einstreu' – sie haben eine große Dokumentation über Heartland veröffentlicht!"

Amy nahm eines der Faltblätter und betrachtete es. „Sieht gut aus." Sie küsste ihre Schwester auf die Wange und ging zum Kühlschrank.

„Ist das alles, was du zu sagen hast?", fragte Lou irritiert.

„Was denn noch? Es sieht gut aus – ehrlich!" Sie war nicht in der Stimmung, um sich mit Reklame zu befassen. Ihre Sorge um Ryan ließ sie an nichts anderes mehr denken, als daran, wie ihm zu helfen wäre.

„Vielen Dank auch!", sagte Lou beleidigt.

„Entschuldige, Lou! Ich bete nur die ganze Zeit, dass Mr Hartley endlich auftaucht, damit wir wissen, woran wir mit Prince sind."

„Keine Sorge, der kommt noch früh genug!"

Amy öffnete den Mund, dann presste sie die Lippen aufeinander. Lous Schnoddrigkeit verschlug ihr die Sprache. Eigentlich war sie in jüngster Zeit gut mit der Schwester ausgekommen; sollte es doch wieder Grund für Streitereien geben? Schnell wechselte sie das Thema. „Hast du etwas von Jess Morgan gehört? Sie wollte uns doch wissen lassen, wann sie Melody und Daybreak holt."

Lous Miene hellte sich wieder auf. „Das wollte ich dir gerade erzählen. Sie holt die beiden morgen. Ich habe ihr gesagt, dass du sicherlich gern beim Verladen dabei wärst, deshalb kommt sie erst gegen Abend."

„Dann werde ich heute also ein letztes Mal mit Daybreak arbeiten." Plötzlich schossen Amy Tränen in die Augen. Rasch ging sie hinaus.

Amy wich von der die täglichen Routine mit Daybreak ab und führte sie hinaus zu einem letzten Spaziergang über die Farm. Wie üblich war die Kleine neugierig auf die Welt, und Amy gestattete ihr, alles zu untersuchen, was sie interessierte, sei es ein alter Traktorreifen oder die Plane einer Strohmiete. Nach dem Rundgang brachte sie das Fohlen zurück in die Box und verwöhnte es mit einer T-Touch-Massage.

„Dein neues Zuhause wird dir gefallen", raunte sie Daybreak zu, „Jetzt geht das Leben erst richtig los!"

Plötzlich spürte Amy, dass sie beobachtet wurde. Sie sah zur Tür. – Dort stand Ryan und beobachtete, wie sie Daybreak massierte.

Amy lächelte. „Sie verlässt uns morgen", erklärte sie ihm. „Es ist unser letztes Beisammensein."

„Du hast sie sehr gern, nicht wahr?", fragte er.

Amy sah ihn an. Plötzlich hatte sie wieder diesen Kloß in der Kehle. „Ja", gab sie zu, „es fällt mir nicht leicht, sie gehen zu lassen."

„Tja, das Gleiche steht mir wohl auch bald bevor." Er versuchte ein tapferes Lächeln. „Ich hab dir viel zu verdanken, Amy.

Ohne dich würde ich wahrscheinlich immer noch in meiner Dunkelkammer sitzen. Ich werde zusehen, dass ich so viel Zeit wie nur möglich mit Prince verbringe, solange er noch hier auf Heartland ist."

Seine Worte gingen Amy nahe. Ryans Situation war viel schlimmer als die ihre. Sie bewunderte ihn. „Was wirst du tun, wenn er fort ist?", fragte sie ihn geradeheraus.

Er zuckte die Achseln. „Die Ärzte sagen, dass ich wieder in meinem Beruf arbeiten kann, sogar Rennen reiten. Mein linkes Auge ist schließlich okay. Ich werde mich nach einem Job umsehen." Jetzt lächelte er wehmütig. „Vielleicht finde ich ja wirklich wieder was mit Pferden?"

Amy hätte Ryan gern einen Job auf Heartland angeboten, aber noch einen Stallburschen konnten sie sich nicht leisten. „Ich bin mir sicher, dass du etwas finden wirst", sagte sie zuversichtlich, „du hast eine gute Hand mit Pferden."

„Wir werden sehen", erwiderte er. „Jetzt longiere ich erst mal Prince – so lange es noch hell ist."

Als Amy die Box von Melody und Daybreak verließ, hörte sie ein Auto die Auffahrt heraufkommen. Einen Augenblick lang überlegte sie, ob Jess die Pferde doch schon heute abholen wollte, aber dann surrte ein schwarzer Jaguar auf den Hof. Bisher hatte Amy noch niemanden kennengelernt, der sich einen solchen Wagen leisten konnte. Das musste Mr Hartley sein.

Amy eilte zu dem Auto hinüber, um den Besucher willkommen zu heißen. Sie erkannte in ihm den Mann, der bei der Siegerehrung auf dem Video neben Prince gestanden hatte.

„Mr Hartley?“ Sie streckte ihm die Hand entgegen. „Ich bin Amy Fleming.“

Sein Händedruck war herzlich. „Freut mich, Sie kennenzulernen, Amy. Nennen Sie mich Dan.“

In diesem Augenblick erschien auch Lou in der Haustür. „Meine Schwester Lou“, stellte Amy sie vor. Dan Hartley schüttelte auch Lou die Hand und deutete eine Verbeugung an. „Schön, Ihnen endlich persönlich zu begegnen.“

„Sie wollen Gallant Prince besuchen?“, erkundigte sich Lou.

„Richtig. Wie geht es ihm?“

„Ziemlich gut. – Kommen Sie, ich bringe Sie zu ihm“, sagte Amy.

„Und ich schaue mal, ob ich Ty und Grandpa finden kann“, erbot sich Lou.

Amy erinnerte sich, dass Ryan den Hengst longieren wollte. „Ich denke, er ist auf dem Reitplatz.“ Sie wies Dan Hartley den Weg zwischen den Paddocks hindurch.

Prince trabte – abgesehen von dem kleinen Taktfehler – mit lockeren, raumgreifenden Bewegungen.

„Der ist ja fast wieder der Alte!“, rief Dan Hartley bewundernd aus. Mit langen Schritten eilte er über den Platz. Amy wünschte, sie hätte Ryan warnen können, aber der hatte Dan Hartley bereits bemerkt und parierte Prince durch.

„Wer ist das, der da mit arbeitet?“, erkundigte sich Dan Hartley bei Amy. „Er kommt mir irgendwie bekannt vor.“

„Das ist Ryan Bailey“, antwortete sie nervös. „Sein alter Pfleger.“

„Ryan!“, rief der andere aus. „Ich habe ihn kaum wiedererkannt. Der arme Junge hat sich die Hauptschuld an dem Brand gegeben, obwohl die Ursache nie eindeutig geklärt worden ist. – Mir wurde gesagt, dass er aus eigenem Antrieb gekündigt hat."

„Nicht so ganz. Der Trainer von Gallant Prince hat ihn dazu gedrängt."

„Und wie kommt er hierher?", erkundigte er sich dann.

„Ich habe ihn um seine Hilfe gebeten", gab Amy zu. „Wir hatten ernste Probleme mit Prince. Sie wissen, er war durch das Feuer völlig traumatisiert. Uns wurde klar, dass ihm nur jemand helfen konnte, der seine Erinnerungen teilte und wusste, was er durchgemacht hatte. Deshalb habe ich Ryan ausfindig gemacht und ihn überredet, nach Heartland zu kommen."

Ryan brachte Prince mit einem knappen Kommando zum Stehen und rief ihn zu sich.

„Ryan hat unsere Arbeit wirklich entschieden vorangebracht", fuhr Amy fort. „Der Hengst konnte seine Ängste endlich überwinden. Ohne Ryan wäre uns das niemals in so kurzer Zeit gelungen. Er war der Einzige, der Zugang zu Prince finden konnte." Sie zögerte und fügte dann leise hinzu: „Und Prince zu ihm."

Dan Hartley hatte aufmerksam zugehört. Er schüttelte ungläubig den Kopf. „Das ist ganz außerordentlich. Solch eine Veränderung hatte ich mir nicht mal in meinen kühnsten Träumen erhofft."

Sie blieben am Zaun stehen. Ryan bemerkte, dass sie ihn seine Lektion ungestört beenden lassen wollten.

„Um ehrlich zu sein", sagte Dan Hartley, „ich hatte Prince schon aufgegeben."

„Aufgeben sollte man eben niemals“, erwiderte Amy lächelnd. Es hörte sich altklug an, und Dan lächelte ebenfalls. „Andererseits – es ist noch ein langer Weg für Prince. Er ist bislang weit davon entfernt, auch anderen Menschen zu vertrauen. Wenn nur Ryan mit ihm umgehen kann, dann ist das für Sie und Ihre Pläne noch keine Hilfe.“

Dan Hartley antwortete nicht. Er lehnte am Zaun und beobachtete intensiv, wie Ryan dem Hengst mit leisen Worten und kleinen Gesten Anweisungen erteilte, die Prince sofort umsetzte.

Jetzt traten auch der Großvater, Ty und Lou zu ihnen.

Zu Amys Überraschung winkte der Rennstallbesitzer Ryan plötzlich zu sich. Ryan stoppte Prince erneut und kam mit ihm zum Zaun.

„Erinnerst du dich an mich, Ryan?“, fragte Dan.

„Selbstverständlich, Mr Hartley“, antwortete Ryan höflich.

„Du hast bei Prince hervorragende Arbeit geleistet. Ich habe nicht geglaubt, dass er noch zu retten wäre. Aber es sieht ganz danach aus. Amy sagte mir, dass ihr das ohne deine Hilfe nicht gelungen wäre.“

Ryan hob überrascht die Augenbrauen. „Das weiß ich nicht, Sir“, sagte er verlegen, „Amy musste mich ziemlich überreden, hierherzukommen. Ich dachte, ich könnte Prince nie wieder gegenübertreten. Doch jetzt bin ich froh, dass ich es getan habe. Es tut gut zu sehen, wie er sich erholt.“

„Sie sind ein erstaunlicher junger Mann. Ich weiß nicht, wie ich Ihnen danken soll.“

Ryan schluckte. „Sie brauchen mir nicht zu danken. Prince selbst lohnt mir die Mühe.“

„Und würde es Ihnen gefallen, ihn auf seinem weiteren Weg zu begleiten?“, erkundigte sich Dan Hartley mit prüfendem Blick.

Ryan hatte vor Verblüffung keine Antwort parat.

Dan Hartley lächelte. „Wir brauchen Sie auf dem Gestüt bei Prince. Könnten Sie sich vorstellen, bei uns anzufangen?“

Ryan schwieg noch immer. Er starrte den anderen völlig fassungslos an.

„Natürlich erst, wenn Prince so weit ist“, fuhr Mr Hartley freundlich fort, „ich denke, ein bisschen wird er noch hierbleiben müssen. Aber er wird wahrscheinlich immer besondere Aufmerksamkeit brauchen. – Sie sind verheiratet, wenn ich mich recht entsinne?“

Ryan nickte, weiterhin sprachlos.

„Nun ja, sie könnten auf dem Gestüt wohnen. Ich habe da ein paar kleine Häuser für die Angestellten. Da ließe sich etwas arrangieren.“

Endlich begann Ryan zu strahlen. Er streckte Dan Hartley seine Hand entgegen. „Das ist ein sehr großzügiges Angebot, Sir. Ich wäre glücklich, mich wieder um Prince kümmern zu dürfen.“

Sie schüttelten einander die Hände. „Kommen Sie demnächst vorbei, um Ihren Vertrag zu unterschreiben“, sagte Mr Hartley und sah dann erwartungsvoll zu Ty und Jack. Nachdem Amy ihm die beiden vorgestellt hatte, nickte er Ryan noch einen Gruß zu und machte sich dann mit allen anderen auf den Weg zum Haus.

Der Großvater, der neben Amy herging, legte ihr den Arm um die Schulter. „Du hast es richtig gemacht, Amy“, sagte er leise, „du hast nicht aufgegeben. „Wenn jemand wieder an sich glaubt, findet er den Weg aus der Dunkelheit. Ich glaube, das hast du Ryan bewiesen – und uns allen."

Amy lächelte und blieb stehen, um auf Ryan und Prince zu warten. Der junge Mann schüttelte noch immer ungläubig den Kopf. „Niemals hätte ich erwartet, dass so etwas geschieht! – Ich dachte, für mich wäre alles aus und vorbei!"

Amy streichelte behutsam den Hals des Hengstes. *Nein,* dachte sie, *es fängt gerade erst an!*

Am nächsten Abend kam Jess Morgan mit einem Pferdehänger.

„Ich gehe Melodys Decken holen", sagte Ty, während die Besucherin noch mit dem Großvater auf dem Hof plauderte.

„Okay", fügte Amy hinzu, „ich bin dann schon in ihrer Box."

Sie ging hinüber zu den Außenboxen. Vor der Tür verharrte sie noch eine Weile, um die Stute und das Fohlen zu betrachten. Melody zupfte seelenruhig Heu aus dem Netz, während Daybreak sofort neugierig herüberkam.

„Zeit zum Abschiednehmen, Mädels", sagte Amy sanft.

Dann trat sie ein, befestigte die Führstricke an den Halftern und brachte die beiden auf dem Hof. Ty erschien mit den Decken und Transportgamaschen und begann, die Pferde für den Transport zu bandagieren. Jess Morgan kam herüber und half ihm dabei. Schließlich ergriff sie Melodys Führstrick.

„Dann mal los", sagte sie und führte sie zur Rampe. Melody zögerte und schnaubte nervös, und Amy fiel ein, dass die Stute ungern reiste. Sie ging zu ihr hinüber und tätschelte beruhigend ihren Hals, während Jess sie mit ruhiger Stimme ermutigte. „Auf Wiedersehen, Melody!", flüsterte Amy, „Geh nur, mein Mädchen, du schaffst es!" Sie schickte Jess ein Lächeln zu, und nach wenigen Sekunden folgte Melody ihrer neuen Besitzerin vorsichtig die Rampe hinauf.

Dann war Daybreak an der Reihe. Amy kniete sich rasch nieder und umarmte sie. Daybreak erwiderte die Liebkosung mit einem zärtlichen Stupsen.

„Auf Wiedersehen, Daybreak", sagte Amy leise und Tränen stiegen ihr in die Augen. Sie gab dem Fohlen einen letzten Kuss auf die Nüstern, blinzelte ein paarmal und übergab Jess den Führstrick. – Sie wusste: Bald würde es noch mehr Melodys und Daybreaks geben, die auf ihre Unterstützung angewiesen waren, Stuten, die Hilfe brauchten, wenn sie fohlten, und Nachwuchs, der erzogen werden musste. Doch wohl nichts davon würde ihr Herz so sehr anrühren wie Daybreak. Als sie den Führstrick losließ, war ihr, als verabschiedete sie sich von einem Familienmitglied.

Jess zeigte der Kleinen die Rampe und Daybreak schnupperte neugierig daran. Dann ging sie mit der größten Selbstverständlichkeit in den Pferdehänger zu ihrer Mutter. Amy warf einen letzten Blick in den Transporter. Daybreak drehte sich um und sah sie aus ihren wundervollen, großen Augen an. Mit einem leisen, freundlichen Wiehern schien sie Auf Wiedersehen zu sagen.

Der Großvater trat zu Amy und nahm ihre Hand, während Ty dabei behilflich war, die Rampe zu schließen und die letzten Bolzen zu verankern.

„Auf Wiedersehen", sagte Jess, „Und haben Sie Dank für diese wunderbaren Pferde!"

Amy lächelte ihr zu, als sie in den Pick-up stieg. „Dafür sind wir da – um unseren Pferden eine neue Chance zu geben. Und um neue Freunde zu finden. Ich freue mich darauf, Sie wiederzusehen. Bestimmt besuche ich Daybreak bald!“

Jess erwiderte das Lächeln und startete den Motor.

Amy winkte, als sie vom Hof fuhr. Es war ihr warm ums Herz bei dem Gedanken, dass Daybreak da draußen sein würde, erreichbar … und dass an ihrer Stelle ein anderes Pferd nach Heartland kommen würde – eines, das ihre Hilfe brauchte und dem sie ein neues, besseres Leben geben konnte.

Worterklärungen

durchparieren ein Pferd zum Stehen bringen

gegen den Zügel gehen Vorwärtsdrängen des Pferdes

Hand (hier: das Pferd nimmt dem Reiter die Hand) durchgehen, unkontrollierbar werden

Hengst männliches Pferd, zumeist Zuchthengst, da man im europäischen und nordamerikanischen Kulturkreis fast alle männlichen Pferde, die nicht zur Zucht verwendet werden, kastriert; Hengste sind im Umgang schwierig und erfordern viel Erfahrung

Hilfen (Kreuz-, Zügel-, Schenkel-, Gewichtshilfen) Körpersprache, mit der sich der Reiter dem Pferd mitteilt

Hufschlag (nicht zu verwechseln mit Huftritt) äußere Reitbahn, Linie, in die das Pferd die „Hufe schlägt"

Join-up wörtl. „Kontaktaufnahme", Monthy-Roberts-Methode zur Kontaktaufnahme mit dem Pferd in der freien Arbeit ohne Longe (s.u.)

Kanter/kantern ruhiger Trainingsgalopp

Kardätsche spezielle Pferdebürste

Longe Leine, an der das Pferd im Kreis („auf einem Zirkel") läuft

Paddock kleine Koppel

parieren anhalten, verlangsamen

Roundpen eingezäunter Longierzirkel, der die von Monthy Roberts praktizierte freie Arbeit (ohne Longe) ermöglicht

Schimmel auf Weiß basierende Pferdefarbe in allen Variationen (Fohlen werden schwarz oder braun geboren und werden von Jahr zu Jahr heller), daher ist „grau“ das häufige Erscheinungsbild junger Schimmel

Transportgamaschen dienen während des Transports als Beinschoner

Trense/auftrensen Zaumzeug/Anlegen des Zaumzeugs

Trensengebiss gebräuchliches Mundstück der Zäumung

Trensenring Teil des Mundstücks, in den die Zügel eingeschnallt werden

trocken „fest, nicht schwammig“ – Definition für Kopf und Beine edler Pferde: durch die straff anliegende Haut treten Konturen (Knochen, Muskeln, Sehnen, Adern) klar hervor

Verbrecher aggressives Pferd

Viereck Dressurviereck (Platz für Dressurtraining)

Vollblüter/Vollblut Rassebezeichnung; obwohl es auch Arabische Vollblüter gibt, werden umgangssprachlich meist nur Englische Vollblüter (Galopprennpferde) so bezeichnet

Wallach kastriertes männliches Pferd (90 % aller Hengste)

Zirkel Kreis

Zirkel wechseln (auf dem Reitplatz) die Richtung wechseln, anders herum reiten

Durch dick und dünn

1

Die junge, gescheckte Appaloosa-Stute schnaubte und riss den Kopf in die Höhe. Ihr Blick war wild, jeder Muskel ihres Körpers gespannt.

„Ganz ruhig, Rosie!“ Die fünfzehnjährige Amy ließ die Finger ihrer linken Hand systematisch über den Hals der Stute kreisen. Bei jedem Zirkel, den sie vollendete, atmete sie tief und bewusst aus. In der Rechten hielt sie ein Halfter. Sie war so auf das Pferd konzentriert, dass sie die Geräusche, die draußen vom Hof kamen, kaum wahrnahm. Es war das gleiche geschäftige Treiben hier in diesem Pensionsstall wie daheim auf der Heartland Farm: Stallburschen riefen einander etwas zu, Hufeisen klapperten über den Asphalt, Autotüren schlugen, die Pferde in ihren Boxen schnaubten und stampften. Doch für Amy war das alles nur Hintergrundmusik.

„Sei ja vorsichtig!“, warnte Lou. Sie stand gemeinsam mit Rosies Besitzerin Sheri Hagland an der Boxentür.

Amy bemerkte zwar die Furcht in der Stimme ihrer älteren Schwester, aber sie nickte nur kurz, ohne die Aufmerksamkeit von dem Pferd abzuwenden. „Ist okay, Mädchen“, sagte sie sanft, „ich tu dir nicht weh! Ich will dir doch nur helfen!“

„Sie hat sich von Anfang an so benommen, seitdem ich sie gekauft habe!“, wandte Sheri sich verzweifelt an Lou. „Sobald ich ihr das Halfter auflegen will, spielt sie verrückt. Wenn Sie das

Problem nicht in den Griff kriegen, weiß ich nicht mehr, was ich tun soll!“

Amy hörte, wie Lou sich verlegen räusperte. „Offen gesagt, ich persönlich habe mit den Pferden nichts zu tun. Amy und unser Stallbursche Ty arbeiten mit den Tieren. Ich erledige nur das Geschäftliche, den Papierkram und so …“

Nur das Geschäftliche ist wohl untertrieben, dachte Amy bei sich. Die Heartland Farm war von ihrer Mutter einst als alternative Heilanstalt für Pferde gegründet worden – und sie würde kaum noch existieren, wenn sich nicht jemand so engagiert wie Lou um das Management kümmern würde.

Amy konzentrierte sich wieder ganz und gar auf das Pferd. Unter ihren kreisenden Fingern schien Rosie sich allmählich zu entspannen. Sie senkte den Kopf. Amy tastete nach ihrer Nase, doch sofort schlug das Pferd mit dem Kopf und verspannte sich wieder. Also fuhr sie mit der Massage fort. Es würde wohl eine Weile dauern, bis man Rosie aufhalftern konnte. Amy jedenfalls war bereit, der jungen Stute alle Zeit der Welt zu lassen.

Zehn Minuten später hatte sich Amy mit ihren kreisenden Fingern behutsam, aber zielstrebig bis zu Rosies Genick hochgearbeitet. Plötzlich fühlte sie eine lange Narbe, die von der Mähne verdeckt gewesen war. Sie führte hinter dem linken Ohr abwärts fast bis zur Kehle. Woher mochte diese alte Verletzung stammen – ein Unfall, eine Misshandlung?

„Wissen Sie, woher die Narbe stammt?“, erkundigte sich Amy bei Sheri, die noch immer bei ihr stand.

„Über Rosies Vergangenheit weiß ich rein gar nichts. Ich

habe sie als ungerittene Dreijährige auf einer Auktion in Maryland gekauft. Der Verkäufer sagte mir, sie sei bisher lediglich am Halfter geführt worden. Er behauptete, dass sie ruhig wäre. – Aber als ich das erste Mal versuchte sie aufzuhalftern, ist sie durchgedreht. Sie stieg und ist mit dem Kopf gegen die Trennwand geknallt."

Amy war sich beinahe sicher, dass Rosies Verhalten etwas mit dieser Narbe zu tun hatte. Solange sie sich ihr nicht mit dem Halfter näherte, war die Stute ruhig. Jetzt war Zeit zum Handeln. Mit einer raschen, gekonnten Bewegung zog sie dem Pferd das Halfter über Nase und Ohren. Rosie sprang zurück, doch Amy war schneller gewesen – das Halfter saß.

„Ho, hoo!", rief Amy und tastete sich wieder am Hals des Pferdes hoch.

Rosie bebte am ganzen Leib, als Amy die Schnalle des Halfters schloss. Das Pferd beruhigte sich erst, als Amys Finger wieder abwärts in Richtung Schulterpartie wanderten.

„Gut gemacht!", sagte Lou erleichtert.

„Jetzt ist es okay", sagte Sheri. „Sie benimmt sich nur beim Aufhalftern so. Wenn sie das Halfter erst einmal drauf hat, ist alles wieder gut. – Deswegen habe ich das Problem ja zunächst auch nicht bemerkt! Während der Auktion und später beim Transport trug sie natürlich ein Halfter. Und auf die Idee zu testen, ob sie sich Ab- und wieder Aufhalftern lässt, bin ich nun wirklich nicht gekommen! Zu Hause in der Box habe ich ihr, wie allen Pferden, abends das Halfter abgenommen – und am nächsten Morgen ging der Tanz dann los! – Wenn Sie sie bitte festhalten würden, dann hole ich die Transportdecke und die Gamaschen."

Sheri eilte den Stallgang hinunter. Mit einer mechanischen Bewegung zog Amy das verrutschte Zopfgummi fest, das ihre hellbraunen Haare zu einem Pferdeschwanz gebunden hielt. „Scheint so, als würden wir mit dir ein bisschen Mühe haben“, sagte sie und rubbelte dem Appaloosa freundschaftlich übers Fell.

Rosie schnaubte leise, ganz entspannt jetzt wieder.

Lou, mit kurzem blonden Haar, unterschied sich nicht nur äußerlich von ihrer Schwester. Im Gegensatz zu Amy, deren Temperament nach dem der Mutter kam, hatte die ältere Lou die Besonnenheit des Vaters geerbt. Jetzt betrat die Ältere die Box. „Eine Weile lang habe ich gedacht, dass du es nicht schaffen würdest, ihr das Halfter aufzulegen“, bemerkte sie anerkennend. „Aber du warst so geduldig mit ihr!“

Amy zuckte mit den Achseln. „Das ist ein Stück Erfahrung. Mom hat's mir beigebracht, bevor …,“ sie stockte kurz, „… bevor sie starb.“ Es war noch nicht sehr lange her, dass ihre Mutter bei einem Autounfall ums Leben gekommen war. Der große Schmerz war vergangen, aber tief im Herzen trug sie ein immerwährendes Gefühl des Verlustes, das wohl niemals ganz verschwinden würde.

Lou seufzte. „Ich wünschte, ich könnte nur halb so gut mit Pferden umgehen wie du!“

Ein wehmütiger Unterton in Lous Stimme ließ Amy aufhorchen. Seitdem die Schwester Manhattan verlassen hatte, um mit ihr und ihrem Großvater auf der Heartland Farm zu leben, war sie bestrebt gewesen, möglichst wenig direkten Kontakt mit den Pferden zu haben – abgesehen von Sugar, einem kleinen, niedlichen Shetlandpony, das sie liebte. Zum ersten Mal gewann Amy jetzt den Eindruck, dass Lou dies bedauerte.

„Aber du kannst es doch lernen", antwortete Amy, „du musst einfach nur mehr Zeit mit den Pferden verbringen. Wenn du willst, lehre ich dich ein paar Dinge, die Mom mir beigebracht hat."

„Wirklich? – Glaubst du tatsächlich, ich könnte lernen, die Pferde zu heilen so wie du?"

„Natürlich." Amy stellte sich vor, dass Lou ihr so zur Hand ginge, wie sie selbst einst ihrer Mutter. „Hey, Lou, das wäre richtig cool!" Lou sah direkt aufgeregt aus. „Na klar, warum nicht?"

In diesem Augenblick kam Sheri zurück und störte das Gespräch der Schwestern. „Hier sind die Gamaschen und die Decke."

Lous Gesicht nahm sofort wieder den professionell geschäftlichen Ausdruck der einstigen Bankerin an. „Vielen Dank, Sheri", sagte sie unverbindlich. „Ich gehe dann schon zum Transporter und lasse die Rampe herunter. Wenn ihr so weit seid, bringt Rosie zum Parkplatz."

„Aber was wird denn nun aus dem, worüber wir uns gerade unterhalten haben?", rief ihr Amy nach. „Wir könnten doch gleich hier beginnen! Mit einer ersten Übung!"

Lou hob abweisend eine Hand. „Ich sollte wohl doch lieber bei dem bleiben, was ich kann."

Sheri sah Lou verunsichert nach. „Sorry – hab ich Sie beide unterbrochen?"

„Ist schon okay", antwortete Amy. Einen Moment lang

starrte sie noch auf Lous Rücken, ehe sie sich ihrer Aufgabe besann. „Lassen Sie uns Rosie fertig machen!“ Sie nahm von Sheri eine elastische Binde entgegen und begann, Rosies Schweifwurzel damit zu bandagieren. Ihre Gedanken aber blieben bei Lou. Wenn sie sich doch nur wieder mehr für die Pferde interessieren würde, dachte sie, dann würden wir auch besser miteinander auskommen, weniger streiten. Wir könnten zusammen ausreiten …

Amy riss sich zusammen – das waren alles nur Wunschvorstellungen. Schließlich hatte ihre Schwester seit über zwölf Jahren nicht mehr auf einem Pferd gesessen!

Sie befestigte die Schweifbinde und bemerkte, dass Sheri dem Tier bereits alle vier Gamaschen angelegt hatte. „Gut dann“, sagte sie und klopfte Rosie auf die Kruppe, „die Decke noch und dann kann’s losgehen.“

Der Transporter der Heartland Farm stand auf dem Parkplatz des Pensionsstalls „Unter den Eichen“. Es gab hier über siebzig Boxen. Die Ställe erstreckten sich linker Hand des Parkplatzes, rechter Hand befanden sich große Koppeln und drei Reitplätze.

Rosie ließ sich mühelos verladen. Abgesehen von ihrer rätselhaften Kopfscheu schien sie ein ausgeglichenes Pferd zu sein. Ein wenig misstrauisch vielleicht, dachte Amy, als sie die Stute im Hänger anband, aber nicht nervös.

„Ich rufe Sie dann heute Abend an“, sagte Lou zu Sheri, als sie die Verladeklappe schlossen und mit Bolzen sicherten. „Selbstverständlich können Sie Rosie jederzeit besuchen.“

„Vielen Dank. Ich bin sicher, dass Sie ihr helfen können“,

sagte Sheri zuversichtlich. Sie steckte den Kopf noch einmal zur Seitentür hinein. „Mach's gut, mein Mädchen!"

Lou wandte sich an Amy. „Ich gehe nur noch mal rasch ins Büro rüber, um ein paar Faltblätter von uns dort zu lassen. – Vielleicht gibt's noch mehr für uns zu tun, hier, ‚Unter den Eichen'."

Amy nickte. Es war Lous Idee gewesen, die Flyer drucken zu lassen. Sie verteilte sie, wo immer es ging: in Pferdesportläden, bei Sattlern, Futtermittelhändlern oder in Pensionsställen wie diesem. Bisher hatten die Faltblätter für gute Werbung gesorgt und ihnen ein paar lukrative Kunden eingebracht. Obwohl Amy zunächst dagegen gewesen war, hatte sie zugeben müssen, dass es funktionierte. Ebenso war es mit dem Tag der offenen Tür auf der Heartland Farm gewesen, an dem sie ihre besonderen Techniken der Tierheilung mit großem Erfolg öffentlich demonstriert hatten.

Trotzdem sind nicht alle ihre Einfälle gut, dachte Amy, manchmal denkt Lou zu ausschließlich ans Geschäftemachen und vergisst darüber, dass wir es mit lebenden Kreaturen zu tun haben – mit Pferden und nicht mit Zahlen.

Amy warf einen Blick auf die Armbanduhr. Wo blieb Lou denn? – Aus Langeweile begann sie, zu den Reitplätzen hinüberzuschlendern. Im Augenblick trainierte dort nur eine Reiterin – ein Mädchen mit grellrotem Haar, das unter der Reitkappe hervorquoll. Es war etwas jünger als Amy selbst und saß auf einem hübschen kleinen Dunkelschimmel, der flott um die Bahn trabte. Das Pony wirkte nervös und blieb abrupt stehen, als Amy am Tor auftauchte.

Doch das Mädchen war eine gute Reiterin, sie saß tief im Sattel und trieb das Tier vorwärts.

Amy kannte sie. Ihr Name war Jo-Ann Newhart. Sie ging auf dieselbe Grundschule, die auch Amy früher besucht hatte, ungefähr in die sechste Klasse. – Das Pony weigerte sich, am Ausgang vorbeizulaufen, doch Jo-Ann hieb ihm energisch die Gerte aufs Hinterteil, sodass es mit einem Buckler vorwärtsschnellte.

„Sei bitte vorsichtig, Schatz!", rief eine Frau von der anderen Seite des Platzes her. „Du solltest ihn jetzt lieber reinbringen, er sieht nicht gerade zufrieden aus!"

„Ist schon okay, Mom", versicherte die Reiterin rasch. „Weiter, Feather!", befahl sie dem Pferd, das erneut stoppte. Obwohl ihr Sitz sonst gut war, zog sie verkrampft die Schultern hoch. Sie knallte dem Pony die Hacken in die Seiten. Doch es blieb widerspenstig, schlug mit dem Kopf und begann rückwärtszulaufen. Jo-Ann schnalzte mit der Zunge und setzte weiterhin die Unterschenkel ein, aber das Pony reagierte nicht.

„Es reicht, Jo-Ann!" Mrs Newharts Stimme klang hoch und nervös. „Ich möchte, dass du ihn jetzt reinstellst!"

„Nein", entgegnete das Mädchen fest und schlug dem Pony die Gerte auf die Schulter. Amy sah, wie das Tier aus der Rückwärtsbewegung heraus die Hinterhand belastete.

„Pass auf!", rief sie, doch es war schon zu spät. Feather bäumte sich auf und zerteilte die Luft mit den Vorderhufen.

Mrs Newhart schrie auf, doch Jo-Ann reagierte instinktiv richtig, warf sich nach vorn und schlang die Arme um den Hals des Ponys.

„Nimm den Kopf herum und reite eine Volte!", rief Amy

über die Schreie der Mutter hinweg, wobei sie bereits über das Gatter sprang. Sie wollte in den Zügel fassen, bevor das Ponys erneut stieg. Doch Jo-Ann war schon dabei, Amys Ratschlag umzusetzen: Sie zog den Kopf des Pferdes mit einer Hand nach hinten und machte ihr ganzes Gewicht im Sattel geltend, während sie enge Volten ritt. So aus der Balance gebracht, hatte Feather keine Chance, erneut zu steigen.

„Alles okay?“, fragte Amy und griff in Feathers Zügel, bevor dieser wieder auf dumme Gedanken kam.

Jo-Ann war bleich geworden, aber sie nickte.

„Jo-Ann! Komm sofort von diesem Biest herunter!“

Amy und das Mädchen blickten sich um und sahen die aufgebrachte Mrs Newhart heranmarschiert kommen.

„Es ist doch alles in Ordnung, Mom!“, protestierte Jo-Ann.

„Unverzüglich, Jo-Ann!“, rief die Mutter.

Widerwillig schwang das Mädchen ein Bein über den Sattel und ließ sich vom Rücken des Pferdes gleiten.

„Jetzt reicht es wirklich!“, sagte Mrs Newhart mit bebender Stimme. „Dieses Pony ist gemeingefährlich. Dein Onkel hätte es dir niemals kaufen dürfen!“

„Ist ja okay, Mom“, versuchte Jo-Ann sie zu beruhigen, „mir ist doch nichts passiert!“

„Diesmal nicht“, entgegnete ihre Mutter. „Und beim nächsten Mal?“ Sie schüttelte den Kopf. „Tut mir leid, Schatz, aber wir werden uns von dem Pony trennen. Ich kann nicht zulassen, dass es dich jedes Mal so gefährdet!“

„Aber Mom!“

Erst jetzt schien Mrs Newhart Amy wahrzunehmen. „Vielen

Dank für Ihre Hilfe. – Könnten Sie Jo-Ann helfen, das Pony in den Stall zu bringen? Ich möchte nicht, dass sie es allein führt." – Ganz offensichtlich hielt Miss Newhart Amy für eine hiesige Pferdepflegerin.

Amy machte sich nicht die Mühe, dem zu widersprechen. „Natürlich", sagte sie und lächelte Jo-Ann aufmunternd zu.

„Ich brauche keine Hilfe, vielen Dank!", setzte sich das Mädchen ärgerlich zur Wehr. Sie packte die Zügel fester und stapfte zum Tor. Doch Amy war sich sicher, dass ihr Tränen in den Augen standen.

„Ich warte im Auto auf dich!", rief Mrs Newhart ihrer Tochter nach.

Jo-Ann nickte und setzte ihren Weg mit Feather fort.

Amy rannte ihr nach. „Hey, alles in Ordnung?", fragte sie behutsam.

Jo-Ann blieb stehen und sah ihr offen ins Gesicht. Jetzt liefen ihr die Tränen über die Wangen. „Okay?", fragte sie verzweifelt. „Was soll denn schon okay sein? Meine Mutter wird Feather verkaufen!" Ihre zornigen Worte hingen in der Luft, doch plötzlich breitete sich Betroffenheit in ihrer Miene aus. „Entschuldige, ich wollte dich nicht anschreien. Du kannst ja nichts dafür." Sie schluckte und führte Feather weiter.

Amy fühlte Mitleid mit dem Mädchen. „Deine Mom macht sich eben Sorgen", sagte sie, während sie neben Jo-Ann herging. „Steiger sind gefährlich. Sollte Feather sich dabei einmal überschlagen, kann er dir das Rückgrat brechen. Vielleicht wäre es wirklich besser, wenn du ein anderes Pony bekämst."

Jo-Ann schüttelte zornig den Kopf. „Sie würde mir kein

anderes kaufen! Sie wollte auch nicht, dass ich Feather bekomme. Es gab damals einen riesigen Krach, als mein Onkel ihn mir geschenkt hat. Schließlich durfte ich ihn aber behalten und jetzt passiert so was! Mom wird mir niemals mehr ein eigenes Pferd erlauben. Sie hasst Pferde – sie hat sie schon immer gehasst!"

Amy war schockiert.

„Das ist so gemein!" Jo-Ann brachte das Pony in seine Box. „Feather ist überhaupt nicht gefährlich. Er hat mal einen schlechten Tag – vor allem wenn Mom zuguckt. Und bisher ist er auch nur ein paarmal gestiegen." Sie nahm ihm die Trense ab und der Grauschimmel rieb frohgemut den Kopf an ihrer Schulter.

Amy betrachtete das Pony aufmerksam. Von ihrer Mutter hatte sie gelernt, dass man die Persönlichkeit eines Pferdes an seinem Kopf erkennen kann. Feather hatte große, mandelförmige Augen – normalerweise ein Zeichen für ein sanftes Gemüt. Er schien viel arabisches Blut zu haben – sein edler Kopf mit dem wohlgeformten Nasenrücken und den kleinen, spitzen Ohren verriet Sensibilität und Intelligenz. Nichts deutete auf einen bösartigen oder sturen Charakter hin.

„Du sagst, er ist erst ein paarmal gestiegen?"

Jo-Ann nickte. „Ja, und leider immer, wenn Mom zugeguckt hat! Meistens gibt es überhaupt keine Probleme mit ihm."

Amy runzelte die Stirn, ließ das Pony an ihrer Hand schnuppern und tastete dann seinen Hals und die Wirbelsäule ab. „Eventuell hat er Rückenprobleme."

In Jo-Anns Augen blitzte plötzlich Hoffnung auf. „Amy, du kennst dich doch mit Problempferden aus. Du weißt alles darüber! Kannst du mir nicht helfen? Vielleicht würde meine Mutter mir erlauben, ihn zu behalten, wenn du ihr sagst, dass du mit ihm arbeiten willst. Wir könnten ihn nach Heartland bringen, und wenn er korrigiert ist …“

„Halt, halt, halt!“, fiel Amy ihr ins Wort. „Selbst wenn Feather wirklich nach Heartland kommt, gibt es keine Garantie dafür, dass wir ihm helfen können! Mit Steigern ist wirklich nicht zu spaßen!“ Sie sah die Enttäuschung in Jo-Anns Gesicht. „Aber natürlich besteht die Chance“, fuhr sie rasch fort, „umso eher, wenn es einen wirklichen Grund für sein Fehlverhalten gibt – Rückenschmerzen eben. Und vor allem, wenn die Unart noch nicht wirklich ausgeprägt ist.“

„Oh, bitte, sag Mom, dass du's versuchen willst!“, bettelte Jo-Ann.

Amy sah ihren flehenden Blick. „Okay. – Aber ich hab da eine Idee: Lass das meine Schwester machen. Sie ist ziemlich überzeugend. Wenn sie es nicht schafft, deine Mom zu überreden, dass sie Feather nach Heartland schickt, dann schafft es niemand.“

Sie rannte zurück zum Parkplatz.

Lou wartete bereits ungeduldig beim Transporter. „Ich habe mir schon Sorgen gemacht, wo du bleibst, Amy!“

„Ich muss mit dir reden, Lou!“ Amy entdeckte Mrs Newhart in dem Auto nebenan. Sie zog ihre Schwester auf die andere Seite des Transporters und berichtete ihr hastig von Feather. „Ich denke, wir können ihm helfen“, schloss sie, „zumindest sollten wir es versuchen. Jetzt, wo Gallant Prince fort ist, haben wir doch wieder Platz!“

Lou dachte nach.

„Feather ist kein eingefleischter Steiger“, fuhr Amy fort, „vielleicht gibt es handfeste Gründe für sein Benehmen – Angst oder Schmerzen. Wenn wir ihn davon befreien können, haben wir das Problem im Griff.“

„Aber Steigen ist eine der gefährlichsten Unarten überhaupt“, gab Lou zu bedenken. „Ich erinnere mich, dass Mom einmal gesagt hat, es gäbe keine sichere Methode, um mit einem Tier fertig zu werden, das ständig in die Luft geht ...“

„Ich werde vorsichtig sein. Man muss doch wenigstens versuchen, ihm zu helfen!“

Nach kurzem Zögern willigte Lou widerstrebend ein. „Also schön, nehmen wir ihn auch noch mit.“

Amy atmete tief durch. „Es gibt da noch ein klitzekleines Problem ...“

Ihre Schwester hob fragend die Augenbrauen.

„Jo-Anns Mutter ...“

„Ich bin mir sicher, dass es Möglichkeiten gibt, ihm zu helfen“, redete Lou auf Mrs Newhart ein, die das Autofenster heruntergelassen hatte. „Meine Schwester und unsere Mitarbeiter sind sehr versiert in der Arbeit mit Problempferden.“

„Wir haben auch schon mit Steigern wie ihm gearbeitet“, flunkerte Amy.

„Bitte, sag Ja!“, flehte Jo-Ann ihre Mutter vom Beifahrersitz aus an. „Außerdem ist die Heartland Farm von uns aus gut zu erreichen. Ich könnte Feather regelmäßig sehen.“

Mrs Newhart zögerte noch. „Also, ich weiß nicht ...“

„Und wenn sie ihn nur für ein paar Wochen in unsere Obhut geben", warb Lou mit honigsüßer Stimme, „damit wir einfach sehen können, was machbar ist."

„Mom, bitte!", beschwor Jo-Ann ihre Mutter. „Du kannst ihn doch nicht einfach verkaufen, ohne ihm wenigstens eine Chance gegeben zu haben!"

Bei Weitem nicht überzeugt gab Mrs Newhart schließlich dem Drängen ihrer Tochter nach. „Er kann für einen Monat nach Heartland gehen."

Jo-Anns Miene hellte sich auf.

„Aber wenn er dann nicht korrigiert ist", fuhr ihre Mutter fort, „muss er weg. Und du wirst dich gefälligst nicht mehr draufsetzen, bevor er nicht absolut sicher ist."

„Versprochen!", rief Jo-Ann aus und umarmte ihre Mutter. „Danke, Mom!"

Amy war erleichtert und bedrückt zugleich. Ein Monat war keine lange Zeit. Was, wenn sie Feathers Problem bis dahin nicht in den Griff bekämen?

„Du musst mir unbedingt alles erzählen, was du von ihm weißt", sagte Amy zu Jo-Ann, als sie erneut auf dem Weg zu Feathers Stall waren. „Jeder Hinweis auf Dinge, die sich in seiner Vergangenheit ereignet haben, kann nützlich sein. Hat er häufig den Stall gewechselt? Ist er durch viele Hände gegangen? Manche Erlebnisse werfen ein Pferd einfach völlig aus der Bahn."

„Aber nichts dergleichen ist mit Feather geschehen", antwortete Jo-Ann. „Mein Onkel hat ihn von Bekannten gekauft. Sie haben ihn fünf Jahre lang besessen und sich nur deshalb von ihm getrennt, weil ihre Tochter zu groß für ihn geworden ist. Er kam als Vierjähriger direkt vom Züchter. Das Mädchen ist mit ihm Turniere geritten!"

„Und es gab vorher nicht ein einziges Anzeichen für irgendwelche Unarten bei ihm?"

„Keine. – Und, wie gesagt, meistens benimmt er sich tadellos!" Sie warf Amy einen ängstlichen Seitenblick zu. „Du kannst ihm doch helfen, oder?"

„Ich will mein Bestes versuchen", versprach Amy, von zwiespältigen Gefühlen geplagt.

Feather ging ebenso willig auf den Transporter wie zuvor Rosie. Die Pferde im Stall „Unter den Eichen" waren offenbar gut erzogen.

„Ich komme dich morgen besuchen, Süßer!" Jo-Ann gab ihm zum Abschied einen Kuss auf die Nase. „Ich hab dich lieb!"

Amy lächelte. Jo-Ann war ungefähr drei Jahre jünger als sie, deshalb war sie ihr aus der Schule nur flüchtig bekannt. Aber nach dem kurzen Kennenlernen war sie ihr jetzt schon sympathisch.

Ich wünsche mir so sehr, Jo-Ann und ihrem Pferd helfen zu können, dachte Amy, als Jo-Ann aus dem Hänger kletterte. „Bis morgen, Amy!", rief sie.

„Ja, bis dann!" Amy stieg neben Lou in den Pick-up ein.

Lou startete. „Bist du ganz sicher, dass du nicht noch ein drittes Pferd reinstopfen willst, wenn wir schon mal hier sind?", fragte sie trocken.

„Eigentlich hast du Recht. In die Sattelkammer auf Heartland würde noch ein Shetlandpony passen“, antwortete Amy ernst, „soll ich nachsehen, ob ich irgendwo eins finde?“ Sie ließ ihre Hand zum Türgriff wandern.

Lou fuhr an. „Zu spät!“ Die Schwestern lachten. „Ich bin mal gespannt, was Ty dazu sagt, wenn wir gleich zwei Pferde ausladen!“, meinte Amy fröhlich.

2

„Amy!“, rief Ty aus, als sie gemeinsam die Transporterrampe herunterließen, „da sind ja zwei drin!“

„Hups!“ Sie schlug sich mit der Hand auf den Mund. „Wie ist denn das passiert?“

Ty schüttelte den Kopf, musste aber bereits grinsen. „Los, erzähl!“

„Ich kam gerade dazu, als er mit einem zwölfjährigen Mädchen auf dem Reitplatz Männchen machte. Das Mädchen heißt Jo-Ann. Ihre Mutter wollte das Tier sofort verkaufen. – Ty“, und jetzt wurde sie ernsthaft, „ich musste einfach helfen.“

„Ach, du liebes bisschen!“ Ty fuhr sich mit der Hand durch das dichte, braune Haar, wie er es immer tat, wenn er ratlos war. „Ein Steiger, auch das noch!“

„Ich weiß, dass Steiger besonders problematisch sind“, sagte Amy. „Aber er hat es bisher erst ein paarmal versucht. – Sieh ihn dir an!“ Tys zweifelnder Blick war ihr keineswegs entgangen. „Er *ist* nicht bösartig, wirklich, das sieht man!“

Tys grüne Augen musterten sie und Amy bekam ein flaues Gefühl in der Magengegend. Sofort fiel ihr der letzte Weihnachtsabend ein, an dem sie sich geküsst hatten. Seitdem war nicht viel mehr zwischen ihnen passiert – außer dass sie ab und an diese seltsame Empfindung überkam, die neu und aufregend war.

„Na, dann“, sagte sie hastig, „ich werde ihn mal ausladen.“ Sie spürte, wie ihre Ohren zu glühen begannen. „Du kannst dir gleich deine eigene Meinung bilden.“

Sie schlüpfte rasch in den Transporter hinein.

Rosie, die Appaloosa-Stute, döste ruhig mit gesenktem Kopf und halb geschlossenen Augen vor sich hin. Amy klopfte kurz ihren Hals und band dann Feather los, um ihn vorsichtig rückwärts vom Hänger zu schieben.

Der kleine, elegante Grauschimmel kletterte die Rampe hinunter. Sobald er festen Boden berührte, fuhr er herum und begann mit stolz aufgerichtetem Hals zu posieren. Schnaubend sah er sich um.

Er tänzelte leicht an Amys Hand und begann dann, aufgeregt mit einem Vorderbein zu scharren.

„Hallo, Junge!“, sagte Ty und streichelte ihn. „Der hat aber einen ziemlichen Schuss Temperament! Kein Anfänger-Pony!“

Amy nickte. „Aber Jo-Ann ist eine gute Reiterin mit einem festen Sitz. Sie hatte keine Probleme oben zu bleiben, als er stieg.“ Abwartend beobachtete sie Ty. Er studierte das feine Gesicht des Ponys. „Und – was meinst du?“

„Sensibel, menschenbezogen.“ Tys Blick glitt über Feathers winzige Ohren, die freundlichen Augen und die weiten Nüstern. „Die Sorte Pferd, die bei schlechter Behandlung oder Schmerzen schnell in Panik verfällt.“ Endlich nickte er Amy anerkennend zu. „Du hast richtig gehandelt. Wahrscheinlich werden wir mit ihm fertig. Es wirkt auf keinen Fall bösartig.“

Amy war erleichtert. Tys Zustimmung war ihr sehr wichtig. Er arbeitete seit drei Jahren – seit seinem fünfzehnten Lebensjahr – auf Heartland, anfänglich nur in den Ferien und am Wochenende, bevor er mit sechzehn die Schule verlassen und einen Full-Time-Job auf der Heartland Farm angenommen hatte. Marion, Amys Mutter, war immer der Meinung gewesen, dass er ein besonderes Talent im Umgang mit schwierigen Pferden hatte.

„Das Erste, was wir veranlassen müssen", sagte er, „ist, dass Scott ihn untersucht, um auszuschließen, dass es einen körperlichen Schaden gibt. Das Steigen könnte eine Schmerzreaktion sein."

Amy nickte zustimmend. Scott Trewin war ihr Haustierarzt. „Und wenn es keine Schmerzreaktion ist ..."

„... kümmern wir uns um die Psyche", ergänzte Ty.

Sie lächelten einander im Einvernehmen an und Amy fühlte sich glücklich. Wenn sie mit Ty zusammenarbeitete, war es so, als könnte einer die Gedanken des anderen lesen.

„Gib mir den Führstrick!" Ty streckte seine Hand aus. „Ich stelle ihn in die ehemalige Box von Gallant Prince. Lade du die Stute aus. Ich habe für sie die freie Box neben Jake vorbereitet."

„Danke!" Amy übergab ihm den Strick und kletterte wieder in den Transporter, um Rosie loszubinden. Freundlich rieb die Appaloosa-Stute den Kopf an Amys Schulter.

„So ein liebes Mädchen bist du", murmelte sie und klopfte den braun-weiß gescheckten Hals. „Na, komm, sieh dir dein neues Zuhause an!" Gehorsam stieg das Pferd rückwärts die Rampe hinunter und folgte Amy dann brav zum Stall.

Amy verriegelte gerade die weiß gestrichene Tür der Außenbox, als sie hinter sich Hufschlag hörte. Sie drehte sich um und sah

Ben Slater, den zweiten Stallburschen der Heartland Farm. Er kam mit seinem Hannoveraner-Fuchs Red vom Ausritt zurück.

„Hallo, Amy!", rief er. „Ist das das neue Pferd?" Er nickte zu Rosie hinüber, die ihren Kopf vorsichtig an den Planken der unteren Türhälfte scheuerte.

„Eines davon", antwortete Amy und begegnete Bens erstauntem Blick. Sie winkte ab. „Das ist eine lange Story. Jedenfalls ist Gallant Prince' alte Box auch schon wieder besetzt."

Ben hob die Augenbrauen. „Okay, vielleicht kannst du mir alles erzählen, während ich Red absattle."

Amy folgte Pferd und Reiter zu einer der Außenboxen. Ben war vor einigen Monaten nach Heartland gekommen, um hier zu arbeiten und zu lernen. Obwohl es ihm anfangs schwergefallen war, sich einzuleben, gehörte er mittlerweile voll und ganz zur großen Heartland-Familie.

„Erzähl schon, was ist passiert!", sagte er, während er den Sattelgurt öffnete.

Amy bückte sich und half Ty, indem sie Red die Streichkappen abnahm. Dabei erzählte sie Ben von Jo-Ann und Feather. „Ich musste ihr einfach unsere Hilfe anbieten", schloss sie.

„Natürlich. Armes Mädchen! Sie war bestimmt ziemlich verzweifelt."

Amy nickte. „Hoffentlich können wir das Pony korrigieren."

„Wer, wenn nicht du oder Ty!", sagte Ben.

„Danke, Ben." Amy lächelte erfreut über das Lob und klopfte Reds Hals. „Wie ist er heute gegangen?"

„Er springt fantastisch", antwortete Ben. „Am kommenden Sonntag findet in Willow Creek ein kleines Hallenturnier statt.

Ich will mit Red starten. Magst du nicht mitkommen? Es gibt auch ein Junioren-Springen, da könntest du Sundance anmelden!"

„Tolle Idee!", stimmte Amy sofort zu. Ihr Pony Sundance war ein sehr gutes Springpferd. Es hatte mehrere wichtige Springen im Ponychampionat gewonnen. Amy wollte mit ihm schon seit einer ganzen Weile einmal wieder an einem Turnier teilnehmen. In letzter Zeit hatte sich dazu bloß keine Gelegenheit gefunden: Immer gab es auf der Farm zu viel zu tun und nie fand sich jemand, der Amy und ihr Pferd zum Turnier hätte fahren können.

„Ich wette, Sundance steckt die Konkurrenz glatt in die Tasche", meinte Ben.

„Dann muss ich aber unbedingt noch ein wenig trainieren", sagte Amy. Das würde nicht so einfach sein. Jetzt im Februar wurde es immer noch zeitig dunkel. Wenn sie jedoch morgens, bevor sie zur Schule ging, reiten würde.

Plötzlich fiel ihr etwas ein. „Wann, sagtest du, ist das Turnier?"

„Am Sonntag."

„Ach, schade", sagte sie enttäuscht, „ich kann doch nicht mitkommen."

„Warum nicht?"

„Mein …" Amys Stimme war plötzlich belegt, „… mein Vater kommt am Wochenende zu Besuch."

„Dein Vater?", wiederholte Ben ungläubig.

„Ja, das hat Lou arrangiert." Amy versuchte, ihre Aufregung zu unterdrücken. Nein, sie würde dem Mann, der sie und ihre ganze Familie vor zwölf Jahren verlassen hatte, keinerlei Gefühle entgegenbringen. Nicht ein einziges Mal hatte er auch nur den Versuch unternommen, Lou und Amy wiederzusehen – bis zum vergangenen Jahr! Halt, so war es nicht, korrigierte sich Amy in Gedanken selbst. Ihr war der Brief wieder eingefallen, den sie im Nachlass ihrer Mutter Marion gefunden hatten: Vor fünf Jahren hatte ihr Vater darin um Verzeihung für sein Verhalten gebeten, doch Marion hatte nicht darauf reagiert. Wäre es ihm ernst gewesen, hätte er noch einmal geschrieben, dachte Amy ärgerlich.

Der Blick ihrer grauen Augen war plötzlich aufsässig. „Na ja, vielleicht komme ich trotzdem mit zum Turnier. Ich kann ihm schließlich auch noch am Abend Hallo sagen, wenn wir wieder zurück sind. Je weniger Zeit ich mit ihm verbringen muss, desto besser ist es wahrscheinlich!"

„Aber du hast ihn seit zwölf Jahren nicht gesehen!", wandte Ben ein.

„Na, und!" Amy zuckte trotzig mit den Achseln. „Das bedeutet noch lange nicht, dass ich gleich zur Stelle sein muss, wenn er hier eintrifft. Nein, ich bin am Sonntag mit dabei, ich fahre zum Turnier."

„Das wirst du schön bleiben lassen!", widersprach Ben, „Ich hätte dich niemals gefragt, wenn ich gewusst hätte, dass dein Vater kommt!" Amy öffnete den Mund zu einer Erwiderung, doch Ben ließ sie nicht zu Wort kommen. „Komm schon, Amy, ich weiß besser als jeder andere, wie wichtig es ist, mit seinen Eltern ins Reine zu kommen – auch wenn man sich manchmal dagegen sträubt."

„Aber …“, begann Amy.

Doch Ben fiel ihr erneut ins Wort. „Du kennst meine Geschichte. Du weißt, was es mich gekostet hat, dass ich meiner Mutter vor sechs Jahren den Rücken zugekehrt habe, weil ich mich verstoßen fühlte. Gib deinem Vater eine Chance – so wie ich meiner Mutter. Wenn du es nicht tust, bist *du* die Verliererin.“

Amy sah Ben rebellisch an, doch tief im Innern wusste sie, dass er Recht hatte. Außerdem musste sie auch an Lou denken. Dieser Besuch bedeutete ihrer Schwester so unendlich viel – all die Jahre über hatte sie gehofft, dass der Vater zurückkäme. Sie würde durchdrehen, wenn Amy ausgerechnet an dem Tag zum Turnier führe. „Okay“, lenkte Amy schließlich ein. „Es ist ja nicht das letzte Turnier. Ich kann dann ja vielleicht beim nächsten Mal mit dir kommen!“

„Ohne Frage!“ Ben nahm Sattel und Trense und ging zur Boxentür. „Es ist besser so und du weißt es selbst.“

„Ja, ja“, murmelte Amy. Sie wandte sich um und lief über den Hof, um Ty zu suchen. Mit der Fußspitze kickte sie ein paar Steinchen vor sich her. Wenn doch bloß ihr Vater nicht hier aufkreuzen würde! Sie selbst, Lou und der Großvater waren bisher sehr gut ohne ihn ausgekommen. Warum blieb er nicht einfach in Australien bei seiner neuen Frau und ihrem gemeinsamen Baby?!

Einige Pferde wieherten, als Amy den hinteren Stall mit den Innenboxen betrat. Die freudige Begrüßung hob ihre Laune wieder. Das war das Gute an den Pferden – in ihrer Gegenwart konnte man einfach keine schlechte Laune haben!

Sie blieb kurz vor jeder Box links und rechts des breiten Stallgangs stehen, klopfte den Tieren auf den Hals und verwöhnte sie mit Leckerbissen.

„Hi!", sagte Ty und spähte über Feathers Tür, als sie gerade die Box von Sugar erreichte.

„Hallo, Ty!" Amy gab dem Shetlandpony, das ihr die Nase entgegenreckte, ein Leckerli. Sein üppiger Schopf bedeckte vollständig sein Gesicht und ließ kaum die Augen frei.

Offenbar war Ty nicht entgangen, dass Amy irgendetwas bedrückte. „Stimmt was nicht?"

„Ach, nichts." Amy streichelte dem Pony die Nüstern und ging dann hinüber zu Feathers Box.

Ty sah ihr forschend in die Augen. „Du hast doch was, sag schon!"

Plötzlich brach es aus Amy heraus: „Es ist wegen Daddys Besuch! Ich will ihn nicht sehen, Ty!"

„Hey!" Ty trat auf sie zu und legte ihr die Hand auf die Schulter. „Ich weiß, dass es schwer für dich ist – aber wenn du ihn wiedersiehst, kannst du vielleicht endlich die Vergangenheit begraben!"

Ihre Blicke begegneten sich.

„Schließlich musst du ihn nur ein einziges Mal ertragen", fuhr Ty fort, „wenn du ihn wirklich nicht ausstehen kannst, musst du ihn ja nicht wiedersehen."

„Schon", entgegnete Amy, „ich wünschte nur, mir bliebe auch dieses eine Mal erspart!"

„Das wird sich nicht vermeiden lassen." Ty zog sie sanft zu sich heran. „Komm schon, du wirst es überstehen."

Sie spürte seine Wange an der ihren, und als sie sich fast sicher war, dass er sie küssen würde, hörten sie jemanden in den Stall kommen. Sie trennten sich hastig. Niemand außer Amys bester Freundin Soraya kannte das Geheimnis – dass sie und Ty seit Kurzem mehr waren als nur gute Freunde. Und so sollte es möglichst bleiben. Je weniger Leute davon wussten, desto besser. Es war einfach unkomplizierter.

„Hallo!" Das war Ben. Er kam zu ihnen. „Das ist also das neue Pony!" Er betrachtete das Pferd, das eifrig an seinem Heunetz zupfte.

„Arabisches Blut, nicht wahr?", fragte er. „Würde ich auf den ersten Blick sagen." Ben hatte die letzten sechs Jahre auf dem Araber-Gestüt seiner Tante zugebracht und war Spezialist in Bezug auf Araber. „Weißt du was über seine Vorgeschichte?"

„Ein wenig", sagte Amy in der Hoffnung, dass Ben ihre Verwirrung nicht bemerkte.

„Was mag er nur haben?", überlegte Ben. „Er sieht ganz freundlich aus."

„Tja, das müssen wir herausfinden", sagte Ty, „erst dann können wir ihm helfen."

Amy betrachtete den hübschen Apfelschimmel mit heller Mähne und Silberschweif. Sie stimmte Ty zu: Bevor sie nicht den Grund für Feathers Unart wussten, konnten sie nichts für ihn tun.

Nachdem am Abend alle Arbeit getan war – die Boxen ausgemistet, die Pferde gefüttert und getränkt –, winkte Amy Ben und Ty nach, als sie vom Hof fuhren. Dann ging sie hinüber zum Haus.

Sie betrat die gemütliche, warme Küche. Auf dem Herd köchelte ein duftendes Irish Stew. Lou lehnte an der Spüle und telefonierte. Amy streifte ihre Stalljacke von den Schultern und ließ sie über eine Stuhllehne fallen. Automatisch streckte Lou die Hand danach aus und warf Amy das Kleidungsstück wieder entgegen. Amy verdrehte die Augen und hängte die Jacke auf einen Kleiderhaken an der Tür.

„Gut, ich hör jetzt lieber auf", sagte Lou, „bis morgen dann!"

„Scott?", fragte Amy.

Lou nickte.

„Kann ich kurz mit ihm sprechen?"

„Amy will mit dir reden", sagte Lou in den Hörer. Es gab eine Pause. „Ich dich auch", sagte sie dann zärtlich.

Amy musste grinsen. Seit einigen Monaten gingen Lou und Scott miteinander, und Lous glücklichem Blick zufolge entwickelten sich die Dinge bestens.

„Hi, Scott", sagte Amy.

„Hallo, Amy!", ließ sich Scotts warme, tiefe Stimme vernehmen, „was kann ich für dich tun?"

Amy erzählte von Feather. „Könntest du ihn untersuchen?"

„Kein Problem. Ich könnte morgen Früh so gegen zehn Uhr vorbeikommen." Dann fragte er: „Und, wie geht es dem jüngsten Neuzugang? Wie hieß er doch ... dieses Painthorse ..."

„Jigsaw." Der Wallach war in einem Reitschulbetrieb gewesen, bis er sich einen Überlastungsbruch an einem Vorderbein zugezogen hatte. Für den Reitbetrieb nutzlos geworden, wollte man ihn auf dem Pferdemarkt verhökern. Ein Pferdemetzger hatte ihn schon beinahe in seinen Transporter verladen, als ihn eine ehemalige Reitschülerin entdeckte und sich seiner erbarmte. Sie kaufte ihn und nahm Kontakt zur Heartland Farm auf. Amy und Ty hatten sich sofort bereit erklärt, ihn aufzunehmen. „Dem geht's den Umständen entsprechend gut", sagte Amy, „wir geben ihm Lebertran und Luzerne-Pellets, um seinen Kalziumbedarf abzudecken, außerdem Schwarzwurz, der bei Knochenbrüchen hilft."

„Ja, ich erinnere mich, deiner Mutter einmal bei einem Beckenbruch dazu geraten zu haben ... bei einem braunen Hunter ..."

„Das war Arctic", erinnerte sich Amy. Sie erinnerte sich an jedes einzelne Pferd, das je nach Heartland gekommen war. „Nach drei Monaten war er wieder gesund."

„Hoffen wir das Beste für Jigsaw", sagte Scott, „ich schau ihn mir morgen mit an."

Als Amy auflegte, dachte sie daran, welches Glück sie doch mit Scott hatten. Viele Tierärzte lehnten alternative Heilmethoden ab. Scott aber war für alles offen. Wenn es hilft, warum dann nicht, war sein Prinzip. Amy wünschte sich, dass es unter Pferdeleuten mehr aufgeschlossene Menschen gäbe.

„Wo ist Grandpa?", fragte sie Lou, während sie gemeinsam den Tisch deckten.

„Seit ein paar Minuten unter der Dusche", antwortete Lou, „er meinte, das Stew bräuchte noch ungefähr zehn Minuten."

„Ich sterbe vor Hunger", sagte Amy.

Kurz darauf kam der Großvater, Jack Bartlett, herein. „Ich denke, das Stew ist jetzt fertig. Können wir essen?" Er rieb sich voller Erwartung die Hände.

„Unbedingt!“ Amy brachte drei Teller zum Herd.

Der Großvater füllte auf. Er war ein fantastischer Koch. Auch als Amys Mutter noch lebte, hatte er sich um das Haus und die Mahlzeiten gekümmert. Die Arbeit mit den Pferden überließ er Amy und Ty. Nur wenn es nötig war, brachte er seine Erfahrungen und das Geschick ein, das er einmal als Rinderzüchter erworben hatte.

Sie setzten sich an den Tisch. Lou nahm Messer und Gabel auf, legte beides aber sofort wieder zurück. „Eigentlich wollte ich es noch nicht erzählen …“ Sie begann zu strahlen. „Aber ich kann's einfach nicht für mich behalten: Ich hab eine brillante Idee, um die Einnahmen der Farm zu erhöhen …“

„Ein bisschen ausführlicher vielleicht?“, bohrte Amy.

Lou grinste. „Noch nicht. Ich muss erst rausfinden, ob's wirklich funktioniert. Am Montag habe ich einen Termin in der Stadt, um einige Dinge zu klären. Danach erzähl ich's euch.“

„Mach wenigstens eine Andeutung!“, sagte der Großvater.

Doch Lou schüttelte den Kopf. „Ihr müsst bis Montag warten. Aber ehrlich, es ist eine tolle Idee, es wird euch gefallen!“ Ihre Augen leuchteten. „Wenn es so läuft, wie ich mir das denke, dann können wir am nächsten Wochenende Daddy davon erzählen!“

Amy sah schnell zu ihrem Großvater hinüber. Sie wusste, dass er ihrem Vater nie verziehen hatte, dass er fortgegangen war. Jacks Kiefermuskeln spannten sich an, doch er beherrschte seine Gefühle. „Wann kommt dein Vater am Sonntag, Lou?“, erkundigte er sich.

„Gegen zehn! Ich kann's kaum erwarten, und du, Amy?“

Amy rang sich ein Lächeln ab. Sie wollte Lous Vorfreude nicht durch ihre zwiespältigen Gefühle trüben.

„Ich werde an dem Tag wohl irgendwas unternehmen“, sagte der Großvater.

„Was unternehmen?!“ Amy sah ihn schockiert an. Es war schon schlimm genug, den Vater wiedersehen zu müssen – aber auch noch ohne Grandpas moralische Unterstützung?

„Es ist wahrscheinlich das Beste“, murmelte Jack.

Lou forschte in seinem Gesicht und nickte dann. „Okay“, sagte sie leise, „verstehe. – Aber wir freuen uns auf seinen Besuch, nicht wahr, Amy?“

„Natürlich“, antwortete Amy und hoffte, das dies in Lous Ohren nicht ebenso falsch klang wie in ihren eigenen.

Am Abend, allein in ihrem Zimmer, setzte Amy sich aufs Bett und öffnete ein Fotoalbum mit alten Familienbildern, die vor dem Unfall ihres Vaters, des berühmten Tim Fleming, aufgenommen worden waren – jenem Sturz in einem Weltcup-Springen, bei dem er so schwer verletzt worden war, dass er nie wieder aufs Pferd steigen konnte. Nach diesem Unfall hatte er verzweifelt und frustriert die Familie verlassen. Als Marion klar geworden war, dass er nicht zurückkommen würde, hatte sie ihre gemeinsame Farm in England verkauft und war zu ihrem Vater Jack in die Vereinigten Staaten zurückgekehrt, wo sie aufgewachsen war. Die dreijährige Amy nahm sie mit. Lou, damals elf Jahre alt, hatte darauf bestanden, ein Gymnasium in England besuchen zu dürfen. – Sie hatte nie aufgegeben, auf die Rückkehr ihres Vaters zu seiner Familie zu hoffen.

Amy blätterte das Album durch. Ein Familienbild fiel ihr besonders auf: Es zeigte sie selbst und Lou, beide auf Ponys. Da war ein dünnes dreijähriges Mädchen mit viel zu großen Reithosen und eine elfjährige Lou, die das blonde Haar zu zwei dicken Zöpfen geflochten trug. Glücklich lachend reckte sie mit einer Hand einen Pokal empor.

Amy sah das Strahlen auf Lous Gesicht. Es war beinahe unvorstellbar, dass sich dieses fröhliche Mädchen zu so einer reservierten, ernsten Frau entwickelt hatte! – Und damals war sie geritten und hatte sich auf dem Pferderücken wie zu Hause gefühlt! Lou war ein anderer Mensch gewesen!

Neben Amy stand Marion, ihre Mutter. Sie hatte einen Arm locker auf den Hals des Pony gelegt, ihr helles Haar wehte im Wind. Auch sie sah glücklich aus. Amys Augen füllten sich mit Tränen. Ihr Blick wanderte durchs Zimmer, und eine Weile lang starrte sie an die Wand gegenüber. Als sie sich wieder gefangen hatte, betrachtete sie das Foto erneut. Tim, ihr Vater, stand neben Lou, groß, schlank und brünett. Er lächelte mit unverhohlenem, väterlichem Stolz.

Amy schluckte. Auf dem Foto sah er so attraktiv, stark und glücklich aus. Wie hat er sich doch verändert!, dachte Amy, als sie an den Novembertag im letzten Jahr zurückdachte, wo sie ihn als alten, müden Mann an Marions Grab gesehen hatte.

Wie würde es sein, ihm wieder zu begegnen? Was sollte sie ihm sagen?

Ein Klopfen an der Tür riss Amy aus ihren Gedanken.

„Ich bin's." Lou steckte den Kopf herein. „Ich wollte mir gerade eine heiße Schokolade kochen. Magst du auch eine?" Sie entdeckte das Album in Amys Schoß. „Hast du die alten Fotos ausgegraben?“, fragte sie und kam herüber.

Amy nickte.

Lou setzte sich neben sie, um die Bilder betrachten zu können.

„Erinnerst du dich an den Tag, als das hier aufgenommen wurde?“, fragte Amy.

„Aber sicher! Ich hatte gerade ein Springen gewonnen und war selig, dass Daddy Zeit gefunden hatte zuzusehen! Ich war fest entschlossen, Springreiter zu werden, so wie er.“

„Du siehst so glücklich aus!“, sagte Amy.

Lou nickte langsam. „Das war ich wohl.“ Und nach kurzem nachdenklichen Schweigen fügte sie hinzu: „Damals war alles so einfach.“

Amy vernahm den merkwürdigen Unterton in Lous Stimme und sah sie an. In ihrer Miene stand etwas Unbeschreibliches – war es Trauer, Schmerz, Verlust? Doch bevor Amy sie fragen konnte, stand Lou auf, straffte sich und nahm ihre gewohnt beherrschte Haltung an.

„Willst du nun eine heiße Schokolade?“, fragte sie brüsk.

„Ähm … nein, danke!“ Lous plötzlicher Gefühlswandel verwirrte sie.

„Okay, gute Nacht dann, bis morgen!“ Die Tür schloss sich hinter Lou.

3

Punkt zehn Uhr kam an nächsten Morgen der alte Jeep des Tierarztes die Auffahrt zur Heartland Farm heraufgescheppert.

„Danke, dass du gekommen bist!“, begrüßte Amy ihn. Es gab nicht viele Tierärzte, die am Sonntag bereit waren, einen Routinebesuch zu absolvieren. Aber Scott schien die Stunden, die er mit Pferden verbrachte, einfach nicht zu zählen.

„Kein Problem.“ Er lächelte herzlich. „Ich habe sowieso Bereitschaft. – Dann zeig mir mal das Pferd!“

„Er steht im hinteren Stall.“

In diesem Augenblick erschien Lou in der Haustür. Sie strahlte über das ganze Gesicht. „Hallo, Scott!“, rief sie und kam herüber.

Scott küsste sie und sagte dann lächelnd zu Amy: „Weißt du, vielleicht habe ich ja auch noch einen anderen Grund für meine Visite.“ Er wandte sich an Lou. „Kommst du mit in den Stall?“

Lou nickte und gemeinsam gingen sie über den Hof. An Rosies Stall blieb Scott stehen. Es war ihm sofort aufgefallen, dass hier ein fremdes Pferd zur Tür herausguckte. „Noch ein Neuzugang?“

„Ja.“ Amy erzählte Scott von Rosies Problem. „Sie lässt sich einfach nicht an die Ohren fassen. Es gibt da eine Riesennarbe. Vermutlich hat sie ein traumatisches Erlebnis hinter sich.“

„Soll ich sie mir mal angucken?“, fragte Scott.

„Mach dir keine Umstände.“ Amy wollte Scotts Zeit nicht missbrauchen. „Ihre Besitzerin hat sie von ihrem Tierarzt durchchecken lassen, bevor wir sie abgeholt haben. Er konnte nichts finden, selbst als er ihr ein Betäubungsmittel geben musste, um die Narbe genau untersuchen zu können. Nichts! Wir müssen sehen, dass wir mit unseren Methoden weiterkommen.“

Scott nickte ihr zu. „Du schaffst das, Amy, da bin ich mir sicher.“

Sie kamen an Ben vorüber, der die Futterkammer fegte. Er grüßte, ohne seine Arbeit zu unterbrechen. Ty hatte heute frei, und das bedeutete, dass es für den zweiten Stallburschen umso mehr zu tun gab.

Als sie sich vor Feathers Box versammelten, spitzte der Grauschimmel wachsam die Ohren, hob den Kopf und wahrte Distanz.

„Braver Junge“, sagte Scott, nahm das Halfter vom Haken und betrat die Box. Er klopfte ihn auf den Hals, legte ihm das Halfter auf und bat Amy, ihn festzuhalten, während er ihn untersuchte. Er begann mit der gewöhnlichen Routine: Puls, Atmung, Zähne. Dann tastete er behutsam und systematisch den Körper des Ponys ab, über Hals, Widerrist, Rücken, Kruppe bis hinab zu den Beinen und Hufen.

„So weit ist erst einmal alles in Ordnung. Aber führe ihn doch bitte einmal raus, damit ich ihn in Aktion sehen kann!“

Amy führte Feather auf den Hof und ließ ihn auf einer asphaltierten Fläche auf und ab traben, sodass Scott eine eventuelle Lahmheit erkennen konnte. Feather schwebte mit der für einen Araber typischen Grazie über den Boden.

„Er ist kerngesund“, sagte Scott und sah sich das Pony noch einmal von jeder Seite an. Schließlich schüttelte er den Kopf. „Perfekt, soweit ich das beurteilen kann. – Lass mich noch eine Blutprobe nehmen, damit wir ein verstecktes Problem ausschließen können. Auf mich wirkt er jedenfalls stark wie ein Baum.“

Als Scott das Blut aus der Halsvene entnahm, untersuchte Feather den Nacken des Tierarztes mit den Nüstern und schnaubte leise.

Amy lächelte. Was für ein sympathisches Pferd! – Sie konnte verstehen, dass Jo-Ann so an ihm hing. „Wenn du also ganz gesund bist, müssen wir wohl anderswo nach dem Grund für dein schlechtes Benehmen suchen“, sagte sie sanft zu dem Pony, „Was mag wohl in deinem Kopf vorgehen?“

„Er scheint ziemlich viel Vollblutanteil zu haben“, meinte Scott, „da wäre es nicht unwahrscheinlich, wenn er sich einfach schnell aufregt und dann anfängt zu spinnen.“

Amy nickte. Ihre Mutter hatte ihr immer wieder erklärt, dass die meisten Probleme dann auftauchen, wenn Pferde Angst oder Schmerzen haben. „Vielleicht verstehe ich besser, was in ihm vorgeht, wenn ich mich draufsetze.“

Lou, die Scotts Untersuchung mitverfolgt hatte, warf Amy einen besorgten Blick zu. „Und wenn er wieder steigt?“

Amy zuckte die Achseln. „Lieber mit mir als mit Jo-Ann.“ Sie schnalzte mit der Zunge und brachte Feather zurück in den Stall.

Scott folgte ihr, um noch einen Blick auf Jigsaw zu werfen. Der Schecke stand auf drei Beinen in seiner Box und hielt das vierte Vorderbein so nach vorn gestreckt, dass es kein Gewicht zu tragen hatte.

„Armer Kerl“, sagte Scott. „Er läuft bis zum Umfallen im Reitunterricht, dann passiert irgendetwas und sie schicken ihn zum Schlächter.“

Amy nickte. „Das Leben eines Schulpferdes ist nicht viel wert.“

„Das hängt aber auch vom Reitbetrieb ab“, entgegnete Scott. „Wenn ein Pferd natürlich in so einem Stall wie Jigsaw landet, wo es rücksichtslos verschlissen wird, dann ist das kein gutes Leben.“

„Aber nicht alle sind so“, mischte Lou sich ein. „Es gibt auch richtig gute Reitschulen, wo man die Pferde anständig füttert und pflegt und sie nur in vernünftigem Maße arbeiten lässt ...“

Das Geräusch von Scotts Pieper unterbrach sie. Scott zog das Gerät aus der Tasche und las die Nachricht. „Ich werde gebraucht“, sagte er, „drüben in Crow's Landig gibt's Probleme mit einer fohlenden Stute.“ Er küsste Lou rasch. „Ich ruf dich später an.“ Dann griff er nach seiner Tasche, die vor Feathers Box stand, und marschierte eilig davon.

Lou sah ihm noch einen Augenblick lang nach und ging dann zu Sugars Box. „Was hast du heute vor?“, fragte sie Amy, während sie das kleine Pony zärtlich kraulte. Das Shetty war das einzige Pferd auf Heartland, zu dem Lou eine Beziehung hatte. Es war halb verhungert auf die Farm gekommen und Lou hatte es wieder aufgepäppelt.

„Ich wollte mit Rosie anfangen“, beantwortete Amy die Frage ihrer Schwester. „Mal sehen, was es mit dieser Kopfscheu auf sich hat.“ Sie dachte an das Gespräch zurück, das sie gestern miteinander geführt hatten. „Hast du Lust, mir zu helfen?“

Lou schüttelte den Kopf. „Sorry, ich hab so viel zu tun – Vorbereitungen für den Termin am Montag, die Buchhaltung, außerdem bin ich gerade dabei, eine neue Dateistruktur im Computer aufzubauen, und …“

„Okay, ich hab's erfasst“, unterbrach Amy sie und dachte: ‚Ich hätte es wissen müssen!‘ Abrupt wandte sie sich ab und ging in Richtung Sattelkammer.

„Amy, warte doch!“

Sie stoppte.

„Vielleicht kann ich mich für ein paar Minuten freimachen.“

Als Amy sich ihrer Schwester zuwandte, sah sie, wie Lou errötete, als sie Sugars Box verließ.

„Dauert ja nicht so lange. Ich meine …“

Über diese Reaktion war Amy verblüfft.

„Was kann ich denn tun?“, erkundigte sich Lou.

Amy räusperte sich. „Nun … ich wollte Rosie erst einmal putzen. Vielleicht kannst du mir dabei helfen?“

„Einverstanden.“

Als Amy und Lou mit dem Putzzeug kamen, stand Rosie träge in ihrer Box. Es gab keine Probleme, als Amy den Führstrick ins Halfter einhakte und die Stute anband.

Nach kurzem Zögern griff Lou zu Gummistriegel und Kardätsche und begann Rosie zu putzen. „Und – was willst du mit ihr anstellen?“, fragte sie ihre Schwester.

„Ich bin mir beinahe sicher, dass sie ein Trauma hat – Angst“, antwortete Amy, während sie Rosies Schweif bürstete, „es muss mit dieser Narbe hinter ihren Ohren zu tun haben. Irgendetwas ist da passiert. Es ist wichtig, dass wir ihr Vertrauen gewinnen.“

„Willst du ein Join-up versuchen?“ Lou, die anfangs sehr verhalten mit dem Putzzeug umgegangen war, benutzte Striegel und Kardätsche jetzt energisch und routiniert.

Amy nickte. Das Join-up war ein Verfahren, das ihre Mutter häufig angewandt hatte. Dabei wurde mittels Körpersprache ein erster Kontakt zu dem draußen im Roundpen frei laufenden Pferd hergestellt. „Sobald sie weiß, dass sie von mir nichts zu befürchten hat, lässt sie sich wahrscheinlich auch an den Ohren berühren und aufhalftern.“

„Sie ist erstaunlich ruhig“, sagte Lou, die sich jetzt zu Rosies Kruppe vorgearbeitet hatte, „dabei ist sie erst drei Jahre alt!“

„Das eben macht mir Hoffnung“, sagte Amy. Rosie döste jetzt mit halb geschlossenen Augen vor sich hin, wobei sie die Nase auf die Futterkrippe stützte. Plötzlich wurde Amy von Zweifeln heimgesucht. War Rosie nicht vielleicht ein wenig *zu* ruhig? War mit ihr wirklich alles in Ordnung? – Nein, sagte sie sich: Sheris Tierarzt hat das Pferd erst gestern untersucht!

Lou schien Amys nachdenkliches Schweigen bemerkt zu haben. Sie trat ein paar Schritte zurück und beobachtete die Stute. „Sie ist doch okay, oder?“

„Ja-a“, sagte Amy gedehnt. „Appaloosas gelten schließlich als ausgeglichen und zuverlässig.“

Nur um sicherzugehen, maß Amy nach dem Putzen die Temperatur des Pferdes. Aber Rosie hatte kein Fieber. Achselzuckend führte sie das Pferd aus der Box und brachte es zum Roundpen auf der anderen Seite des Hofes.

Sie schloss das Gatter, schnallte den Führstrick aus und gab Rosie frei.

Lou war in einigem Abstand gefolgt und sah jetzt vom Zaun aus zu.

Amy schnalzte mit der Zunge und ließ das lose Ende des Führstricks kreisen, um das Pferd in Bewegung zu setzen. Doch Rosie trat lediglich mit der Hinterhand herum und betrachtete Amy leicht erstaunt.

„Lauf schon!“, rief das Mädchen, sprang auf sie zu und fuchtelte mit den Armen.

Mit verhaltenem Unwillen schüttelte die Stute den Kopf, machte einen kleinen Satz zur Seite und blieb wieder stehen.

Amy ließ den Führstrick auf ihre Kruppe niedersausen.

Endlich begann Rosie zu traben, wobei sie mehrfach mit dem Kopf schlug. Amy postierte sich in der Mitte des Ringes, im rechten Winkel zum Pferd, behielt es fest im Blick und trieb es vorwärts. Mit erneutem Kopfschlagen fiel Rosie in einen leichten Galopp. Jedes Mal, wenn sie langsamer werden wollte, sprang Amy auf sie zu und schwang den Führstrick. Ziel des Join-up war, das Pferd dazu zu bringen, lieber mit dem Menschen in der Mitte des Roundpens zu kooperieren, als davonzulaufen. Dann würde Amy ihm mit ihrer Körpersprache zu verstehen geben, dass sie nicht Feind, sondern Freund war.

Nach fünf Runden fing sie Rosie ab und schickte sie in die andere Richtung. Es dauerte nicht lange, bis Amy das erste erhoffte Signal vom Pferd empfing: Es richtete ein Ohr nach ihr aus. Das bedeutete: Empfangsbereitschaft, gleichsam, als hätte Rosie die Antennen ausgefahren. Wenig später senkte die Stute den Kopf und bewegte die Kiefer, als ob sie kaute. Genau das hatte Amy erwartet: Rosie wollte nicht länger davonlaufen, sondern mit ihr zusammenarbeiten. Sofort nahm sie die Arme herunter und wandte sich mit gesenktem Blick vom Pferd ab. Sie hörte, wie der Hufschlag des Tieres sich vom Trab zum Schritt verlangsamte und es schließlich stehen blieb. Obwohl es hinter Amy stand, konnte sie fühlen, dass es sie beobachtete. Sie wartete. Eine Sekunde verging, dann eine zweite, eine dritte – und endlich vernahm sie das Knirschen des Sandes, als Rosie näher kam. Der warme Hauch ihres Atems streifte Amys Nacken.

Sehr langsam drehte sich das Mädchen um und streichelte – noch immer ohne den Blick zu heben – die Stirn des Pferdes.

„Braves Mädchen." Sie begann, langsam im Ring herumzulaufen, und Rosie folgte ihr wie an einem unsichtbaren Seil, wohin immer sie sich bewegte. Amy fühlte eine Woge von Glück in sich aufsteigen. Nichts kommt dem Moment gleich, wenn ein Pferd seinen Instinkt fortzulaufen überwindet und aus freiem Willen zum Menschen kommt! Dies ist der Beginn einer Partnerschaft, die auf Vertrauen basiert.

Amy blieb stehen und streichelte Rosies Hals. Die Stute beschnupperte sie mit einem nahezu erstaunten Blick. Amy kannte diesen Gesichtsausdruck bei Pferden nur zu gut. Er besagte: Endlich habe ich einen Menschen gefunden, der mich versteht.

„Wow!", ließ Lou sich vom Zaun her vernehmen, „es ist immer wieder verblüffend, das mitzuerleben!"

Amys Augen leuchteten. „Du solltest es auch einmal versuchen!" Und nach kurzem Zögern bekräftigte sie: „Ja, wirklich, probier's! Warum nicht? – Jetzt gleich – mit Rosie!"

Lou machte eine abwehrende Handbewegung. „Nein, lieber nicht, ich will die Dinge nicht vermischen."

„So ein Quatsch!“, widersprach Amy. Nur zu sehr gönnte sie Lou das überwältigende Gefühl eines guten, gelungenen Join-up. „Komm – ich zeige dir, was du tun musst!“

Lou schüttelte weiterhin den Kopf. „Nein … lieber nicht.“ Sie lenkte bewusst vom Thema ab. „Und – was ist dein nächster Schritt mit Rosie? – Ich meine, wird sie sich jetzt von dir an den Ohren anfassen lassen?“

„So schnell wohl noch nicht.“ Versuchsweise ließ Amy die Hand am Hals des Pferdes empor zu den Ohren wandern, doch erwartungsgemäß schlug Rosie mit dem Kopf.

„Das Join-up ist eine gute Methode, aber es vollbringt keine Wunder“, erklärte Amy. „Rosie weiß jetzt erst einmal, dass ich ihr nichts Böses will. Aber Ängste sitzen meist zu tief, als dass man ihnen mit nur einem einzigen Join-up beikommen könnte.“

„Was tust du also weiter?“, fragte Lou interessiert.

„Ich lasse ihr die Wahl: Entweder sie akzeptiert meine Berührung oder sie geht weg, dann muss sie aber auch wegbleiben.“

„Das verstehe ich jetzt nicht.“

„Sieh her!“ Amy führte Rosie in die Mitte des Roundpens. Wiederum versuchte sie, die Ohren des Pferdes zu berühren. Erneut scheute die Stute. Sofort riss Amy die Arme empor und scheuchte Rosie im Galopp herum. Nach drei Runden zeigte Rosie, dass sie zu Amy kommen wollte: Ihr Kopf sank tiefer und ihr Unterkiefer vollführte mahlende Bewegungen. Amy wandte sich ab wie vordem, nahm eine abwartende Haltung ein und gestattete dem Pferd heranzukommen.

Nachdem es ihr wieder eine Weile lang durch den Ring

gefolgt war, begann Amy, es überall zu streicheln – an Rücken, Kruppe, Bauch, Schulter, Hals. Doch als sich ihre Finger den Ohren näherten, sprang Rosie zurück. Und wieder begann Amy, das Pferd mit aggressiven Gebärden herumzujagen. „Hast du gesehen?“, rief sie Lou zu. „Es war ihre Entscheidung – entweder Ohren anfassen lassen oder weiter herumgescheucht werden. Jetzt darf sie erst wieder zu mir kommen, wenn ich es bestimme. Ich zwinge sie nicht, die Berührung zu akzeptieren – sie hat die Wahl.“

Noch drei Mal kam Rosie zu Amy und wurde wieder weggejagt, als sie die Berührung verweigerte. Beim vierten Mal jedoch blieb sie stehen und gestattete Amy, den Ansatz ihrer Ohren zu streicheln.

„So ein braves Mädchen!“, lobte Amy und belohnte Rosies vorbildliches Verhalten, indem sie die Hand nach der kurzen Berührung sofort wieder zurückzog. Sie rubbelte die Stirn des Pferdes und versuchte es erneut. Etwas angespannt blieb Rosie stehen, ließ Amy jedoch gewähren.

„Irre!“, rief Lou aus, „was für ein Fortschritt!“

„Und ohne jede Gewaltanwendung!“ Amy klopfte Rosies Hals. „Fein, Süße. Für heute ist es genug.“

„Wie lange, glaubst du, wird es dauern, bis das Problem aus der Welt ist?“, erkundigte sich Lou, als sie Rosie in den Stall zurückbrachten.

„Hoffentlich nicht so lange“, sagte Amy, „vielleicht nur eine Woche. Letzten Endes hängt es vom Pferd selbst ab.“

„Meinst du, ihr Kopfschlagen auch so rasch in den Griff zu bekommen?“, fragte Lou weiter, als Rosie einmal wieder die

Nase hob und den Kopf mit kurzen, ruckartigen Stößen auf und ab bewegte. „Ich habe bemerkt, dass sie das ziemlich häufig tut."

Amy zog die Stirn kraus. Sie hatte sich so sehr auf das Join-up konzentriert, dass ihr das Kopfschlagen gar nicht so recht bewusst geworden war. Doch jetzt, da Lou darauf hinwies, musste sie zugeben, dass Rosies Verhalten auch diesbezüglich wirklich auffällig war.

„Es macht absolut keinen Spaß einen Headshaker zu reiten", fuhr Lou fort.

Amy nickte. „Ich werde Sheri anrufen und mit ihr darüber reden."

Lou half mit, Rosie zu putzen und die Hufe zu reinigen. Wenn es doch immer so wäre, dachte Amy, während sie ihre Schwester beobachtete. Es war ein gutes Gefühl, mit Lou über Rosie reden zu können. Oft kam es ihr vor, als hätten sie überhaupt keine Gemeinsamkeiten. Wenn sie selbst auf dem Hof arbeitete, hockte Lou meistens vorm Computer. Kaum einmal schwatzten sie miteinander. Doch gerade jetzt wirkte die oft so gestresste Lou endlich einmal richtig entspannt.

Später fand sich Lou bereit, auch noch zwei andere Pferde zu striegeln: Madison, ein Turnierpferd, das Probleme machte, wenn es einen Transporter besteigen sollte, und Sovereign, ein junges Morgan-Horse, dem auf der Heartland Farm das Scheuen vor fahrenden Autos und generell vor dem Straßenverkehr abgewöhnt werden sollte.

„Weißt du", sagte Lou zu Amy, als sie Sovereigns Box verließ, „ich habe nachgedacht. – Es hat mir wirklich Spaß gemacht, dich heute mit Rosie arbeiten zu sehen. Vielleicht sollte ich mich tatsächlich mehr in die Arbeit mit den Pferden einbringen. Ich könnte mich doch sogar ... auf eine bestimmte Behandlungsmethode spezialisieren – so wie Ty und du, auf Homöopathie oder so! Ich habe da etwas über eine Methode gelesen, bei der man Magneten anwendet. Vielleicht könnte ich Expertin für Magnotherapie werden ..."

Amy fühlte sich auf einmal unbehaglich. Sie konnte sich zwar vorstellen, dass Lou ihr selbst und Ty zur Hand gehen würde, aber sie war sich nicht sicher, ob sie ihre Schwester als selbstständige Spezialistin sehen wollte ...

„Was meinst du?", drängte Lou.

Amy zögerte. „Nun, vielleicht", begann sie zurückhaltend, „vielleicht solltest du dich erst einmal mit den Methoden vertraut machen, die wir jetzt schon anwenden. Du könntest Ty und mir helfen, so wie Ben es tut." – Sie bemerkte Lous Enttäuschung.

„Du hältst es für keine gute Idee, nicht wahr?", fragte die Ältere.

„Es geht mir nur ein bisschen schnell", antwortete Amy, bemüht taktvoll zu bleiben, „eventuell kannst du dich spezialisieren – wenn du etwas Erfahrung gesammelt hast."

Lous Miene war verschlossen. „Es war einfach nur eine blöde Idee von mir."

„War es nicht", protestierte Amy, „Ich finde es gut, wenn du mithilfst!"

Doch Lou schien gar nicht mehr hinzuhören. Sie legte das Putzzeug, das sie noch in Händen hielt, beiseite. „Ich geh jetzt lieber rein, hab noch eine Menge zu tun." Sie zwang sich zu lächeln. „Auf was für Gedanken ich nur komme! Als ob ich Zeit hätte, mir noch mehr aufzuhalsen! Besser, ich überlasse das hier draußen Ty und dir!" Sie wandte sich zum Gehen.

Amy starrte auf den Rücken ihrer Schwester, die mit raschen Schritten zum Haus hinüberlief. Sie fühlte sich elend. Natürlich wollte sie, dass Lou ihr half, aber nicht, dass sie den Laden gleich übernahm! Das jedoch war nun einmal Lous Art. Sie engagierte sich niemals nur ein bisschen. Wenn sie beschlossen hatte, dass eine Sache es wert war, ließ sie sich mit Haut und Haaren darauf ein.

Seufzend trug Amy das Putzzeug zu Jakes Box.

In diesem Augenblick bemerkte sie Jo-Ann. Sie kam von der Bushaltestelle her die Auffahrt heraufgelaufen.

„Hi, Amy!", sprudelte sie los. „Ich wollte Feather besuchen. Wie geht's ihm? Hast du schon mit ihm gearbeitet? Ist er okay?" Sie spähte in Jakes Box. „Wow, ist das ein Riesentier!", rief sie beim Anblick des gewaltigen Pferdes. „Wie heißt er?"

„Jake", antwortete Amy, während sie überlegte, in welcher Reihenfolge sie Jo-Anns Fragen beantworten sollte. „Feather geht's gut. Der Tierarzt hat ihn sich angeschaut und er scheint in Ordnung zu sein. Aber ich hatte noch keine Zeit mit ihm zu arbeiten."

„Wo ist er denn?" Jo-Ann blickte neugierig an der Reihe der Pferdeköpfe entlang, die aus den Außenboxen schauten.

„Hinten, im Innenstall." Amy warf die Bürste, die sie schon in der Hand hatte, wieder zurück in die Putzkiste. „Ich bring dich hin."

„Es muss toll sein, an einem Ort wie diesem zu leben", schwärmte Jo-Ann, als sie neben Amy zum hinteren Stall ging. „Hast du ein Glück!"

Amy lächelte. „Ich weiß. – Was macht deine Mutter?"

„Sie ist schrecklich!" Jo-Ann zog einen Flunsch. „So, wie sie redet, macht sie einen glauben, dass Feather das Monsterpferd des Jahres ist!"

„Es war gut, ihn hierherzubringen", antwortete Amy sachlich. „Wie lange reitest du schon?"

„Schon seit meinem siebten Lebensjahr. – Ich hätte gern noch früher angefangen, aber Mom war dagegen. Am liebsten hätte sie mir das Reiten überhaupt nicht erlaubt, aber Dad konnte sie schließlich überreden."

„Was hat deine Mom gegen Pferde?"

Jo-Ann seufzte. „Sie hat Angst vor ihnen. Als sie vier Jahre alt war, hat sie mit ansehen müssen, wie meine Großmutter mit ihrem Pferd schwer gestürzt ist. Das Pferd musste an Ort und Stelle eingeschläfert werden, und meine Grandma landete im Rollstuhl. Seitdem hasst Mom Pferde. Wenn es nach ihr ginge, würde ich in meiner Freizeit – vielleicht sticken", sie rümpfte die Nase, „oder Briefmarken sammeln. Nachdem sie sich im letzten Jahr von meinem Vater hat scheiden lassen, ist es noch schlimmer geworden. Sie glaubt, mich vor allem und jedem beschützen zu müssen!" Plötzlich wirkte Jo-Ann niedergeschlagen. „Ich will meine Mutter nicht aufregen. Aber genauso wenig will ich aufhören zu reiten. Ich liebe Pferde und am allermeisten Feather!"

Sie betraten den Stall. Jo-Ann entdeckte Feather, der aus seiner Box herausguckte, auf der Stelle. Sie rannte zu ihm hin.

Der Schimmel spitzte die Ohren und wieherte ihr entgegen.

„Feather!“ Jo-Ann schlang die Arme um seinen Hals. „Hallo, Junge! Wie geht's dir?“ Sie küsste ihn ein ums andere Mal auf die Nase.

„Er freut sich, dich zu sehen“, stellte Amy fest.

„Nicht so sehr, wie ich mich darüber freue!“, sagte Jo-Ann und presste ihr Gesicht in seine Mähne. „Er ist mein bester Freund, und es ist mir egal, was meine Mutter sagt, ich werde mich niemals von ihm trennen!“

Amy hörte den Anflug von Furcht aus Jo-Anns trotzigen Worten heraus. Wenn sie Feather doch nur zuverlässig korrigieren könnte! Und wenn nicht – was würde Jo-Ann dann tun?

4

„Na, wie war Feather unterm Sattel?", erkundigte sich Soraya. Das schwarzhaarige, südländisch wirkende Mädchen war Amys beste Freundin. Sie besuchten die gleiche Klasse auf der Jefferson High School.

Die ganze Busfahrt über war Amy an diesem Montagmorgen damit beschäftigt gewesen, ihre Hausaufgaben nachzuholen. Erst jetzt, als sie ihre Sachen in den Schließfächern verstauten, hatte Amy Zeit, der Freundin vom Wochenende zu berichten.

„Feather ist Klasse", antwortete sie und erzählte kurz von dem Proberitt, den sie auf Jo-Anns Drängen hin noch am Sonntagmittag unternommen hatte.

„Ist er gestiegen?" Soraya schob ihre üppige Haarpracht aus dem Gesicht und befestigte sie mit einer Spange.

„Kein Gedanke." – Feather hatte sich als gut ausgebildetes, williges Pferd erwiesen. Er schien vollkommen unproblematisch zu sein, ja, es war ein Genuss, ihn zu reiten.

Soraya blickte die Freundin verwundert an. „Aber am Telefon hast du doch erzählt, dass er sich tags zuvor wie ein Besessener aufgeführt hat!"

„Tja, keine Ahnung warum", gab Amy zu. „Er ist temperamentvoll, das schon. Jo-Ann hat mir beim Reiten zugesehen und meinte, so wie gestern ginge er eigentlich fast immer. Dass er steigt, kommt eher selten vor. Leider aber wohl meistens, wenn ihre Mutter zuguckt. Und so ist Mrs Newhart nun davon überzeugt, dass sie es mit einem durch und durch bösartigen Tier zu tun hat, einem Verbrecher." Amy verschloss ihren Schrank und lehnte sich dagegen. „Irgendetwas *provoziert* das Fehlverhalten. Aber solange er bei mir damit nicht anfängt, kann ich die Ursache dafür nicht herausfinden."

„Klingt, als müsstest du einfach nur warten, was passiert."

Amy nickte. „Das Problem ist, dass Miss Newhart uns ein Ultimatum bis zum Monatsende gestellt hat. Wenn es bis dahin nicht besser ist, wird sie Feather verkaufen."

„Arme Jo-Ann!"

Sie liefen den belebten Gang entlang zu ihrem Klassenzimmer.

„Drück mir die Daumen, dass ich den Grund finde!", sagte Amy.

„Findest du doch immer, Amy!", versuchte Soraya sie aufzumuntern.

„Stopp mal. Heartland? Heißt das Pferde kurieren?", ließ sich eine gedehnte Stimme von hinten vernehmen. „Ganz was Neues!"

Amy fuhr herum und starrte in das arrogante Gesicht ihrer alten Widersacherin Ashley Grant. Sie stand mit verschränkten Armen da, die sorgfältig gezupften Augenbrauen ungläubig hochgezogen, daneben ihre Freundinnen Jade und Brittany. Die drei grinsten boshaft.

Soraya zupfte Amy am Ärmel. „Komm! Die ist es nicht wert, dass du dich aufregst!"

Doch Amy hörte nicht auf die Freundin. „Wir haben auf

Heartland schon mehr Pferden geholfen, als ihr euch auf Green Briar je träumen lassen könnt!", blaffte sie Ashley an.

Green Briar war ein Springstall, der von Ashleys Eltern betrieben wurde. Junge Pferde wurden dort mit Gewalt zugeritten und zu willigen Sportgeräten degradiert. Nebenher befasste man sich auch hier mit Verhaltensproblemen – wenngleich auf völlig andere Art und Weise als auf der Heartland Farm.

Ashley warf ihr platinblondes Haar mit einem einstudierten Schwung über die Schulter. „Stark übertrieben, nicht wahr, Amy. Aber Addition war ja noch nie deine Stärke. Allerdings erinnere ich dich daran, dass wir über drei Zwanzig-Boxen-Ställe, vier Reitplätze, eine Reithalle und eine Military-Strecke verfügen. – Und was habt ihr auf Heartland so zu bieten?" Sie mimte angestrengtes Denken. „Soweit ich mich erinnern kann: einen wackligen Stall, ein paar lausige Außenboxen und zwei matschige, kleine Reitplätze. Tja, wie's scheint, haben wir uns wohl doch mit ein paar mehr Pferden befasst als du."

Obwohl sie vor Wut fast platzte, bemühte sich Amy cool zu bleiben. „Ich sagte nicht ‚mit Pferden befasst', sondern ‚ihnen geholfen'! Kennt ihr auf Green Briar überhaupt die Bedeutung des Wortes ‚helfen'?"

Ashley zog abfällig die Mundwinkel herunter, blieb die Antwort jedoch schuldig.

Amy wandte sich zum Gehen.

In diesem Moment fand Ashley die Sprache wieder und rief ihr nach: „Aber du weißt Bescheid, was? – Ach richtig, ich hatte vergessen, du bist ja ein Pferdeflüsterer, nicht wahr?"

Jade und Brittany kicherten.

Amy fuhr auf dem Absatz herum. Pferdeflüsterer! Als ob sie den Pferden etwas ins Ohr flüstern würde und die richteten sich danach! Ihr Können war viel subtiler – sie lauschte den Pferden Geheimnisse ab, indem sie ihre Körpersprache las. „Von wegen Pferdeflüsterer!", brach es aus ihr heraus, „so was Idiotisches hab ich schon … autsch!" Soraya hatte ihr den Ellbogen in die Rippen gerammt. Amy fuhr sie an: „Spinnst du?"

Doch nun bemerkte sie den Grund dafür, weshalb Soraya sie so schmerzhaft angestoßen hatte: Matt Trewin, einst einer ihrer besten Freunde, doch jetzt – sehr zu ihrem Missfallen – Ashleys Verehrer, näherte sich. „Was ist denn schon wieder los?", fragte er und ließ seinen Blick zwischen den Rivalinnen hin und her gehen.

„Gar nichts", sagte Amy rasch. Sie hatte Matt gegenüber niemals einen Hehl daraus gemacht, wie sehr sie seine Freundin missbilligte. Doch um ihre Freundschaft nicht völlig zu ruinieren, versuchte sie, ihre Haltung nach Möglichkeit nicht öffentlich zur Schau zu stellen.

Ashleys Miene war plötzlich die eines Unschuldslamms. „Wir haben uns nur unterhalten." Demonstrativ hakte sie sich bei Matt ein. „Ehrlich gesagt, wollte ich Amy gerade eine gute Neuigkeit überbringen."

Amy fing einen heimtückischen Blick aus Ashleys Katzenaugen auf. Er besagte, dass die Neuigkeit – wie immer sie auch lautete – in Bezug auf Amy alles andere als gut sein musste. „Spuck's aus!"

„Nun, wir werden uns in Zukunft wohl öfter sehen", fuhr Ashley fort. „Mein Vater hat gehört, dass ein paar Hektar Land in der Nachbarschaft von Heartland zum Verkauf stehen. Ideales Gelände, um unsere Möglichkeiten zu erweitern. Wir wollen dort ein Trainings-Zentrum bauen."

„Was?", schnappte Amy völlig überrascht, „welches Land?"

„Das der Youngs."

„Ich hatte keine Ahnung, dass die Youngs ihr Land verkaufen wollen!" Amy fiel aus allen Wolken. Der Besitz der Familie Young grenzte direkt an die Weiden der Heartland Farm.

„Warum hätten sie es euch auch sagen sollen", meinte Ashley herablassend, „es ist ja wohl kaum anzunehmen, dass ihr euch weitere Ländereien leisten könnt, oder?!" Es schien ganz so, als wollte sie Amys Jähzorn in Matts Gegenwart provozieren. „Ist das nicht toll, Amy – wir werden Nachbarn!"

Amy bemerkte den zweifelnden Blick, mit dem Matt seine Freundin musterte. Er war nicht dumm. Obschon er es sich sehnlichst wünschte, dass Ashley und Amy das Kriegsbeil begraben würden, wusste er doch auch, wie schwer das sein würde.

„Hat's dir die Sprache verschlagen, Amy?", setzte Ashley triumphierend noch eins drauf.

Amy biss sich auf die Zunge. Vor Matt wollte sie sich wirklich nicht gehen lassen. Schließlich entgegnete sie kühl: „Nein, Ashley, ich *denke* nur, bevor ich rede – was du selten tust."

Damit ergriff sie Sorayas Arm und suchte das Weite.

„Wow!", sagte Soraya anerkennend, als sie um eine Ecke gebogen waren. „Ich dachte, du flippst aus, als sie das mit dem Land erzählt hat. Aber du hast dich zusammengerissen, das war cool!"

Amy tat einen tiefen Atemzug. „Glaubst du, dass es wahr ist – dass die Youngs wirklich verkaufen wollen?"

„Keine Ahnung. – Du weißt doch, was Ashley immer erzählt – nichts als heiße Luft! Ich bin mir sicher, dass ihr was davon gehört hättet, wenn es stimmen würde."

„Du hast Recht", sagte Amy nachdenklich. „Wahrscheinlich will sie mich nur ärgern. – Erklärst du mir Mathe noch mal?"

Ty war dabei, Dancer zu putzen, als Amy nachmittags aus der Schule kam.

„Hallo, du!", empfing er sie fröhlich, als sie die Box betrat. Sein wirres Haar war ihm in die Stirn gefallen und Amy unterdrückte den Impuls, es ihm zurückzustreichen. „Wie war's in der Schule?"

„So wie immer." In diesem Augenblick fiel ihr Ashleys Behauptung ein. „Aber du wirst nicht glauben, was Ashley mir heute erzählt hat …"

Ty hörte mit wachsendem Missfallen zu. „Tür an Tür mit Green Briar?", rief er schließlich aus, „unmöglich! Aber ehrlich, wir hätten doch was davon gehört, wenn die Youngs ihre Farm verkaufen wollten!"

„Das ist ja mein Reden." Amy zuckte die Achseln. „Soraya ist der gleichen Ansicht. Aber allein schon die Vorstellung, dass etwas dran sein könnte, ist grauenhaft!!" Sie schüttelte sich. „Komm, erzähl mir was Angenehmes! Wie geht's den Pferden heute?"

„Alles okay." Er fasste zusammen, womit er und Ben sich heute beschäftigt hatten. „Mit Rosie und Feather habe ich noch nicht gearbeitet“, schloss er. „Damit wollte ich warten, bis du nach Hause kommst.“

Amy nickte. „Mit den beiden kann ich später noch auf den Platz gehen. Hast du Lust auf einen Ausritt mit Sundance und Moochie?“

„Aber sicher!“, sagte Ty strahlend.

Eine halbe Stunde später ritten Amy und Ty vom Hof. Die Luft war kalt, aber es ging kein Wind, der Boden schien fest gefroren. Obwohl die Pferde, wie gewöhnlich zu dieser Jahreszeit, ihren Bewegungsdrang ausleben wollten und vorwärts drängten, blieben sie diszipliniert. Der harte Boden trug ein Übriges dazu bei, ihren Schwung zu bremsen. Amy freute sich über Sundance. Der Zügel lag leicht in ihrer Hand, und sie konnte das Pferd mit sanften Hilfen kontrollieren. Auch Ty lächelte zufrieden, da Moochie auf ihn willig reagierte und das Tempo zurücknahm. „Heute Morgen hat eine Frau angerufen“, erzählte er, während sie den Weg nach Teak's Hill, einem bewaldeten Hügel hinter der Farm, einschlugen. „Sie sucht ein Freizeitpferd und hat gefragt, ob wir eines abzugeben hätten. Ich habe ihr von Moochie erzählt. Sie möchte einen Termin ausmachen.“

„Wir könnten sie doch am Wochenende bestell…“ Amy brach ab, denn plötzlich fiel ihr der Besuch ihres Vaters wieder ein. „… ich meine, für nächste Woche bestellen“, korrigierte sie sich. Ihre Finger spielten nervös mit Sundance' Mähne. Die ganze Zeit über war sie so beschäftigt gewesen, dass sie den Gedanken an den anstehenden Besuch verdrängt hatte. Aber allmählich musste sie den Tatsachen ins Auge sehen.

Ty zügelte den eifrigen Moochie ein wenig und passte seinen

weit ausholenden Trab den Bewegungen des kleineren Ponys an, um neben Amy reiten zu können. „Denkst du an deinen Vater?“

Amy starrte zwischen den goldbraunen Ohren ihres Pferdes hindurch auf den Weg. „Warum muss er überhaupt kommen? Wir brauchen ihn nicht. Mom wollte ihn hier nicht sehen. Auf seinen Brief hat sie nicht geantwortet. Sie wollte nicht, dass er sich wieder in unser Leben drängt!“

„Ich weiß“, sagte Ty verständnisvoll, „aber Lou möchte es.“

Amy nickte langsam. Ty hatte Recht.

Als Amy und Ty vom Ausritt heimkehrten, kam Lou gerade von ihrem Treffen aus der Stadt zurück. Als sie aus dem Auto stieg winkte sie aufgeregt herüber. Amy vermutete, dass ihre Schwester etwas Gutes mitzuteilen hatte. Sie ritt mit Sundance näher und fragte neugierig: „Erzählst du's mir endlich?“

„Und ob, Mrs Fleming!“ Lou grinste. „Du und Großvater, ihr werdet staunen – wir expandieren. Die Youngs verkaufen ihre Farm. Los, sattel ab und komm rein. Ich erzähl dir alles beim Abendessen!“

5

„Eine Reitschule?!“ Amy starrte ihre Schwester entsetzt an. Das war eine Horrorvorstellung! „Du willst einen *Reitbetrieb* aufbauen?“

Lou nickte und blickte enthusiastisch zwischen Amy und ihrem Großvater hin und her. „Ist das nicht eine tolle Idee? Ich weiß überhaupt nicht, warum Mom niemals daran gedacht hat! Der Reitunterricht wird Geld für die Pflegepferde einbringen, und ein paar von ihnen lassen sich bestimmt im Schulbetrieb einsetzen. – Eigentlich hat mich Jigsaw auf die Idee gebracht. – Es ist so einfach! Wir kaufen billig Schlachtpferde auf, behandeln oder korrigieren sie und setzen sie dann im Reitunterricht ein!“

Amy schüttelte entgeistert den Kopf. „Das klappt nicht, Lou! Die Pferde, die wir vor dem Schlachthof retten, sind entweder nervlich so am Ende, dass sie für keinen gewöhnlichen Reitbetrieb mehr taugen, oder sie sind physisch nicht mehr belastbar. Mit einem Pferd wie Jigsaw kann man höchstens noch im Schritt durch den Wald bummeln!“

Kurz huschte ein Schatten über Lous Gesicht, doch dann hellten sich ihre Züge sofort wieder auf. „Okay, suchen wir eben nach Pferden, die nicht ganz so schwer verletzt sind wie Jigsaw. Bei den Händlern und Schlächtern stehen doch massenweise Tiere herum, die nur etwas aufgepäppelt und trainiert werden müssen!“ Sie winkte jeden weiteren Einwand ab und fuhr eifrig fort: „Deshalb war ich eben in der Stadt: Nachdem mir zu Ohren gekommen war, dass die Youngs nebenan Land verkaufen wollen, habe ich gleich einen Termin mit der Bank gemacht. Die sind einverstanden, uns einen Kredit zu geben – prinzipiell jedenfalls. Wir bekämen das Geld, um das Land zu kaufen und auch Pferde, einen Trainer anzuheuern und zusätzliches Personal. Natürlich müssten wir eine Hypothek auf die Heartland Farm aufnehmen und ein schlüssiges Konzept vorlegen, aber …"

„Hab ich recht gehört?", unterbrach Jack Bartlett sie jetzt in ungewöhnlich scharfem Ton. „Du willst der Bank *meine* Farm als Sicherheit anbieten, ohne vorher mit mir darüber geredet zu haben?"

Lou wurde blass. „Ich … ich dachte, es macht dir nichts aus. Du hast gesagt, dass du alles Geschäftliche mir überlässt!"

„Alles Geschäftliche in der Buchhaltung meinetwegen! – Aber es ist doch ein Unterschied, ob du ein Faltblatt drucken lässt oder die Farm verpfändest, Lou! Heartland gehört *mir*, das ist *mein* Land!"

Lou senkte den Kopf und kaute auf der Unterlippe. „Entschuldige, Grandpa … Ich wollte einfach nur mal sehen, was möglich ist. Ich hab doch nur das Beste gewollt."

„Das weiß ich ja!", sagte Jack etwas versöhnlicher und nahm ihre Hand. „Ich lehne deine Idee ja auch nicht rundheraus ab, ich meine nur, dass wir darüber reden müssen, ehe wir uns zu weit vorwagen!"

„Ganz genau so ist es!", mischte sich Amy ein. Vor Schreck hatte es ihr die Sprache verschlagen – aber jetzt fand sie die Worte wieder. „Ich will hier keine Reitschule haben!"

„Warum nicht?“

In Lous Augen stand echte Verwunderung. Amy zwang sich, nicht sofort loszuschießen, sondern ruhig mit ihr zu reden. „Das würde sich mit der Arbeit, die wir hier leisten, nicht vertragen!“

Lou protestierte: „Im Gegenteil – Heartland und die Reitschule könnten einander ergänzen! Wenn du die Reitschüler mit unseren alternativen Heilmethoden vertraut machen würdest, könnten sie am Wochenende und in den Ferien auf der Farm aushelfen!“

Amy bemühte sich, ernsthaft über diese Möglichkeit nachzudenken. Vielleicht könnten sie ja wirklich eine Reitschule haben, wo die Pferde – anders, als in vielen Schulbetrieben – schonend behandelt würden und die Schüler lernen könnten, auf die Tiere einzugehen. Aber das würde bedeuten, dass die Farm völlig neue Dimensionen annehmen müsste und – was Amy besonders abschreckte – dass ständiger Publikumsverkehr herrschen würde. „Willst du aus Heartland wirklich so einen kommerziellen Betrieb machen? – Ich weiß nicht, Lou“, wandte sie vorsichtig ein.

„Lasst mich doch wenigstens ein Konzept aufstellen! Dafür brauche ich bestimmt die ganze Woche, und währenddessen habt ihr Zeit, euch die Sache gründlich durch den Kopf gehen zu lassen. Und wenn ihr euch dagegen entscheidet, lassen wir es eben bleiben.“

„Gut.“ Jack sah zu Amy. „Bist du damit einverstanden? Eine Woche Bedenkzeit?“

Amy nickte langsam. „Allerdings hat die Sache noch einen anderen Haken“, wandte sie ein. „Vielleicht bekommen wir das

Land sowieso nicht, Lou. – Ashley hat mir heute früh erzählt, dass ihr Vater schon ein Auge auf die Young-Farm geworfen hat."

Lou rieb sich besorgt das Kinn. „Dann müssen wir etwas unternehmen. – Ich könnte mit den Youngs sprechen und ihnen unser Interesse signalisieren. Vielleicht können wir uns mit ihnen arrangieren, bevor sie es öffentlich zum Verkauf anbieten. Ich bin mir beinahe sicher, dass es klappen könnte!" Sie wirkte wieder zuversichtlich.

„Hast du Ty schon von Lous Plan erzählt?", erkundigte sich Soraya bei Amy, als sie am nächsten Vormittag gemeinsam in der Cafeteria der Schule frühstückten.

Amy nickte. „Ich habe ihn noch gestern Abend angerufen."

„Und – was hält er davon?"

„Na ja, begeistert ist er nicht – aber er meint, wenn es so kommt, dann muss er eben damit leben." Sie seufzte. „Natürlich ist Lou eine gute Geschäftsfrau – aber manchmal geht es ihr einfach nur ums Geld. Dann fällt es ihr schwer, darüber nachzudenken, ob es vielleicht auch Gründe gibt, die *gegen* eine Sache sprechen könnten."

„Sie hat es nicht leicht", sagte Soraya nachdenklich, „wahrscheinlich versucht sie immer noch, sich etwas zu beweisen. – Sieh mal, sie hatte einen verantwortungsvollen Job in New York, bevor sie nach Heartland kam. Sie war Beraterin in einer großen Bank. Und jetzt ist sie – Buchhalterin. Das genügt ihr einfach nicht. Sie will sich einbringen, Heartland ihr Profil aufdrücken, den Erfolg, den sie in Manhattan hatte, bei euch wiederholen.

Vor allem jetzt, wo euer Vater kommt. Sie will, dass er stolz auf sie ist!“

Amy verzog das Gesicht. „So hab ich das noch gar nicht gesehen, aber du könntest Recht haben. Ich wünschte, Lou hätte nicht immer solche Einfälle! Ich kann nicht Nein sagen, weil ich weiß, wie viel ihr das bedeutet, aber Ja sagen möchte ich auch nicht!“

„Tja, dann werden sich die Grants das Land wohl unter den Nagel reißen.“

„Na, schönen Dank auch!“ Amy erhob sich und räumte das Geschirr auf ein Tablett. „Das wäre nun wirklich keine Lösung!“ Sie stellte das Tablett am Ausgang auf die Ablage.

Soraya folgte ihr hinaus auf den Schulhof. „Bist du immer noch so nervös, weil dein Vater kommt?“

„Ich will nicht einmal daran denken!“ Sie wechselte rasch das Thema. „Übrigens – Ben hat nach dir gefragt. Er wollte wissen, warum du gestern nicht gekommen bist.“

„Hast du ihm nicht gesagt, dass ich für den Wettbewerb üben musste?“

Amy wusste sehr wohl, dass Soraya sich auf den bevorstehenden Schulwettbewerb vorbereitete und deshalb seltener auf die Heartland Farm kam als üblich. Grinsend antwortete sie: „Nein, ich hab ihm gesagt, die wärst auf dem Mond. – Was glaubt du wohl, habe ich ihm erzählt?“ Sie schüttelte den Kopf. „Du weißt ganz genau, wie sehr ich mich freuen würde, wenn ihr endlich ein Paar wärt!“

„Sollte mir nur recht sein“, sagte Soraya. „Aber schau dich doch selbst einmal an! Ich weiß nicht, warum ihr beide, du und

Ty, nicht offen dazu steht, dass ihr euch mögt und richtig miteinander geht!"

„Das will ich nicht!", protestierte Amy. „Du weißt doch, wie die Leute sich verändern, wenn sie etwas miteinander haben. Schau dir doch nur Matt und diese" – sie rümpfte die Nase – „*Ashley* an! Und ich will auch nicht ständig über Ty nachdenken und über ihn reden und mich in Liebeskummer verzehren!"

Genau in diesem Moment entdeckte Soraya Matt in einer Gruppe von Klassenkameraden, Arm in Arm mit Ashley. Soraya stieß Amy an. „Was Matt wohl dazu sagen würde, wenn er wüsste, dass du mit Ty zusammen bist? Hast du ihm damals nicht gerade deshalb einen Korb gegeben, weil du angeblich die Freundschaft mit Ty nicht aufs Spiel setzen wolltest?"

„Schon", sagte Amy unbehaglich, „aber Matt interessiert sich nicht mehr für mich. Er hat ja jetzt Ashley."

„Für immer und ewig?! – Hast du mitgekriegt, wie sie ihn heute Morgen nach Biologie behandelt hat? Ich glaube nicht, dass er sich so was lange bieten lässt."

Amy machte eine Kopfbewegung in Matts Richtung. „Nun, momentan scheint er recht gut damit klarzukommen – sieh nur!" Matt legte gerade seinen Arm um Ashleys Schultern.

Zurück auf der Heartland Farm, zog Amy sich um und beschloss, als Erstes mit Rosie zu arbeiten.

Auch diesmal eröffnete Amy das Training mit einem Join-up. Als Rosie ihr dann willig durchs Roundpen folgte, blieb Amy stehen und streichelte Nase und Stirn des Pferdes. Behutsam näherte sie ihre Finger den Ohren. Noch immer rührte Rosie sich nicht von der Stelle. Amy bemühte sich, gleichmäßig und entspannt zu atmen, während sie das Halfter aufschnallte und es der Stute vorsichtig abnahm.

„Ganz ruhig jetzt!“, murmelte Amy. Sie hob das Halfter wieder in Kopfhöhe des Pferdes. Doch diesmal war es zu viel für Rosie. Sie schnaubte laut und scheute. „Okay, dann lauf!“ Amy hob die Arme und schickte das Pferd im Trab hinaus auf den Hufschlag, die Reitbahn ganz am Rande der Umzäunung. Plötzlich kam ihr Tim in den Sinn, ihr Vater. Was würde er wohl zu den Methoden sagen, mit denen sie auf der Heartland Farm arbeiteten? Ihre Mutter Marion war überhaupt erst auf alternative Therapien gekommen, um damit Pegasus zu helfen, jenem Springpferd, mit dem Tim so schwer verunglückt war. Konventionelle Tiermedizin hatte den Wallach zwar körperlich wiederhergestellt, konnte aber den Stresssymptomen, unter denen er seit dem Unfall litt, nicht beikommen. Während sie Pegasus behandelte, hatte sich Marion nach und nach all das Wissen über Naturheilverfahren angeeignet, das sie später auch auf andere Pferde anwandte.

Bereits nach wenigen Runden begann Rosie zu signalisieren, dass sie herankommen wollte. Amy versuchte erneut, ihr das Halfter aufzulegen, und diesmal hielt Rosie still.

„Braves Mädchen!“, lobte Amy

„Sie macht sich wirklich gut!“, ließ sich Ty vernehmen.

Amy wandte sich nach dem Jungen um, der am Gatter stand. „Das finde ich auch.“

Plötzlich begann Rosie wieder mit dem Kopf zu schlagen.

„Aber das gefällt mir ganz und gar nicht“, bemerkte Ty.

„Mir auch nicht." Amy hatte am Vorabend mit Sheri darüber gesprochen, doch die hatte erklärt, kein Kopfschlagen bemerkt zu haben.

In diesem Augenblick kam Jo-Ann die Auffahrt heraufgelaufen. „Hi!", rief sie und winkte Amy und Ty zu. „Hast du Feather heute schon geritten?" Und als Amy den Kopf schüttelte, rief sie: „Kann ich ihn putzen?"

„Klar doch!", antwortete Amy, und Jo-Ann rannte über den Hof in Richtung Stall.

Ty lächelte. „Nettes Mädchen."

„Vor allem will sie wirklich was lernen", sagte Amy, während sie Rosies Hals streichelte, „den T-Touch hat sie schon ganz gut begriffen."

„Trotzdem wissen wir immer noch nicht, wo Feathers Problem eigentlich liegt!"

Amy zuckte mit den Achseln. „Solange er keine Unarten zeigt, kann ich ihn auch nicht korrigieren."

Als Amy später mit Feather auf dem Reitplatz arbeitete, benahm er sich so mustergültig wie immer: Willig ging er Schritt, Trab und Galopp. Amy ritt Volten, ließ ihn Schlangenlinien gehen und galoppierte mit ihm sogar über ein kleines Hindernis. Nicht einmal das schien ihn aufzuregen. Jo-Ann sah begeistert zu.

Schließlich lenkte Amy Feather zu ihr hin und stoppte. „Es ist, als ob er Gedanken lesen könnte. Ich muss überhaupt nur daran denken, das Tempo oder die Richtung zu wechseln, und schon reagiert er! – Du bist ein feiner Kerl, Feather." Das Pony schnaubte und streckte entspannt den Kopf in die Tiefe.

Jo-Ann lachte. „Er versteht jedes Wort, pass nur auf, was du sagst!“ Sehnsüchtig betrachtete sie den Grauschimmel. „Kann ich nicht einmal kurz auf ihm reiten?“, bettelte sie dann, „Mom erfährt doch nichts davon!“

Amy schüttelte den Kopf. „Du weißt, was ich deiner Mutter versprochen habe – wir müssen erst ganz sicher sein, dass er keine Probleme mehr macht.“

„Ach, das ist unfair!“ Jo-Ann seufzte. „Ich würde ihn so gerne reiten!“

Amy ritt Feather die ganze Woche über jeden Abend, und immer benahm er sich tadellos.

Am Freitag hatte Ty ihr bei der Arbeit zugesehen. Er öffnete das Tor, als sie den Reitplatz verlassen wollte. „Ich bin mit meiner Weisheit wirklich am Ende“, gestand sie, saß ab und zog die Steigbügel hoch. „Wir haben nur noch drei Wochen Zeit, um herauszufinden, warum er unter Jo-Ann gestiegen ist.“ Ty ging neben ihr her, während sie Feather zum Stall führte. „Und dann kommt dieses Wochenende auch noch mein Vater!“ Der Gedanke erfüllte sie mit dem üblichen Unbehagen. „Da habe ich wahrscheinlich überhaupt keine Zeit, mit den Pferden zu arbeiten!“

„Vielleicht sollte Jo-Ann ihn doch einmal selbst reiten“, überlegte Ty. „Mal sehen, wie er sich dann verhält.“

Amy brachte Feather in seine Box und nahm ihm Sattel und Trense ab. „Vielleicht, aber dazu müsste ich wirklich erst Mrs Newharts Einverständnis einholen. Ich rufe sie nachher mal an.“

Als sie später die Rationen für die Abendfütterung zusammenstellten, tauchte Lou plötzlich in der Futterkammer auf. Sie war mit Block und Bleistift ausgerüstet und verkündete: „Ich habe einige Fragen an euch."

Amy stöhnte. Seitdem Lou das Konzept für die Reitschule ausarbeitete, kam sie unaufhörlich mit irgendwelchen lästigen Fragen an, obwohl Amy das Thema am liebsten vermieden hätte.

„Wie viele Stunden kann ein Pferd eurer Meinung nach täglich arbeiten?", fing Lou an. „Und wie viel Futter braucht es bei entsprechender Leistung?"

Auf diese Art arbeitete sie einen ganzen Fragenkatalog ab, den Ty – nicht ganz so widerstrebend, wie Amy es getan hätte – beantwortete.

Amy hätte sich am liebsten die Ohren zugehalten. Je mehr Lou von der Reitschule redete, desto weniger wollte Amy davon wissen.

Nach getaner Arbeit ging sie über den Hof zum Haus. Dabei blickte sie sich um: Ty und Ben, die wussten, wie nervös Amy der angekündigte Besuch ihres Vaters machte, hatten diesmal besonders sorgfältig aufgeräumt und gefegt. Die Bemühungen der Jungen rührten Amy, doch bockig sagte sie zu sich selbst: „Ist mir sowieso egal, was er über uns denkt!"

Im Hausflur traf sie auf den Großvater, der sich gerade den Mantel überzog. Darunter trug er anstelle von Jeans und Sweatshirt ein gebügeltes Oberhemd und Flanellhosen. Er war zum Abendessen bei seinen Freunden Ken und Marie eingeladen.

„Ich bin spät dran", sagte er und gab Amy einen Kuss auf die Wange. „Lou ist zu Scott gefahren. Macht es dir wirklich nichts aus, allein zu bleiben?"

„Nein, ist schon okay."

„Mach dir ein paar Eier mit Schinken zum Abendbrot, ja?" Er drückte sie kurz an sich. „Bis später!"

Amy kickte ihre Stiefel in die Ecke, ließ die Jacke fallen und ging in die Küche. Sie hörte, wie draußen der Motor des Geländewagens startete und ihr Großvater vom Hof fuhr.

Plötzlich war alles so still! Sie ließ sich in einen Sessel fallen und lauschte eine Weile. Das Einzige, was sie hörte, war das Knurren ihres Magens.

Also stand sie auf, tat Brötchen, Schinken und einen Becher Quark auf ein Tablett und beschloss, damit auf ihr Zimmer zu gehen. Vielleicht könnte sie ein wenig für die Schule lernen.

Während sie kauend an ihrem Schreibtisch saß, blätterte sie lustlos im Geschichtsbuch. Nach ein paar Minuten bemerkte sie, dass nichts von dem, was sie las, hängen blieb. Ihre Gedanken schweiften immer wieder ab. Schließlich gab sie auf.

Sie klappte das Buch zu und griff nach dem Foto, das auf dem Tisch stand. Es zeigte ihre Mutter mit Pegasus am Koppeltor. Der große Vollblutschimmel schnupperte an Marions Scheitel, und sie lachte. Das Bild war nur wenige Wochen vor ihrem tödlichen Unfall aufgenommen worden.

„Oh, Mom!", flüsterte Amy, „Was hättest du dazu gesagt, dass Daddy morgen hierherkommt? Was soll ich nur tun?"

Sie schloss die Augen. Niemand antwortete ihr. Sie fühlte sich jämmerlich allein gelassen.

6

Es war Samstagmorgen, und sie waren beim Frühstück.

„Du willst das Wochenende bei Ken und Marie verbringen?“, rief Amy aus und starrte ihren Großvater entsetzt an.

Jack nickte. „Du weißt ja, sie sind gerade umgezogen, und ich denke, dass sie Hilfe gut brauchen können. Ich habe mich angeboten, die Hundezwinger für ihre Setter-Zucht herzurichten, und da bietet es sich an, dass ich über Nacht bleibe.“

„Und was ist mit Daddy?“, erkundigte sich Lou. „Wenn du die ganze Zeit weg bist, wirst du ihn überhaupt nicht sehen!“

„Ich weiß“, antwortete Jack. „Aber du und dein Vater, ihr braucht Zeit für euch allein.“ Lou setzte zu einer Entgegnung an, doch Jack ließ sie nicht zu Wort kommen. „Lou, ich werde meine Meinung nicht ändern.“ Sein Gesicht war verschlossen.

Lou begriff, dass es keinen Sinn hatte zu streiten. „Gut“, sagte sie widerstrebend, „wenn du es also für das Beste hältst.“

„Glaub mir, das ist es!“

Er stand auf und ging, um seine Sachen zusammenzupacken.

Lou fand zu ihrer gewohnten Entschlossenheit zurück und griff nach einem Küchenschwamm. „Hier muss erst mal gründlich sauber gemacht werden.“

Amy floh hinaus auf den Hof. Vielleicht würde körperliche Arbeit sie ein wenig ablenken und beruhigen.

Um viertel vor zehn ließ Amy die beiden Jungen widerwillig mit der verbleibenden Arbeit allein und ging ins Haus, um zu duschen.

Als sie in sauberen Jeans und Pullover wieder in die Küche kam, war Lou dabei, den Fußboden zu wischen. Platten und Kacheln glänzten. Auf dem Tisch stand ein frischer Blumenstrauß.

Amy fühlte Beklemmung und wusste nicht, was sie jetzt anfangen sollte. Sie setzte sich an den Tisch, konnte aber nicht ruhig bleiben. Ihre Nerven waren zum Zerreißen gespannt. Sie begann mit dem Fuß zu wippen und mit den Fingern auf der Tischplatte herumzutrommeln.

„Amy!", fuhr Lou sie gereizt an, „Hör auf damit!"

„Schon okay." Amy sprang auf und tigerte durch die Küche. Die Anspannung war unerträglich.

Ich will ihn nicht sehen, ich will ihn nicht sehen, redete sie sich mechanisch ein, bis sie schließlich draußen den Kies knirschen hörte und ein Auto vorfuhr.

„Das ist er!", rief Lou mit schriller Stimme und rannte hinaus.

Amy folgte ihr.

Aus dem Wagen mit dem Logo einer Autovermietung stieg Tim Fleming. Er war groß und schlank. Sein graues Haar lichtete sich. Beim Gehen zog er infolge der alten Verletzung das linke Bein ein wenig nach.

„Daddy!" – Im ersten Augenblick glaubte Amy, dass Lou ihm in die Arme fliegen wollte. Doch dann blieb sie vor ihrem Vater stehen. „Hallo!"

Tim umfasste ihre ausgestreckte Rechte mit beiden Händen. „Lou, wie schön dich zu sehen!“ Sein englischer Akzent klang in Amys Ohren ungewohnt. „Du bist erwachsen geworden.“ Sein Blick wanderte zu Lous Schwester. „Amy!“

Sie nickte und senkte den Blick, wobei sie sich bis ans andere Ende der Welt wünschte. Die Hände behielt sie fest in den Taschen. Doch sie spürte, dass ihr Vater sie unverwandt ansah. „Ich kann's nicht fassen!“, hörte sie ihn sagen.

Wahrscheinlich bin ich in den letzten zwölf Jahren ein bisschen gewachsen, dachte Amy bitter, aber sie schluckte die scharfen Worte hinunter und sagte schlicht: „Tja, ich bin's.“

„Wollen wir nicht reingehen?“, fragte Lou.

Tim nickte. „Ja, gern.“

Amy folgte Lou und Tim ins Haus. Während Lou einen Kaffee zubereitete, wanderte Tim durch die Küche und betrachtete die Fotos an den Wänden. „Ich erinnere mich daran“, sagte er und berührte den Rahmen eines Bildes, auf dem Marion bei einer Siegerehrung in Hickstead zu sehen war. „Eure Mutter war eine großartige Springreiterin.“

„Ich weiß“, sagte Amy kühl. „Grandpa hat's mir erzählt.“

„Wo ist Jack überhaupt?“, erkundigte sich Tim.

„Bei Freunden“, sagte Lou rasch, „sie sind gerade umgezogen und brauchen Hilfe.“

Tim seufzte. „Er wollte mich also nicht sehen.“

„Nein, nicht deshalb“, widersprach Lou, „es ist nur so, dass seine Freunde …“

„Ist schon gut, Lou“, unterbrach Tim, „du musst dich nicht für ihn entschuldigen. Ich kann ihn verstehen.“

„Ist ihm wohl nicht zu verdenken!", entfuhr es Amy.

„Amy!", herrschte Lou sie empört an.

Amy blickte rebellisch ins Leere, doch ihr war nicht entgangen, dass ihr Vater sie fixierte.

Eine Weile lang herrschte unbehagliches Schweigen. Dann räusperte Tim sich und fragte: „Kann ich dir irgendwie zur Hand gehen, Lou?"

„Nein, danke, der Kaffee ist fast fertig."

Amy verwünschte sich selbst. Sie hatte Lou nicht kränken wollen. Warum konnte sie einfach nicht den Mund halten? „Ich decke den Tisch, ja?", erbot sie sich eilfertig.

Lou nahm das Friedensangebot dankbar an. Ihre Züge entspannten sich. „Danke, Amy!"

Als Lou ihrem Vater den Kaffee eingoss, sagte sie lächelnd: „Weiß mit einem Stück Zucker, so hast du ihn doch immer gemocht, nicht wahr?"

Er bedeckte seine Tasse rasch mit der Hand, ehe sie Sahne hinzugeben konnte. „Eigentlich lieber schwarz."

„Entschuldige", sagte Lou verwirrt.

Wieder trat peinliches Schweigen ein. Lou suchte nach einem Gesprächsstoff. „Am Telefon hast du erzählt, dass deine Frau gerade ein Baby bekommen hast. Hast du vielleicht Fotos dabei?"

„Ja, natürlich." Lächelnd zog er seine Brieftasche hervor. „Das ist die Kleine", sagte er stolz, als er Lou das Foto eines Babys mit hellbraunen Locken reichte. „Sie heißt Lilly."

„Wie süß", sagte Lou leise.

Tim blickte zu Amy. „Sie sieht genau so aus wie du in dem Alter."

Amy nahm ihrer Schwester das Foto aus der Hand und starrte darauf. Unfassbar, dass dieses Baby ihre Halbschwester sein sollte! Wortlos legte sie das Bild auf die Tischplatte.

Tim entnahm seiner Brieftasche ein weiteres Foto und legte es daneben. „Du kannst selbst vergleichen." Auf dem Bild waren Lou und die etwa dreijährige Amy zu sehen. Sie spielten am Strand. Amy kannte die Aufnahme. Genau die gleiche befand sich auch in einem ihrer Alben. „Ich trage es immer bei mir", sagte Tim und biss sich auf die Unterlippe.

Sie nippten verlegen am Kaffee. Schließlich steckte Tim die Fotos wieder ein und fragte betont forsch: „Wie läuft's denn so in der Schule, Amy?"

„Gut", erwiderte Amy einsilbig.

Tim hatte sicher eine ausführlichere Antwort erhofft, doch als nichts weiter kam, nickte er höflich.

„Prima, fein." Seine Stimme klang belegt, und er musste sich erneut räuspern. „Und, was ist mit dir, Lou? Du hast geschrieben, dass du früher in Manhattan gearbeitet hast."

„Ich war bei der Citibank", sagte Lou langsam, „ich habe meinen Abschluss in England, in Oxford, gemacht und dann den Job in New York gekriegt. Ich war fast ein Jahr lang dort angestellt bis … bis Mom verunglückt ist."

Tim räusperte sich. „Dann hast du alles aufgegeben, um hierherzukommen?"

Lou nickte. „Obwohl ich mir anfangs nicht sicher war, ob es das Richtige für mich wäre. Mir hat es gefallen in der Großstadt."

„Verstehe", sagte Tim.

„Wie dem auch sein", fuhr Lou fort, „jetzt kümmere ich mich hier ums Geschäft. Ich bin gerade dabei, ein Konzept für eine Reitschule zu entwickeln – um einen Kredit aufzunehmen. Wir können vielleicht Land dazukaufen, verstehst du?"

„Allerdings ist noch nichts beschlossen", mischte Amy sich ein. Sie spürte Tims Seitenblick. „Grandpa hat überhaupt noch nicht zugestimmt!"

„Das wird er aber sicher tun." Lou sah kopfschüttelnd zu Amy, um ihr zu verstehen zu geben, dass sie das Streiten lassen sollte. Dann blickte sie lächelnd zu Tim. „Es ist eine große Herausforderung, weißt du?"

„Ja, natürlich. – Aber ich dachte, ich hättet euch hier auf Problempferde und Ähnliches spezialisiert."

„Das stimmt. Aber um die Farm als Pferde-Auffang-Station finanzieren zu können, muss das Geld irgendwoher kommen", antwortete Lou. „Dafür wäre eine Reitschule ideal."

„Nach meinen Erfahrungen sind Reitschulen aber nicht gerade sehr profitabel", wandte ihr Vater ein. „Bist du dir sicher, dass das eine gute Idee ist?"

„Voll und ganz!", entgegnete Lou scharf.

„Lou hat Recht!" Amy hatte plötzlich das Gefühl, ihre Schwester verteidigen zu müssen. „Natürlich hat sie alles durchkalkuliert! Andernfalls hätte sie es doch gar nicht vorgeschlagen!"

Lou sah sie überrascht an.

Tim hingegen nickte verunsichert und schwieg.

Die Stille hielt an und wurde immer unangenehmer. Schließlich hielt Amy es nicht mehr aus und sprang auf. „Soll ich dir den Hof zeigen?", erbot sie sich.

„Das wäre toll!“

Während sie zu dritt auf den Hof hinausgingen, grübelte Amy über dieses merkwürdige Treffen mit ihrem Vater nach. Sie hatte es sich völlig anders vorgestellt, hatte gedacht, dass Lou mit ihm unentwegt über die „alten Zeiten“ reden würde. Aber davon waren die beiden weit entfernt. Es gab nur ein Wort, um diese Begegnung zu beschreiben: peinlich.

„Wie viele Pferde habt ihr hier?“, erkundigte sich Tim, als sie sich dem vorderen Stallkomplex näherten.

„Achtzehn“, antwortete Amy, „acht Patienten, acht Pensionspferde, mein Pony Sundance und Red, der Hannoveraner Fuchs da drüben.“ Sie nickte in Richtung Außenbox. Der elegante Fuchs streckte neugierig seinen Kopf über die Tür. „Er gehört Ben, einem unserer Stallburschen.“

Tim ging zu ihm hinüber. „Hallo, mein Junge!“ Er ließ ihn an seinem Handrücken schnuppern und streichelte seine Nase. „Du bist aber ein Hübscher!“

Amy nickte. „Er ist schön, nicht wahr? Hannoveraner Halbblut. Ben startet mit ihm in leichteren Springen, er will Red aber auch bald schon in mittelschweren Prüfungen testen.“

In diesem Augenblick kam Ben aus der Sattelkammer, und als er die Schwestern mit ihrem Gast bei Red stehen sah, kam er herüber.

Lou stellte ihren Vater vor.

Ben streckte ihm die Hand entgegen. „Freut mich, Sie kennenzulernen!“

„Gleichfalls.“ Tim lächelte. „Ich bewundere gerade Ihr Pferd. Wunderschöner Bursche. Amy sagt, Sie springen mit ihm?“

Ben strahlte. „Ja, ich habe ihn als Dreijährigen bekommen und selbst eingeritten. Seitdem wird er immer besser."

„Das klingt gut." Tim klopfte das Pferd auf den Hals. „Vielleicht kann ich Ihnen einmal beim Reiten zuschauen?"

„Das würde mich unheimlich freuen!" Ben strahlte.

Amy sah ihn überrascht an. Weshalb war er so aufgekratzt? – Dann wurde ihr klar: Ben sah in ihrem Vater vor allem den olympischen Springreiter, der er einmal gewesen war, weltberühmt und bewundert. Natürlich freute er sich, dass er ihm zusehen wollte!

Jetzt kam auch Ty quer über den Hof zu ihnen gelaufen, um den Besucher zu begrüßen.

„Wie lange arbeiten Sie schon hier, Ty?", erkundigte sich Tim, als sie einander die Hände schüttelten.

„Seit drei Jahren."

„Oh, ich bin gespannt, etwas über Ihre Arbeit zu erfahren. Erzählen Sie mir davon. – Und du auch, Amy!" Er sah sie an. „Ich habe mich in den letzten Jahren selbst ein wenig mit homöopathischen Heilmethoden befasst und lerne gern dazu."

„Aber natürlich!", antwortete Ty lachend. „Ich könnte Ihnen den ganzen Tag lang von unseren Methoden erzählen!"

„Na, das ist doch ein Angebot!" Tim klopfte ihm auf die Schulter. „Also was ist, Amy – zeigst du mir jetzt die übrigen Pferde?"

Auf dem Weg zum hinteren Stall fühlte Amy endlich, wie ihre Anspannung sich löste. Ihrem Vater den Hof und die Pferde zu zeigen, war tausendmal besser, als mit ihm und Lou in der Küche zu hocken. Amy musste sich eingestehen, dass er wirklich ein erfahrender Pferdemann war. Sie sah es an der Art, wie er die Pferde ansprach und näher kommen ließ, ohne sich ihnen aufzudrängen. Ausnahmslos alle Tiere reagierten freundlich auf ihn.

Sogar Rosie senkte den Kopf und ließ sich von ihm die Stirn rubbeln.

„Habt ihr noch andere Ställe?“, erkundigte sich Tim bei Amy, als sie das Gebäude wieder verließen und zu den Koppeln hinüber gingen.

„Nein, weshalb?“ Amy sah ihn überrascht an. Er hatte irgendwie argwöhnisch geklungen – oder hoffnungsvoll.

„Verstehe.“ Tim ging rasch zu den zwei Braunen auf der Koppel hinüber, die neugierig die Köpfe über den Zaun streckten. Amy und Lou wechselten einen fragenden Blick und folgten ihm.

„Was .. ähm … was ist mit Pegasus passiert?“, fragte er ohne die Schwestern anzusehen.

Plötzlich wurde Amy klar: Ihr Vater wusste nicht, dass sein altes Springpferd gestorben war. Zu den wenigen Dingen, die Amy von ihrer Mutter über ihn erfahren hatte, gehörte die Tatsache, dass er dieses Pferd abgöttisch geliebt hatte. Amy erinnerte sich an Marions Worte: „Ich glaube, das war einer der Gründe, weshalb dein Vater nach dem Unfall so verzweifelt war: Er konnte den Gedanken einfach nicht ertragen, Pegasus durch seinen Ehrgeiz so schwer verletzt zu haben.“ – Hilfe suchend blickte Amy zu Lou.

„Pegasus ist im vergangenen Oktober gestorben“, sagte ihre Schwester leise. „Wir mussten ihn einschläfern lassen. Er hatte Krebs.“

Tim schwieg eine Weile. „Im Oktober“, wiederholte er dann leise, „also bin ich vier Monate zu spät gekommen, um den alten Knaben noch einmal zu sehen.“

Amy konnte seine Gefühle gut verstehen. Pegasus war ein ganz besonderes Pferd gewesen – charakterstark und sensibel, freundlich, leistungsbereit und klar im Kopf. Sie blickte zu Lou. Aber Lous Lippen waren schmal zusammengekniffen. „So ist es wohl“, sagte sie knapp.

Tim schien die Schärfe in ihrem Tonfall nicht zu bemerken. „Ich hatte gehofft …“ Ihm versagte die Stimme. Er starrte hinaus auf die Felder und schüttelte dann den Kopf, als wollte er sich von der Vergangenheit lösen. Er gab sich einen Ruck. „Es war nur so eine Idee. – Also, warum reiten wir nicht zusammen aus, wir drei, so wie früher?“

Amy blickte rasch zu ihrer Schwester.

„Ich … ich reite nicht mehr“, sagte Lou.

Tim runzelte die Stirn. „Was heißt das, du reitest nicht mehr? Seit wann denn?“

Lou wich seinem Blick aus. „Seit deinem Unfall.“

„Seit meinem Unfall?!“, wiederholte ihr Vater ungläubig. „Lou, bitte sag mir, dass das nicht wahr ist!“

Lou zuckte mit den Achseln.

„Aber du hast auf dem Pferd gesessen, bevor du laufen konntest!“, rief er aus. Er suchte nach einer Erklärung. „Ist es – weil du plötzlich Angst bekommen hast wegen dem, was mir zugestoßen ist?“

„Nein!“ Jetzt sah Lou ihm ins Gesicht. Ihre Wangen waren gerötet.

„Es war ein Unfall, Lou." Tim zuckte hilflos mit den Schultern. „So was kann passieren!"

„Ich *habe* keine Angst!", wiederholte Lou. Es klang aufgebracht.

Bevor Tim etwas erwidern konnte, wurden sie vom Klingeln des Telefons gestört. „Ich gehe ran", sagte Lou schnell und beeilte sich, von Tim und Amy fortzukommen.

„Lass doch!", rief die Schwester ihr nach, „Ty oder Ben können rangehen!"

Doch Lou drehte sich nicht einmal mehr um.

Tim wandte sich an Amy: „Warum regt sie sich so auf?"

„Sie ist ein bisschen komisch, was die Reiterei angeht."

„Also doch Angst?"

„Ich … ich weiß es nicht. Sie redet nicht darüber."

Tim seufzte. „Ich gehe lieber zu ihr. Vielleicht hab ich was Falsches gesagt."

Amy folgte ihm zum Haus.

Als sie in die Küche kamen, legte Lou gerade wieder auf. „Ein Interessent", sagte sie, bevor Amy fragen konnte. „Ich hab ihm gesagt, dass wir voll sind." Sie begann, das Kaffeegeschirr wegzuräumen. „Sollten wir nicht langsam ans Mittagessen denken? Da wäre entweder Grandpas gebackener Schinken oder die Lasagne von gestern …"

„Lass doch das Mittagessen!", unterbrach Tim sie. „Entschuldige, wenn ich dich aufgeregt habe. Ich war einfach schockiert. Du bist immer so gern geritten!"

„Das war einmal", erwiderte Lou kurz angebunden.

Tim öffnete den Mund zu einer Entgegnung, doch sie ließ

ihn gar nicht erst zu Wort kommen: „Bitte – ich möchte nicht darüber sprechen. Komm, setz dich!“ Sie öffnete den Kühlschrank. „Was soll ich uns also warm machen?“

7

Ty und Ben leisteten ihnen beim Mittagessen Gesellschaft, wodurch die Stimmung etwas aufgelockert wurde. Tim plauderte über Pferde, und dabei wurde er Amy immer sympathischer. Vielleicht würde der Tag doch nicht so übel verlaufen, wie sie befürchtet hatte!

Doch als die letzte Tasse Kaffee zum Nachtisch ausgetrunken war und Ty und Ben die Küche verlassen hatten, senkte sich wieder beklemmendes Schweigen über die Geschwister und ihren Vater.

„Tja“, sagte Tim verlegen, „so ist es nun also.“

„So ist es nun also“, wiederholte Lou.

Amy begann, die Astlöcher in der Tischplatte zu zählen.

„Daddy“, sagte Lou plötzlich, „kann ich dich was fragen?“

„Nur zu!“ Tim lehnte sich zurück.

Lou nahm ein heruntergefallenes Blütenblatt ihres schönen Straußes in die Finger und fummelte daran herum. „Warum hast du mich niemals besucht?“, fragte sie schließlich, und Amy merkte, dass es sie einige Überwindung kostete. „Ich meine, du wusstest doch, in welchem Internat ich in England war! Selbst wenn du Mom nicht sehen wolltest, warum denn nicht einmal mich?“

„Wie bitte, du warst in einem Internat? *In England?*“, wiederholte ihr Vater schockiert.

„Du – du hast es nicht gewusst?“, fragte Lou leise.

„Nein!“, rief Tim aus. „Ich dachte natürlich, dass du mit Marion nach Virginia gegangen wärest!“

Lou schüttelte traurig den Kopf. „Ich wollte nicht. Ich war mir sicher, dass du mich suchen und finden würdest, wenn ich in England bleiben würde.“

„Glaub mir, ich hatte keine Ahnung!“, sagte Tim. „Ich habe eurer Mutter ein Jahr nach ihrem Umzug geschrieben und nach euch allen gefragt. Sie hat geantwortet, es ginge euch gut – kein Wort davon, dass du in England geblieben bist!“

„Sie hat es dir nicht gesagt?!“ Lou war bleich geworden. „Aber – warum?“

Tim schüttelte verzweifelt den Kopf. „Ich weiß es nicht. Vielleicht wollte sie nicht, dass ich mit dir Kontakt aufnehme. Marion hatte ihre Fehler und Schwächen so wie jeder andere.“

Amy starrte ihn an. Zorn stieg in ihr auf. „Sie war nicht wie jeder andere!“, schrie sie, „sie wollte nur nicht, dass du Lou ein zweites Mal verletzt!“

„Amy, ich …“ Ihr Vater griff nach ihrer Hand, doch sie entzog sie ihm. „Wage nicht auch nur ein Wort gegen Mom zu sagen!“ Sie sprang erregt auf. „Du warst derjenige, der sie verlassen hat!“

„Ich weiß, ich weiß“, versuchte er sie zu beschwichtigen, „verzeih, wenn ich dich wütend gemacht habe! Es tut mir leid!“

Amy hätte am liebsten die Blumenvase, die auf dem Tisch stand, nach ihm geschleudert, doch dann sah sie Lous entsetzte Miene und beherrschte sich. „Okay“, sagte sie mit zusammengebissenen Zähnen.

„Kann ich jemandem einen Drink anbieten?", fragte Lou, verzweifelt bemüht, die Situation zu retten.

„Danke. Nur ein Glas Wasser", sagte Tim.

„Amy?"

Amy schüttelte den Kopf. „Ich gehe jetzt lieber und helfe den Jungen." Sie verließ fluchtartig den Raum.

Amy wusste nur zu gut, dass sie jetzt nicht in der Verfassung war, mit einem Pferd zu arbeiten, nicht einmal eines auch nur zu putzen! Also ging sie in die Futterkammer und begann, die Heunetze für den Abend zu füllen. Sie tat es mit heftigen Bewegungen, in denen ihr ganzer Zorn steckte. „Ich hasse ihn, ich hasse ihn, ich hasse ihn!", sagte sie immer wieder vor sich hin.

„Was ist los mit dir, Amy?", ließ sich Tys Stimme von der Tür her vernehmen.

Sie fuhr herum. „Ich kann nicht darüber reden!"

„Dein Vater?"

„Was glaubst du denn?!"

Ty ignorierte ihren gereizten Tonfall. Er kannte ihr aufbrausendes Temperament schließlich zur Genüge. „Vorhin hatte ich den Eindruck, dass du ganz gut mit ihm zurechtkommst."

„Dann hast du dich eben getäuscht!"

Er sah ihr stumm in die Augen. Ein Frösteln überlief sie.

„Entschuldige, Ty!" Sie fuhr sich mit der Hand verlegen durchs Haar. „Ich glaube, ich muss jetzt einfach allein sein." Sie brachte ein schwaches Lächeln zustande. „Am besten, ich tobe mich noch ein bisschen am Heu aus."

„Okay." Ty drückte ihren Arm. „Wenn du jemanden zum Reden brauchst, weißt du ja, wo du mich findest."

Ihr wurde warm ums Herz. „Das ist lieb von dir, danke!"
„Ich bin immer für dich da." Er ging mit einem Lächeln.

Nachdem sie mit den Heunetzen fertig war, arbeitete Amy verbissen weiter. Sie begann, den angetrockneten Schlamm von den Weidedecken zu bürsten. Das war anstrengend. Ihr Gesicht glühte bald vor Hitze und sie war am ganzen Körper schweißgebadet. Aber die körperliche Anstrengung tat ihr gut. Egal, was ihr Vater sagte – er war nur für ein Wochenende hier, und wenn sie nicht wollte, musste sie ihn danach nie wieder sehen.

Sie legte gerade die letzte gesäuberte Decke zusammen, als sie vor der Sattelkammer Schritte vernahm.

„Amy?" Das war Lous Stimme.

Amy ging hinaus. Auf dem Hof wurde sie von ihrer Schwester und Tim erwartet.

„Dad will losfahren", sagte Lou.

„Aber ich komme morgen noch einmal", sagte Tim. „Ich würde dich gern auf dem Pferd sehen."

Amy nickte, antwortete jedoch nicht.

„Vielleicht gegen Mittag?", fuhr ihr Vater fort. „Reitest du eigentlich Turniere?"

„Ja", entgegnete Amy knapp. „Eigentlich wollte ich morgen starten." Sie verkniff sich hinzufügen, dass ihr das tausendmal besser gefallen hätte, als den Tag mit ihm verbringen zu müssen.

Tim lächelte. „Ich bin stolz auf dich. Als ich jung war, hätte ich keinen Wettkampf ausgelassen – um nichts in der Welt!"

Amy schwieg hartnäckig, und die Stimmung wurde wieder unbehaglich.

„Tja, dann fahre ich wohl besser“, sagte Tim schließlich.

„Verabschiede dich wenigstens von Daddy!“, bat Lou ihre Schwester mit flehendem Blick.

Widerstrebend gab Amy ihm die Hand.

„Ist es okay, wenn ich morgen Vormittag so gegen zehn komme?“, erkundigte sich Tim bei Lou.

„Ja, prima.“

Einen kurzen Augenblick lang glaubte Amy, dass er Lou umarmen wollte, doch plötzlich hielt er in der Bewegung inne und stieg ins Auto. „Bis morgen dann.“ Er startete, schloss die Tür, wendete und fuhr davon.

Amy wandte sich an Lou: „Kannst du morgen nicht irgendwas mit ihm unternehmen, einen Ausflug oder so was? Oder lass mich zu dem Turnier fahren! Ich muss ihn doch nicht unbedingt noch einmal sehen!“

„Du wirst dich gefälligst auf ihn einlassen!“, sagte Lou verbittert.

„Dann soll er nicht solche Dinge über Mom sagen!“, brauste Amy auf.

Lou versuchte, die Fassung zu bewahren. „Amy, ich weiß, dass es heute nicht einfach für dich war, für mich doch aber auch nicht …“

„Für dich auch nicht?“, wiederholte Amy. Es klang schon nicht mehr ganz so aufsässig, eher wie eine ehrliche Frage.

Lou wirkte plötzlich traurig. „Es war ganz anders, als ich es mir vorgestellt hatte. – Aber egal“, sie klang plötzlich barsch, „es wird besser werden, ganz bestimmt. Wir müssen einander erst einmal kennenlernen. Wir sind uns fremd geworden. Das ist ganz normal. – Amy, ich *bitte* dich, es noch einmal mit ihm zu versuchen!“

Amy sah ihre Schwester lange an. „Also gut“, lenkte sie schließlich ein, „ich werde mich morgen zusammenreißen.“

Amy war noch beim Tränken, als ihr Vater am nächsten Morgen ankam.

Die Haustür wurde geöffnet und Lou, die das Auto offenbar auch gehört hatte, ging ihm entgegen.

Tim stieg lächelnd aus.

„Du bist aber früh dran!“, sagte Lou strahlend, „es ist gerade mal halb zehn!“

„Ich sah keinen Sinn darin, mich im Hotel zu langweilen, wenn ich doch hier mit euch zusammen sein kann!“ Er winkte zu Amy hinüber. „Hallo!“

Amy dachte an Lou, lächelte höflich zurück und hob die Hand zum Gruß.

„Hast du schon gefrühstückt, Daddy, kann ich dir irgendwas anbieten?“, fragte Lou.

„Bloß kein Essen!“, wehrte Tim ab. „Im Hotel gab's ein riesiges Frühstücksbüfett. Aber gegen Kaffee hätte ich nichts einzuwenden.“

„Gerne! Komm rein!“ Lou blickte zu Amy hinüber. „Was ist mit dir?“

Amy schüttelte den Kopf. „Tut mir leid. Ich habe noch massig zu tun!“ Sie sah, wie Lous Augen sich verengten, dennoch fuhr sie fort: „Ben ist zum Turnier gefahren – ich kann Ty nicht mit der ganzen Arbeit allein lassen!“

„Wenn das so aussieht, verzichte ich auf den Kaffee“, sagte Tim plötzlich, „ich kann doch mit anpacken!“

Amy erschrak. Das hatte sie nun ganz und gar nicht gewollt! Sie machte eine abwehrende Handbewegung. „Oh, nein, das ist nicht nötig …“

„Kein Problem!“ Ihr Vater kam zu ihr herüber. „Sag mir einfach, was ich zu tun habe!“ Er lächelte. „Ehrlich gesagt – es würde mir Spaß machen! Die Stallarbeit fehlt mir, wenn ich von zu Hause weg bin.“ Er sah zu Lou. „Machst du auch mit? Dann können wir uns draußen unterhalten.“

Lou zögerte. „Meinetwegen“, willigte sie schließlich ein, „ich gehe mich umziehen.“ Sie verschwand im Haus.

„Also, wo soll ich anfangen?“, wollte Tim von Amy wissen.

Sie schluckte. Eigentlich war die Behauptung, dass noch so viel zu tun sei, übertrieben gewesen. Gerade *weil* Ben fehlte, hatte Ty heute zwei Stunden früher angefangen und das meiste schon erledigt – die Boxen waren ausgemistet, Stall und Hof gefegt.

Tim deutete Amys Schweigen falsch. „Glaub nicht, dass ich mir für irgendwas zu schade bin. Es macht mir nichts aus, Mist zu kratzen oder Eimer zu schrubben!“

„Na ja, vielleicht könntest du ein paar Pferde putzen“, gab Amy schließlich nach.

„Natürlich, zeig mir einfach, welche.“

Amy unterdrückte ihren inneren Aufruhr, während sie neben ihrem Vater zur Sattelkammer lief, um Putzzeug zu holen. Sie hatte den Eindruck, dass er sehr wohl überblickt hatte, wie viel – oder wie wenig – noch zu tun war. Schließlich kannte er das Geschäft. Er wollte sich einfach nicht abschütteln lassen! Ist mir egal, was er denkt, ging es Amy durch den Sinn.

Eine andere Stimme in ihrem Kopf widersprach: „Vielleicht meint er es wirklich nur nett!"

„Hier ist der Putzkasten", sagte sie, wobei sie ihm eine Kiste vom Regal reichte, „du kannst Rosie und Jake putzen. Rosie ist das Appaloosa da hinten und Jake ist der Wallach daneben."

„Die Halfter ..."

„... hängen an den Boxentüren."

Sie verschränkte die Arme und blickte ihrem Vater trotzig nach, als er sich auf den Weg zu Rosie machte. „Du bist gemein!", sagte ihre innere Stimme, und plötzlich besann sie sich und rief ihm nach: „Hey, warte! Vielleicht halftere ich Rosie lieber selbst auf, sie ist kopfscheu. Deswegen hat man sie hergebracht. Bisher lässt sie sich das nur von Ty und mir gefallen."

Ihr Vater stellte das Putzzeug vor Rosies Box ab und betrachtete das Pferd. „Sie wirkt freundlich. Meinst du nicht, dass es auch einmal ein Fremder mit dem Aufhalftern versuchen sollte? Ich könnte es wenigstens probieren."

Alles in Amy sträubte sich gegen diesen Vorschlag. Die Heartland Farm war *ihr* Territorium, es war Marions Territorium gewesen. Sie wollte nicht, dass ihr Vater davon Besitz ergriff. Aber wie sollte sie ihm das sagen?!

„Ich komm schon damit klar, wenn sie scheuen oder steigen sollte, Amy", sagte Tim, bemüht, nicht herablassend zu klingen, „ich bin kein Anfänger!"

Amy fand einfach keine Erwiderung Schließlich zuckte sie mit den Achseln und meinte widerstrebend: „Na, gut."

Als Tim die Boxentür öffnete, döste Rosie weiter mit halb geschlossenen Augen vor sich hin, ohne von ihm Notiz zu nehmen.

„Ist das normal?“, fragte er. „Sie kommt mir so apathisch vor.“

„Ja, sie steht immer so blöd rum“, antwortete Amy grob. Am liebsten hätte sie Tim das Halfter aus der Hand gerissen.

„Bist du sicher, dass sie gesund ist?“

„*Ja* doch!“

Tim wollte zu einer Entgegnung ansetzen, ließ es dann aber bleiben. „Entschuldige“, sagte er lediglich, „du kennst eure Pferde natürlich am besten.“

Amy nickte, doch in Wirklichkeit spürte sie Zweifel. Schließlich hatte sie sich selbst auch schon Gedanken über Rosies Teilnahmslosigkeit gemacht. Und Tim war ein Pferdekenner, das ließ sich einfach nicht leugnen.

„Hallo, Mädchen!“, sprach Tim die Stute an.

Sie hob den Kopf ein wenig. Tim wartete, bis sie aus eigenem Antrieb näher kam und an seiner ausgestreckten Hand schnupperte. Dann trat er behutsam neben ihren Kopf, wobei er fortwährend leise auf sie einredete. Mit unaufwändigen, routinierten Bewegungen schob er Rosie den Nasenriemen über die Nüstern, führte rasch den Genickriemen hinter den Ohren entlang und hakte den Verschluss ein.

Amy wartete darauf, dass Rosie explodierte – aber nichts geschah. Die Stute wich lediglich ein wenig zurück und stand dann wieder still.

„Brav“, lobte Tim und wandte sich dann an Amy. „Und sie war wirklich extrem kopfscheu?“

Amy nickte.

„Dann habt ihr ganze Arbeit geleistet."

Obwohl sie sich geschworen hatte, auf das, was ihr Vater sagte, nichts zu geben, fühlte Amy plötzlich Stolz. Verunsichert sagte sie: „Ich kümmere mich jetzt lieber um meine eigene Arbeit."

Amy putzte Sundance und machte sich dann auf die Suche nach Lou. Sie sollte ihr helfen, Blackjack und Crispin in die kleine Koppel, das Paddock, zu stellen. Doch Lou war nirgends zu finden. Irritiert erkundigte sich Amy bei Ty, ob der ihre Schwester gesehen habe.

„Sie hat irgendwas von Schreibkram erzählt", sagte Ty.

Amy ging zum Haus hinüber. Warum sollte Lou im Büro hocken, wenn sie wusste, dass ihr Vater draußen auf dem Hof war? Hatte sie nicht so viel Zeit wie nur möglich mit ihm verbringen wollen?

Amy betrat das Haus und ging zum Büro. Ty hatte Recht: Lou saß vor ihrem Laptop.

„Was tust du denn hier?", fragte Amy verwundert.

„Arbeiten, wie du siehst", antwortete ihre Schwester knapp.

„Und Dad?"

„Was ist mit ihm? – Er scheint doch überglücklich zu sein, dir helfen zu können."

Amy runzelte die Stirn. „Was hast du denn?"

„Gar nichts." An Amys hochgezogenen Augenbrauen sah Lou, dass sie ihr nicht glaubte. „Ty meint, dass es draußen eigentlich gar nichts mehr zu tun gibt. Deshalb, dachte ich mir, kann ich genauso gut mein Konzept zu Ende schreiben. Ich wäre doch sowieso überflüssig gewesen!“ Sie wandte sich wieder ihrem Laptop zu und fuhr fort zu tippen. Für sie war das Gespräch offensichtlich beendet.

Amy zögerte. Warum klang Lou nur so beleidigt? Da ihre Schwester jedoch nicht mehr bereit war, den Blick vom Bildschirm abzuwenden, tat Amy die Angelegenheit mit einem Achselzucken ab.

Sie entschloss sich, zunächst mit Rosie im Roundpen zu arbeiten. Vielleicht konnte sie diesmal den Grund für ihr Kopfschlagen herausfinden. Wie üblich begann sie mit einem Join-up: Sie scheuchte Rosie im Trab herum, bis das Pferd bereit war, ihr auf Schritt und Tritt zu folgen, was ziemlich schnell geschah.

Dann bemerkte Amy ihren Vater. Er stand am Zaun und beobachtete sie offenbar schon seit einiger Zeit. „Das ist ziemlich beeindruckend“, sagte er, als sie in seine Nähe kam. „Man nennt das Join-up, nicht war?“

„Richtig.“ Amy war erstaunt, dass er das wusste.

Tim sah die Verwunderung in ihrem Gesicht. „Oh, ich habe es letztes Jahr in England zum ersten Mal gesehen. Die Methode ist faszinierend und überzeugt mich sehr. Ich wollte sie selbst einmal ausprobieren. „Ich habe mich gerade ein wenig mit Ty unterhalten. Er hat mir von euren Therapien erzählt. – Ich denke, ihr leistet hier ganze Arbeit. Sich mit Problempferden zu befassen, sie zu korrigieren und geeignete Besitzer für sie zu finden, ist eine große Aufgabe. Schade, dass es nicht mehr solche Orte wie die Heartland Farm gibt.“

Seine Worte rührten Amy. Wie konnte sie ihn weiter ablehnen, wenn er so redete?

Er betrachtete Rosie. „Und – bist du mit ihrem Headshaking fertig geworden?“

„Pass auf!“, sagte sie.

Rosie war jetzt gelassen genug, um sich von Amy an den Ohren anfassen zu lassen. Aber es gab eine Stelle nahe der Narbe, wo sie noch immer keine Berührung duldete. Als sie scheute, schickte Amy sie erneut hinaus auf den Hufschlag. Nach weiteren zehn Minuten durfte die Stute wieder herankommen. Diesmal gestattete sie Amy, auch die Narbe vorsichtig abzutasten.

Amy blickte zu ihrem Vater hinüber. „Siehst du?“

Er nickte. „Im Prinzip trainiere ich meine Pferde nach derselben Methode: Fördere das Verhalten, das du wünschst, und alles andere ignoriere! Das funktioniert auch bei Springpferden. Meine großen Könner habe ich ganz genau so ausgebildet.“

Amys erstaunter Blick schien ihn zu überraschen. „Was ist? – Glaubst du, ich habe meine Pferde über die Hindernisse geprügelt?“ Er schüttelte den Kopf, als sie errötete. „Amy, du hast doch Pegasus gekannt. Glaubst du, ich wäre so weit mit ihm gekommen, wenn ich Gewalt angewandt hätte? Er war ein außergewöhnliches Pferd. Wenn man ihn als Partner akzeptierte, hat er das Letzte gegeben, aber wenn man versuchte, ihn zu etwas zu zwingen“, er lächelte, „landete man im Dreck.“

„Er ist auch später noch so gewesen“, sagte Amy. Bei dem Gedanken an den geliebten Schimmel traten ihr die Tränen in die Augen. „Er war absolut ehrlich – bis zum Ende.“

„Sag mir …“, fragte ihr Vater mit belegter Stimme, „… wie

er gestorben ist. Ich weiß, er hatte Krebs. Aber was genau ist passiert?"

Amy schluckte und streichelte abwesend Rosies Hals. „Es war nach Moms … Unfall. Ein paar Wochen lang ging es ihm noch gut. Dann aber schien er irgendwann zu begreifen, dass sie nicht wiederkommt. Dass sie niemals wiederkommt. – Er hörte auf zu fressen und wurde immer schwächer und dann …", sie schöpfte tief Luft, „… dann mussten wir ihn einschläfern lassen." Mit dem Handrücken wischte sie sich die Tränen aus dem Gesicht und sah zu ihrem Vater.

Auch er war bewegt. Amy betete, dass er jetzt nicht anfangen würde, von Marion zu reden, denn das wäre mehr gewesen, als sie ertragen konnte. Doch ihm schien es ähnlich zu ergehen. Mit einer Hand fuhr er sich übers Gesicht und rieb sich die Nasenwurzel. „Er fehlt dir, nicht wahr?"

Ein Kloß saß in Amys Kehle. „Unsäglich", presste sie hervor.

„Mir auch", sagte Tim leise, „er fehlt mir seit zwölf Jahren, fast genauso sehr wie ihr, Amy."

Von einer plötzlichen Erkenntnis überwältigt, starrte Amy ihren Vater an: Er war der einzige Mensch auf der Welt, der ihren Schmerz über all die Verluste des letzten Herbstes nachvollziehen konnte. „Möchtest du sehen … wo Pegasus begraben ist?", fragte sie leise.

Noch im gleichen Augenblick bereute sie ihre Worte. Die Stelle, wo Pegasus begraben war, hatte eine ganz besondere Bedeutung für sie. Doch es war zu spät. Sie konnte das Angebot nicht mehr zurücknehmen.

„Ja, sehr gern", antwortete er berührt.

Amy führte Rosie zu einer der Koppeln. Ihre Gedanken wirbelten durcheinander: Sie war gerade dabei, ihrem Vater Pegasus' Grab zu zeigen! Die Abneigung, die sie gegen ihn empfunden hatte – das Gefühl war verschwunden.

Aber was fühlte sie jetzt für ihn? Sie wusste es nicht, und das verwirrte sie.

Amy erreichte das Koppeltor, öffnete es und ließ Rosie frei. Die Stute trabte hinüber zu dem Bachlauf am anderen Ende des Paddocks und begann unter den Weidenbäumen am spärlichen Wintergras zu zupfen.

„Sie grast immer an der gleichen Stelle", sagte Amy.

„Ja, es ist seltsam, dass Pferde oft ihre Lieblingsplätze haben, um zu fressen", stimmte ihr Vater zu, „vielleicht meinen sie, dass das Gras dort besser schmeckt als anderswo."

Eine Weile betrachteten sie beide stumm das grasende Pferd.

„Pegasus", sagte Amy schließlich, „liegt dort drüben begraben."

8

Tim folgte Amy zu dem leeren Paddock. Selbst jetzt, im Februar, war das Gras grün, denn seit Pegasus' Tod hatte kein anderes Pferd mehr hier geweidet. In der Mitte stand ein Eichenschössling. An seinen schlanken Ästen zeigten sich erste Blattknospen.

Amy ging hinüber zu dem Bäumchen. Dort, wo im Herbst blanke Erde die Grabstätte bedeckt hatte, zeigten sich jetzt spärliche Grasspitzen.

Ihr Vater trat neben sie. Beide schwiegen für eine Zeit.

„Ich weiß noch, als du ganz klein warst", sagte er schließlich, „du wolltest einfach nicht bei deiner Mom bleiben, wenn ich mit Lou ausritt. Also musste ich dich vor mich auf Pegasus' Rücken setzen. Nicht ein einziges Mal hat er aus Übermut gebuckelt oder gedrängelt. Das hat er nur gemacht, wenn ich allein auf ihm saß."

Amy nickte. „Und ich weiß noch, dass ich zwischen seinen Hufen herumgekrabbelt bin, wenn Mom ihn geputzt oder seine Box ausgemistet hat. Einmal habe ich massenhaft bunte Bänder in seinen Schweif geflochten. Ich konnte es gar nicht erwarten, endlich groß genug zu sein, um ihn selbst striegeln zu können."

Tim lächelte. „Er war einzigartig!"

„Der Beste!"

„Und mutig." Sein Blick wanderte, in Erinnerungen versunken, in die Ferne. „Kein anderes Pferd wäre aus so engen Wendungen heraus im unmöglichsten Winkel abgesprungen. Aber er vertraute mir. Wenn ich ihm den Absprung vorgab, sprang er einfach …“ Er konnte nicht weitersprechen.

Amy wusste, dass er an den Unfall dachte, den er selbst verschuldet hatte – weil Pegasus ihm blind vertraute. Es ging um den Weltmeistertitel. Viel zu schnell, viel zu eng hatte er die Wendung mit dem großen Pferd geritten, um wertvolle Sekunden einzusparen. Der Absprung hatte nicht gepasst, aber folgsam wie immer hatte Pegasus den Hilfen seines Reiters gehorcht und das Unmögliche versucht. Dabei war er mitten in das gewaltige Oxer-Hindernis gestürzt. Tim atmete tief durch. „All die Jahre, die seitdem vergangen sind, machen es nicht leichter.“ Er sah Amy an. „Aber Pegasus hatte Glück im Unglück. Er hatte Marion und dich, die sich um ihn gekümmert haben.“

Amy sah den Schmerz über all die Verluste in den Augen ihres Vaters. Aber er hatte doch selbst Schuld! Was sollte sie sagen? Er entband sie einer Antwort, indem er seine Hand auf ihre Schulter legte. „Ich bin froh, dass du ihn auch so sehr geliebt hast.“

In diesem Augenblick spürte Amy, wie tief ihre Gemeinsamkeit war. Stumm standen sie an Pegasus’ Grab und die Liebe zu dem grauen Pferd verband sie.

„Na, dann“, sagte er schließlich leise. „ruh in Frieden, alter Junge, du hast es verdient.“ Er versuchte einen unbeschwerteren Tonfall anzuschlagen. „Jetzt will ich dich nicht länger aufhalten, Amy.“ Er lächelte fast heiter.

Amy konnte nicht anders. Sie erwiderte das Lächeln. „Ich denke, wir werden’s schaffen“, gab sie zu.

„Weißt du, es war mir ernst mit dem, was ich gestern gesagt habe", begann Tim, als sie an den Koppeln entlang zurück zum Hof liefen. „Es wäre großartig, wenn wir zusammen ausreiten könnten."

„Kein Problem. Reiten wir nach dem Mittagessen!"

„Meinst du, es gibt eine Chance, Lou zum Mitkommen zu überreden?"

Amy schüttelte den Kopf und ihr Vater seufzte: „Wo sie doch immer so gern ausgeritten ist!"

„Aus und vorbei", sagte Amy.

Ihr Vater bemerkte das Bedauern in ihrer Stimme und hakte nach: „Und das schafft Probleme zwischen euch, nicht wahr?"

Amy zögerte. Obwohl sie sich ihrem Vater jetzt viel näher fühlte als noch vor ein paar Stunden, war sie noch nicht bereit, mit ihm über ihre Differenzen mit Lou zu reden. Es wäre ihr wie Verrat an ihrer Schwester vorgekommen. „Nicht wirklich", antwortete sie ausweichend und lenkte das Gespräch schnell in eine andere Richtung: „So … ähm … was hältst du von Rosie?" Sie blieb stehen und blickte sich nach dem Paddock um, wo Rosie noch immer an derselben Stelle nahe am Bach stand. Doch anstatt zu grasen, knabberte sie jetzt an einem der kahlen Äste des Weidenbaums.

Amy fühlte den Blick ihres Vaters einen Moment zu lange auf sich ruhen. Doch dann ging er auf ihr Gesprächsangebot ein. „Oh, du hast bei Rosie ganze Arbeit geleistet." Er betrachtete die Stute nachdenklich. „Wenn man davon ausgeht, dass sie sich überhaupt nicht aufhalftern ließ – das zu erreichen, was du mir heute gezeigt hast, und nur binnen einer Woche, das ist großartig!“ In diesem Augenblick stieß Rosie den Kopf heftig auf und ab. Wäre es Sommer gewesen, hätte man meinen können, dass sie die Fliegen vertreiben wollte. Doch jetzt im Februar gab es keine Insekten.

Tim zog die Stirn kraus. „Dieses Kopfschlagen macht mir Sorgen. Du musst unbedingt die Ursache dafür finden. Irgendetwas stimmt mit der Stute nicht, ich kann dir nicht genau sagen, was, aber ich habe ein ungutes Gefühl. Vielleicht ist es diese Gelassenheit, die mir fast apathisch vorkommt.“

Amy war stolz und betroffen zugleich. Stolz auf das Lob ihres Vaters, betroffen von den Zweifeln, die er aussprach. Doch im Grunde war sie ihm dankbar für seine Offenheit. Sie selbst würde auch immer ehrlich über ihren Eindruck von einem Pferd reden, selbst wenn sie damit Sorgen und Bedenken schürte. Sie respektierte ihren Vater dafür, dass er das Gleiche tat. „Ich weiß“, gab sie zu, „ich habe mir auch schon Gedanken darüber gemacht.“

„Hast du sie mal einem Tierarzt vorgestellt?“

„Ja, sie ist gründlich untersucht worden, bevor sie zu uns kam. Es war alles okay. Aber als ihre Besitzerin sie nach der Untersuchung aufhalftern wollte, ist sie gestiegen und hat sich dabei den Kopf an der Trennwand gestoßen. Danach wurde es noch schlimmer. Deshalb hat die Besitzerin uns angerufen.“

Tim überlegte. „Sie hat sich den Kopf gestoßen? – Und das war *nach* der Tierarzt-Visite?“ Amy nickte. „Und das Kopfschlagen ist dann immer häufiger geworden, nicht wahr? – Vielleicht hat sie sich beim Steigen verletzt?“

Natürlich! Amy starrte ihren Vater an. Warum war sie nicht

selbst darauf gekommen! „Das ist die Erklärung!“, rief sie aus. „Und deshalb ist sie auch so apathisch – weil sie nicht gesund ist!“

„Sie könnte eine Splitterfraktur haben.“ Tims Augen verengten sich, während er das Pferd beobachtete. „Weißt du was, ich wette, das ist eine Korbweide, an der sie da knabbert.“ Er kletterte durch den Zaun.

„Korbweide?“ Amy kletterte hinterher.

Er ging jetzt zügig, das verletzte Bein ein wenig nachziehend, zu der Baumgruppe hinüber, wo Rosie stand, und untersuchte die Zweige. „Wusst ich's doch, Korbweide!“

Amy sah ihn erstaunt an.

„Ein natürliches Schmerzmittel“, erklärte Tim. „Pferde knabbern daran, wenn ihnen etwas wehtut. – Sag bloß, dass Marion dir das nicht beigebracht hat!“

„Nein, hat sie nicht!“, rief Amy aus. „Aber woher weißt du davon?“

„Hat mir mal ein alter Pferdekenner erzählt.“ Tim klopfte Rosie, die neugierig an seinen Jackentaschen schnupperte. „Armes Mädchen, bestimmt hast du Kopfweh.“ Er ließ seine Finger vorsichtig über ihren Kopf gleiten, untersuchte Nasenrücken, Jochbeine und Augenbögen. Gerade, als er einen bestimmten Punkt über dem linken Auge erreichte, riss Rosie den Kopf in die Höhe. Tim versuchte es erneut, aber jedes Mal, wenn seine Finger der Stelle nahe kamen, schlug das Pferd mit dem Kopf. „Hier ist es“, erklärte Tim ruhig, „genau über dem Auge drückt sie was. – Ich an deiner Stelle würde sie noch mal vom Tierarzt untersuchen lassen.“

Amy nickte und klopfte der Stute den Hals. „Ich rufe Scott an. – Wir kriegen schon raus, was dir wehtut, mein Mädchen."

Wenig später telefonierte sie mit dem Tierarzt. Er versprach, am nächsten Vormittag vorbeizukommen. „Mein Dad vermutet eine Fraktur über dem Auge", sagte Amy. *Mein Dad.* Plötzlich wurde Amy sich der ganzen Bedeutung dieses Wortes bewusst. Es klang seltsam – seltsam und gut. Sie blickte zu Tim, der an der Tischkante lehnte. Auch ihm waren ihre Worte offenbar nicht entgangen. Er lächelte.

„Ich wünschte, du könntest länger bleiben", sagte Amy unvermittelt zu ihm, als sie auflegte.

„Ich bin noch eine Woche lang in Virginia", sagte er. „Ich habe nämlich auch geschäftlich hier zu tun. Es spricht nichts dagegen, dass ich noch ein paarmal vorbeikomme. Das hätte ich gleich vorschlagen können, aber ich wollte erst einmal abwarten, wie sich die Dinge hier zwischen uns entwickeln. Wenn du willst, kann ich jeden Nachmittag …"

In diesem Moment kam Lou herein.

„Lou!", rief Amy aus, „Daddy bleibt noch eine ganze Woche, und er kommt uns jeden Tag besuchen!"

„Oh, fein", entgegnete Lou ohne Begeisterung.

„Amy hat mir Pegasus' Grab gezeigt", sagte Tim.

Lou warf Amy einen konsternierten Blick zu. Natürlich wusste sie, dass dieser Ort für Amy eine ganz besondere Bedeutung hatte. Amy wünschte sich, Lou irgendetwas erklären zu können … diese plötzliche Verbundenheit mit ihrem Vater. Doch ihr fehlten die Worte.

„Ich habe Amy beim Join-up zugesehen", fuhr Tim fort. „Es war großartig! Amy hat wirklich Talent!"

Amy fühlte sich glücklich. „Aber da bin ich nicht die Einzige", erwiderte sie, und an Lou gewandt: „Stell dir vor, Daddy hat herausgefunden, wo Rosies Headshaking herrührt. Wahrscheinlich hat sie eine Knochenabsplitterung überm Auge!"

„Nun, es freut mich, dass ihr die Ursache gefunden habt", sagte Lou kurz angebunden. Sie klang gereizt.

Was war denn nur los mit Lou? Vermutlich fühlte sie sich ein wenig ausgeschlossen. Deshalb erklärte Amy ihrem Vater rasch: „Du musst wissen, dass Lou diejenige war, der das Kopfschlagen zuerst aufgefallen ist, gleich am ersten Tag. Und sie hat auch von Anfang an gemeint, dass Rosies Ruhe irgendwie anormal ist."

„Du hattest den richtigen Riecher, Lou", sagte Tim lächelnd und fuhr fort: „Amy und ich wollen heute Nachmittag ausreiten. Kommst du mit?"

Lou hob abwehrend die Hände. „Ich hab zu tun, ich muss dieses Konzept fertig bekommen, damit wir heute Abend darüber entscheiden können." Sie mied den Blick ihres Vaters und verließ fluchtartig die Küche.

Amy blieb mit einem unguten Gefühl zurück. Warum benahm sich Lou ihrem Vater gegenüber plötzlich so abweisend?

Nach dem Mittagessen brachen Amy und Tim zu einem Ausritt auf. Amy ritt Sundance. Für ihren Vater hatte sie Moochie ausgesucht. Dass er sich bei seinem Reitunfall eine bleibende Verletzung zugezogen hatte, merkte man nicht mehr, sobald er im Sattel saß. Amy beobachtete ihn aus den Augenwinkeln. Geschmeidig und ohne den geringsten Aufwand dirigierte er das ihm fremde Pferd, spürte instinktiv genau das Maß an Hilfen, das Moochie benötigte. Dabei schien er überhaupt nicht auf das Pferd zu achten, sondern erzählte unbefangen von seinen Geschäften in Australien – dem Im- und Export von Sportpferden.

„Es macht Spaß", sagte er, „im Winter kaufst du einen zotteligen Dreijährigen mit Kullerbauch und dürrem Hals, an den kein Interessent auch nur einen zweiten Blick verschwenden würde – und im Herbst präsentierst du auf der Auktion ein fittes, gut gehendes Pferd unterm Sattel."

„Reitest du die Pferde selbst ein?", wollte Amy wissen.

„Nein, das lässt meine alte Verletzung nicht zu, noch ein paar Stürze mehr würde ich nicht vertragen. Aber ich überwache das Training in jeder Phase. Ich habe zehn Angestellte dafür." Er lächelte. „Du musst mich unbedingt einmal in Australien besuchen."

„Ja, unbedingt!" Vor ihnen am Wegesrand lag ein umgefallener Baumstamm. Amy fasste die Zügel kürzer. „Pass mal auf, wie Sundance springen kann!"

Amy galoppierte an und trieb ihr Pony auf den gewaltigen Eichenstamm zu. Mit gespitzten Ohren und runden, flüssigen Bewegungen sprang Sundance darüber.

„Na, was hältst du davon?", fragte Amy, als sie zu ihrem Vater und Moochie zurückkanterte.

Er schüttelte lachend den Kopf. „Wie sehr du deiner Mutter ähnelst! Du reitest genau wie sie!"

Amy brachte ihr Pony neben Moochie zum Schritt. Die

Worte ihres Vaters machten sie glücklich. Es hätte kein größeres Kompliment geben können!

Tims Blick war so zärtlich! Und plötzlich brach die Frage aus Amy heraus: „Warum, Daddy – warum hast du uns damals verlassen?“ Sie biss sich auf die Unterlippe und blickte rasch auf Sundances Mähne hinunter, aber die Frage ließ sich nicht mehr zurücknehmen.

Für einen Moment schwieg Tim. Dann seufzte er. „Feigheit, Schwäche. – Ich bin einfach nicht damit fertig geworden: Denk daran, dass ich damals im Rollstuhl saß. Ich hab gefürchtet, nie wieder laufen zu können. Meine Karriere als Springreiter war vorbei. Immer war ich fit und stark gewesen – und plötzlich nur noch Ballast für meine Familie. Ich glaubte, dass Marion besser ohne mich zurechtkommen würde. Ich wollte nicht, dass sie nur aus Mitleid bei mir bleibt, das hätte ich nicht ertragen. Darum bin *ich* gegangen, bevor *sie* ging.“

„Klammheimlich verschwunden“, korrigierte Amy und bemühte sich nicht, den Vorwurf aus ihren Worten herauszuhalten.

Ihr Vater sah ihr in die Augen. „Glaubst du, ich hätte es fertiggebracht, mich auch noch zu verabschieden? – Amy, versteh doch. Du, deine Mutter, Lou – ihr habt mir alles auf der Welt bedeutet. Ich hätte euch niemals Auf Wiedersehen sagen können und mich dann umdrehen und gehen!“

„Du hättest es nicht tun dürfen!“, protestierte Amy. „Mom hätte zu dir gehalten – nicht aus Mitleid, sondern aus Liebe!“

„Das habe ich später auch begriffen. Aber als ich wieder Kontakt zu ihr aufgenommen und um Verzeihung gebeten habe, war es *zu* spät. Sie konnte mir einfach nicht vergeben. Ich hatte sie zu tief verletzt. Ich war immer so stolz auf meinen Mut gewesen. Aber in dem Augenblick, als ich wirklich Courage gebraucht hätte, hab ich jämmerlich versagt. Wie ein Feigling bin ich davongelaufen, und dieser Fehler wird mich bis ans Ende meines Lebens verfolgen!"

Seine offene Reue rührte Amy, sie konnte nicht mehr zornig auf ihn sein. „Aber du hast jetzt Helena", sagte sie, „und Lilly."

„Sie geben mir Halt", sagte er und blickte ihr ins Gesicht.

„Erzähl mir von Helena, bitte!"

„Ich habe ihr einiges zu verdanken", sagte ihr Vater nachdenklich, „sie hat mir klargemacht, dass ich mir wegen der Fehler, die ich einmal begangen habe, nicht den Rest meines Lebens ruinieren darf und dass ich die Dinge, so wie sie sind, einfach akzeptieren muss." Er lächelte. „Vermutlich hätte Marion das sogar verstanden. Als wir noch zusammen waren, hat sie immer gesagt: ‚Es ist Zeitverschwendung, die Vergangenheit zu bereuen – lerne daraus, geh weiter und …‘"

„‚… freue dich auf die guten Zeiten, die vor dir liegen‘", schloss Amy. Sie kannte den Satz ebenso wie ihr Vater.

„Und das habe ich versucht zu tun und …" Ihre Blicke trafen sich. „daran will ich in Zukunft umso mehr festhalten."

„Du siehst ja richtig happy aus!", sagte Ty, als Amy ihr Pferd an ihm vorbei in die Box führte.

„Bin ich auch!", antwortete sie.

„Kann es sein, dass dein Daddy am Ende gar kein schlechter Kerl ist?", erkundigte sich Ty und folgte ihr in die Box.

„Volltreffer!“ Amy schlang den Arm um Sundance’ Hals und strahlte Ty an. „Weißt du, es ist, als ob ich Antwort auf so viele Fragen bekommen hätte! Endlich verstehe ich, was geschehen ist. Und mehr noch: Er versteht mich. Ich fühle mich wie …“ Sie suchte nach Worten. „… endlich angekommen.“

„Das ist wunderbar, Amy!“ Und ehe sie wusste, wie ihr geschah, presste er seine Lippen auf die ihren.

Amy erwiderte den Kuss. Es war der perfekte Abschluss eines großartigen Nachmittags.

Tim verabschiedete sich gegen sechs Uhr. Eine halbe Stunde später kam Großvaters Pickup auf den Hof gefahren. Amy und Lou gingen ihm entgegen.

„Wie war dein Wochenende, Grandpa?“, fragte Lou.

„Klasse!“ Er drückte Lou und Amy kurz an sich, gab sie wieder frei und sah ihnen forschend in die Gesichter. „Viel wichtiger aber: Wie war das eure?“

„Okay“, sagte Lou mit leichtem Zögern, „es war ganz okay.“

Jacks Blick war besorgt. „Aber nicht, wie du es dir vorgestellt hast?“

„Nein, nein, es war okay“, entgegnete Lou, „nicht wahr, Amy?“

„Oh ja!“, sagte Amy. „Es war richtig …“ – fast hätte sie gesagt „toll“, doch sie hielt sich gerade noch zurück, um Jacks Gefühle nicht zu verletzen, indem sie plötzlich von ihrem Vater schwärmte. Stattdessen vollendete sie: „ … in Ordnung. Wie Lou schon sagte.“ Sie überlegte, wie der Großvater ihre nächste Mitteilung wohl aufnehmen würde. Sagen musste sie es ihm schließlich: „Und – ähm – er wird uns nächste Woche auch noch besuchen. Täglich nach der Arbeit."

Jack presste die Lippen aufeinander. „Gut, wenn es euch glücklich macht", rang er sich schließlich durch zu sagen.

Amy wusste, wie schwer ihm diese Worte fielen. „Das tut es wirklich", sagte sie dankbar, „nicht wahr, Lou?!"

„Ja, klar", bestätigte Lou leichthin und wechselte rasch das Thema: „Komm doch endlich rein, Grandpa. Ich bin mit der Konzeption fertig geworden und würde wirklich gern mit dir und Amy darüber reden. Dann könnte ich morgen damit zur Bank gehen – euer Einverständnis dafür vorausgesetzt", fügte sie hinzu. „In dem Falle sollten wir den Kredit nämlich so schnell wie möglich beantragen – bevor die Grants zuschlagen können."

Sie gingen hinein. Während der Großvater sich umzog, half Amy ihrer Schwester, eine Pasta für das heutige Abendessen zuzubereiten.

Jack kam die Treppe herunter und setzte sich an den gedeckten Tisch. „Gut dann, weih uns in deine Pläne ein, Lou!"

Amy schmeckte die Sauce bolognese ab und ließ sie auf kleiner Flamme köcheln. Dann setzt sie sich zu Lou und Jack.

Lou händigte jedem eine Kopie ihres Wirtschaftsplans aus. „Werft einen Blick darauf, bevor wir darüber reden."

Amys Blick irrte über das eng beschriebene Papier: Zahlen über Zahlen! Daneben standen Bemerkungen wie „Anschaffungskosten", „Reinprofit" ... Die Worte kreisten in ihrem Kopf.

„Ihr könnt also sehen, dass es durchaus profitabel wäre", erklärte Lou nach einigen Minuten. „Wir hätten reguläre Einnahmen, genau das, was wir brauchen, um Amys Reha-Arbeit zu finanzieren." Ihre Augen leuchteten. „Wenn das Projekt erfolgreich läuft, könnten wir einen neuen Stall bauen, vielleicht sogar eine Reithalle. Und wir könnten so viel mehr Pferden helfen!"

Amy knabberte auf ihrer Unterlippe herum. Auf dem Papier sah alles plausibel aus, soweit sie es verstand – nichts dagegen zu sagen.

„Dennoch gehen wir ein Risiko ein", sagte Jack.

„Ja, aber Risiko gehört zu jedem guten Geschäft", entgegnete Lou. Sie sah ihn eindringlich an. „Es wird klappen, Grandpa, vertrau mir!"

„Also gut", sagte Jack nach einigem Zögern, „wenn Amy auch zustimmt, kannst du das Konzept einreichen."

Beide blickten zu Amy.

„Und – was sagst du?", fragte Lou.

Amy atmete tief durch. Sie wollte Lou nicht noch mehr verstimmen. Deshalb sagte sie widerstrebend: „Na gut, meinetwegen."

Lou seufzte erleichtert. „Es ist eine gute Entscheidung, Amy", rief sie enthusiastisch aus. „Wart's nur ab!"

Durchs Küchenfenster sah Amy Bens Jeep mit dem Pferdetransporter auf den Hof fahren. Er kam mit Red vom Turnier zurück. Sie sprang auf und lief hinaus.

9

„Wie ist Bens Turnier gelaufen?", erkundigte sich Soraya bei Amy am nächsten Morgen im Schulbus.

„Oh, er hat das Springen in seiner Schwierigkeitsklasse gewonnen", erzählte die Freundin, „er war ganz aus dem Häuschen!"

„Cool!" Soraya strahlte. „Vielleicht sollte ich heute Nachmittag mal rüberkommen und ihm gratulieren?"

Amy grinste. „... und vorschlagen, dass er zur Feier des Sieges mit dir ausgeht?"

„Klar! Das wäre doch ein unverfänglicher Anlass." Soraya bedachte Amy mit einem langen Blick. „Mal abgesehen von Lous Plänen mit der Reitschule, scheinst du ein ziemlich gutes Wochenende gehabt zu haben."

„Und ob!" Amy strahlte. „Ich hätte nicht geglaubt, dass ich mich mit meinem Vater so gut verstehen würde. Stell dir vor, er bleibt noch die ganze Woche über!"

„Und besucht euch?"

„Täglich!"

„Und wie hat dein Großvater eure Versöhnung aufgenommen?", erkundigte sich Soraya. „Wahrscheinlich war er nicht gerade glücklich darüber, oder?"

„Leider", musste Amy zugeben, „ihm wäre es lieber, wenn Daddy bleibt, wo der Pfeffer wächst ..."

„Und Lou – war sie froh?"

Amy starrte vor sich hin. „Wenn sie es wirklich war, dann hat sie eine komische Art, es zu zeigen."

„Wie meinst du das?"

Amy schüttelte den Kopf. „Sie war so mies gelaunt gestern. Sie hat Daddy regelrecht gemieden! Als er mir auf dem Hof geholfen hat, ist sie demonstrativ reingegangen, um vorm Computer zu hocken. Ich dachte ja auch, sie würde sich darüber freuen, dass Dad und ich so gut miteinander klarkommen, aber sie schien richtig sauer zu sein."

„Vielleicht hat sie sich ausgeschlossen gefühlt", mutmaßte Soraya. „Ich meine, wenn du dich mit deinem Vater über Pferde unterhalten hast, war das doch wahrscheinlich nicht Lous Ding."

Amy zog die Stirn kraus. „So was in der Art habe ich auch schon gedacht. – Natürlich haben wir laufend über Pferdekram gesprochen!" Dann fiel ihr der kurze Schlagabtausch zwischen Lou und ihrem Vater ein, als es ums Reiten ging. „Daddy glaubt, dass sie Angst vor Pferden hat."

„Meinst du das auch?"

„Eher nicht. Lou sagt, dass sie keine Angst habe, und eigentlich wirkt sie auch sicher im Umgang mit Pferden. Aber Fakt ist nun einmal, dass sie sich strikt weigert, in den Sattel zu steigen." Plötzlich kam Amy ein Gedanke. „Vielleicht ist sie Daddy deshalb aus dem Weg gegangen. Sie hat tatsächlich Angst und will es vor ihm nicht zugeben!"

„Vorsicht, Amy!", neckte Soraya, „du wirst noch Psychoanalytikerin!"

„Aber es könnte doch stimmen!“, beharrte Amy.

Der Bus hielt und Matt stieg ein. Er steuerte den freien Platz neben Soraya an.

Sofort ließ Amy das Thema fallen. Seit Matt mit Ashley ging, vermied sie es, in seiner Gegenwart über persönliche Dinge zu reden.

„Wie war dein Wochenende?“, fragte Soraya ihn.

„Na ja, nicht so berauschend.“ Er seufzte. „Ich hab mit Ashley Schluss gemacht.“

Amy und Soraya starrten ihn ungläubig an. „Du hast mit Ashley Schluss gemacht?!“, rief Amy aus.

„Ja-a“, bestätigte Matt genervt, „ich war doch nur ihre Marionette. Sie wollte alles bestimmen.“

„Wow!“, sagte Amy, ehrlich beeindruckt. „Bisher war immer Ashley diejenige, die Schluss gemacht hat.“

„Allzu schwer scheint sie's nicht genommen zu haben“, sagte Matt bedrückt.

„Ist es dir an die Nieren gegangen?“, fragte Soraya.

„Ach, Quatsch“, murmelte er.

„Sei froh, dass du sie los bist!“, sagte Amy und schrie im gleichen Augenblick auf, weil Soraya ihr den Ellbogen in die Seite stieß. Amy warf der Freundin einen empörten Blick zu, doch die beachtete sie gar nicht, sondern fragte Matt sanft: „Du hast sie wirklich gerngehabt, nicht wahr?“

„Wahrscheinlich schon“, gab er zu. Jetzt erst bemerkte Amy die Traurigkeit in seinen Augen. Er seufzte. „Ich weiß, dass ihr sie nicht leiden könnt, aber sie *ist* gar nicht so verkehrt, wirklich nicht. Wenn man mit ihr allein ist, benimmt sie sich ganz normal, sie kann sogar richtig lieb sein. Sie hat es auch nicht so einfach – ihre Mom ist nie für sie da, jedes Wochenende fährt sie zum Turnier … Das war schon immer so und daran hat sie einfach zu knabbern – auch wenn sie jetzt natürlich besser damit klarkommt als in den zurückliegenden Jahren."

„Es bricht mir das Herz!", fiel Amy ihm ins Wort. „Hör schon auf! Ich habe meiner Mom bei den Pferden geholfen, seit ich laufen konnte!"

„Sei nicht so gemein, Amy – deine Mutter hat dich nie wie eine Barbie-Puppe behandelt!", entgegnete Matt, und Amy bekam ein schlechtes Gewissen. „Ashley musste als Kind immer die Schönste sein, Trophäen gewinnen und ihr Name sollte in den Zeitungen stehen! Sie hat einfach immer nur versucht, es ihren Eltern recht zu machen!"

Amy sagte nichts darauf. Mag sein, dass Ashley es auch nicht ganz einfach hatte, trotzdem konnte sie ihr Gehabe einfach nicht ausstehen. Matt zuliebe verkniff sie sich die nächste bissige Bemerkung. Stattdessen drückte sie seinen Arm. „Du hast es richtig gemacht, du konntest dich schließlich nicht andauernd von ihr herumschubsen lassen."

„Ich weiß", sagte er, „ich wünschte nur, dass es mir leichter fallen würde."

Als Amy an diesem Nachmittag nach Hause kam, war ihr Vater schon da. Gemeinsam mit Ty putzte er Jake.

Amy winkte ihm zu.

Das ist mein Daddy, dachte sie und betrachtete ihn – staubige Jeans, das Putzzeug in der Hand. Es war eigenartig, ihn bei der Alltagsroutine auf der Farm zu sehen – aber auf eine angenehme Weise eigenartig.

Amy ging zur Putzstange hinüber, wo Jake angebunden war. „Du bist aber früh dran!“, sagte sie zu ihrem Vater.

„Ich war zeitig fertig“, erklärte er, „also dachte ich, ich könnte vielleicht auf der Farm helfen.“

„Es gab eine Menge zu tun“, sagte Ty. „Außerdem war Scott da und hat Rosie geröntgt.“

„Hat er was gefunden?“

„Einen Haarnadelriss über dem linken Auge. Es wird von selbst heilen, aber Scott hat uns Schmerzmittel für sie dagelassen. Ich habe vorgeschlagen, ihr Schwarzwurz zu geben, um den Heilungsprozess zu beschleunigen. Außerdem sollten wir sie um den verletzten Bereich herum mit Lavendelöl massieren. Das entspannt und nimmt den Kopfschmerz. Wir müssen nur vorsichtig sein und die Stelle nicht direkt berühren.“

„Hast du Sheri schon Bescheid gesagt?“, fragte Amy.

„Ja, sie war erleichtert, dass wir endlich die Ursache für das Headshaking gefunden haben. Scott meint, dass so ein Bruch ziemlich schnell verheilt. In vier Wochen ist sie wieder voll belastbar.“

„Na, also!“ Amy fiel ein Stein vom Herzen. Rosie würde es allmählich besser gehen, sie kannten endlich ihr Problem! „Und“, erkundigte sie sich, „wo sind Lou und Grandpa?“

„Jack ist weggefahren“, antwortete Tim. „Lou arbeitet im Büro.“

„Ich geh mich umziehen“, sagte Amy.

Während sie zum Haus hinüberging, überlegte sie, ob Lou

ihren Vater tatsächlich mied, weil sie sich vorm Reiten fürchtete …

Amy fand Lou am Küchentisch, über die Kassenbücher gebeugt. „Was tust du da?“, fragte sie die Schwester.

„Was meinst du wohl?“, entgegnete Lou knapp. „Ich arbeite.“

„Aber du hast das Konzept doch fertig! Wolltest du nicht heute damit zur Bank gehen?“

„War ich auch. – Aber es hat mich von allen anderen Dingen abgehalten, und ich bin mit der Buchhaltung arg hinterher.“ Sie strich sich mit einer ungeduldigen Geste das Haar aus der Stirn. „Und daran wird sich auch nichts ändern, wenn du hier rumstehst und auf mich einquasselst!“

„Sorry fürs Atmen!“, murmelte Amy und stürzte zur Tür. Die Klinke in der Hand, hielt sie jedoch noch einmal inne. Sie musste einfach etwas sagen. „Lou, ich kapier's einfach nicht! Ich dachte, du freust dich über Daddys Besuch. Ich dachte, du würdest jede freie Minute mit ihm verbringen wollen!“

„Schon richtig. – Nur hab ich keine freie Minute.“ Lou wandte sich wieder den Rechnungsbüchern zu. „Ich werde Daddy sehen, wenn ich hiermit fertig bin.“

„Gib doch wenigstens zu, dass es wegen …“ Amy brach ab. Sie erinnerte sich, wie empfindlich Lou auf Tims Frage, ob sie Angst hätte, reagiert hatte. Es war sinnlos, jetzt einen Streit vom Zaun zu brechen.

„Weswegen?“, fragte Lou scharf.

Amy zögerte und schüttelte dann den Kopf. „Egal, vergiss es!“ Sie öffnete die Tür. „Ich muss mich umziehen.“

Nachdem sie in ihre alten Jeans und die Stalljacke geschlüpft war, fiel Amy ein, dass sie unbedingt Mrs Newhart anrufen musste, um zu fragen, ob Jo-Ann versuchen dürfte, Feather zu reiten. Sie hatte Angst vor dem Gespräch, aber sie wollte es nicht vor sich herschieben. Ty hatte gesagt: „Wir müssen herausfinden, wie Feather sich bei Jo-Ann benimmt."

Es war riskant, aber sie hatten keine andere Wahl.

Amy ging in die Küche zum Telefon und wählte die Nummer.

„Donna Newhart!"

„Hallo, hier ist Amy Fleming von der Heartland Farm", meldete sich Amy und trug ihr Anliegen vor. „Feather hat sich hier die ganze Zeit über tadellos benommen", sagte sie. „Es gab nicht die geringsten Probleme. Meiner Einschätzung nach ist er absolut sicher."

Schweigen am anderen Ende der Leitung.

„Mrs Newhart?", fragte Amy schließlich.

Die Antwort kam zögernd: „Also gut. – Wenn Sie davon überzeugt sind, dass nichts passiert, darf Jo-Ann ihn reiten." Ihre Stimme wurde weich. „Aber bitte, passen Sie gut auf sie auf!"

Eine Stunde später war Amy gerade dabei, Rosie zu putzen, als Jo-Ann die Auffahrt heraufgeradelt kam. „Ich kann kaum glauben, dass Mom es erlaubt hat!", rief sie und warf das Rad hin. „Kannst du mir helfen, ihn zu satteln?"

„Aber sicher." Lächelnd legte Amy Striegel und Kardätsche beiseite.

Innerhalb von zehn Minuten war Feather gesattelt und

getrenst, und Jo-Ann wärmte ihn im Schritt auf dem Reitplatz auf.

Amy lehnte am Zaun und sah zu.

Ihr Vater trat neben sie. „Der sieht aber gut aus!“, meinte er. Der hübsche Grauschimmel strahlte viel von seiner arabischen Abstammung aus, lief mit hoch getragenem Schweif, gespitzten Ohren und rundem Hals.

„Seit er hier ist, benimmt er sich tadellos“, sagte Amy, „nichts hat ihn bisher aus der Fassung gebracht.“

„Wer weiß, was an dem Tag, als du ihn gesehen hast, in ihn gefahren ist. Pferde sind nun einmal unberechenbar.“

Amy dachte zurück. „Aber er machte auf mich nicht den Eindruck, dass er sich vor irgendetwas fürchtete. Er ist erst stehen geblieben und hat dann versucht vom Reitplatz abzuhauen und in den Stall zu rennen. Als Jo-Ann das verhindern wollte, ist er gestiegen.“

Jo-Ann ließ Feather antraben. Flüssig und mit federnden Bewegungen glitt das Pony über den Platz.

„Das Pferd ist absolut brav und gut ausgebildet“, kommentierte Tim.

Amy nickte. Doch sie hätte sich besser gefühlt, wenn sie etwas dafür getan hätte, *dass* es so war. Gut, sie hatten ein wenig T-Touch angewandt und ihn mit Veilchenöl massiert, aber das war auch schon alles. Er ist vollkommen zuverlässig, redete sie sich ein. Und doch lauerte da irgendwie ein Zweifel.

Am nächsten Morgen vermissten Amy und Soraya ihren Freund Matt im Schulbus. Doch als sie auf dem Weg zu ihrem Unterrichtsraum waren, holte er sie ein. „Hallo, Leute!“, rief er fröhlich, „Scott hat mich heute gefahren, lag für ihn am Weg.“

Verglichen mit dem Vortag wirkte er wie ausgewechselt. Amy sah ihn überrascht an: „Bessere Laune?“

Matt grinste. „Ashley hat mich gestern Abend angerufen und sich entschuldigt. Es tut ihr leid, dass sie mich so von oben herab behandelt hat. Sie möchte, dass wir es noch mal miteinander versuchen.“ Amy und Soraya starrten ihn entsetzt an.

„Du hast doch nicht etwa Ja gesagt?“, wollte Amy wissen.

„Natürlich hab ich Ja gesagt! Diesmal geht es gut, das weiß ich. Sie hat versprochen, sich zu bessern!“

Amy fühlte Wut in sich aufsteigen. „Und – was hat sie noch erzählt?“

Matt zuckte mit den Achseln. „Na ja, was man in so einer Situation so erzählt – dass ich anders bin als die anderen Jungen und so ’n Zeug.“ Sein Blick war flehend. „Kommt schon, freut euch doch für mich, wenigstens ein bisschen!“

Soraya seufzte. „Wir geben uns alle Mühe.“

Als Amy am Nachmittag von der Bushaltestelle nach Hause lief, wurde sie von Lous Auto überholt. Ihre Schwester hielt an und stieß die Beifahrertür auf. „Hallo, Amy, spring rein!“

Amy warf ihren Rucksack auf den Rücksitz und stieg ein.

„Wie war dein Tag?“, fragte Lou.

„Ganz okay, abgesehen davon, dass Matt wieder mit Ashley geht. – Ich habe keinen blassen Schimmer, was er an ihr findet.“ Sie versuchte, an etwas anderes zu denken. „Schon was von der Bank gehört, Lou?“

„Nein“, antwortete Lou, „aber wir werden bald nachhaken müssen, falls wir noch vor Green Briar den Zuschlag haben wollen.“

Lou parkte den Wagen vorm Haus, sie stiegen aus und gingen gemeinsam hinein.

In der Küche fanden sie den Großvater am Telefon. Seine Stimme klang kühl und distanziert. „Gut, ich werde es ausrichten.“ Er legte auf, ohne sich zu verabschieden.

Amy schwante nichts Gutes. „Wer war das?“, fragte sie.

„Euer Vater. Er sagt, er schafft es heute nicht herzukommen, er hat zu viel zu tun.“

„Oh“, sagte Amy enttäuscht.

Wortlos verließ der Großvater die Küche.

Amy seufzte. „Wenn Grandpa doch nur ein wenig besser mit Daddy klarkäme!“

Obwohl Jack am Vortag während Tim Flemings Besuch zu Hause gewesen war, hatte er konsequent jeglichen Kontakt mit seinem ehemaligen Schwiegersohn vermieden.

„Das wäre wohl auch zu viel verlangt“, kommentierte Lou. „Daddys Anwesenheit setzt ihn ziemlich unter Druck.“

Da war ein befremdlicher Ton in Lous Stimme, gerade so, als verurteilte sie Amy dafür, dass sie Jacks Gefühle nicht billigen würde. „*Du* warst doch diejenige, die Daddy unbedingt hier haben wollte!“, protestierte sie.

„Ich *weiß*“, erwiderte Lou scharf. „Ich sage auch nur, dass es hart für Grandpa ist!“ Sie wirkte aufgebracht. „Weißt du, wir hätten nicht zulassen sollen, dass Daddy uns noch eine ganze Woche lang aufsucht.“

Amy war bestürzt. War es wirklich Lou, die da sprach? *Die* Lou, die keine Ruhe gegeben hatte, bis sie ihren Vater endlich wieder gefunden hatte? „Ich versteh dich nicht!“, rief sie aus, „Alles, was du wolltest, war doch, Daddy endlich hier zu sehen! Aber du scheinst dich nicht besonders zu freuen!“

„Natürlich freue ich mich!“, entgegnete Lou ausweichend und flüchtete mit raschen Schritten in Richtung Treppe.

„Tust du nicht!“, rief Amy. „Was ist mit dir los, Lou?!“

Einen Moment lang glaubte sie, dass ihre Schwester sie einfach ignorieren würde. Doch dann blieb Lou stehen und sagte so leise, dass sie es kaum verstehen konnte: „Ich weiß es nicht … es ist eben alles ganz anders, als ich es mir vorgestellt hatte. Als hätten Daddy und ich uns überhaupt nichts zu sagen.“

„Natürlich ist er ein anderer als früher“, sagte Amy, „du musst ihn erst kennenlernen, so, wie er *jetzt* ist! Verbring mehr Zeit mit ihm!“

„Wie kann ich, wenn …“ Sie brach ab. „Ist doch ganz gleich. Vergiss es!“ Und sie verließ den Raum.

„Lou!“ Amy rannte ihr nach, die Treppe hinauf.

„Lass mich einfach in Ruhe!“ Lous Zimmertür fiel hinter ihr ins Schloss.

Einen Moment lang stand Amy davor und überlegte, ob sie hineingehen sollte. Aber das wäre sicher falsch gewesen.

Die Tür von Jacks Zimmer war ebenfalls geschlossen. Also ging Amy in ihr eigenes Zimmer, warf sich aufs Bett und drückte den Kopf in die Kissen. Ich will doch einfach nur, dass wir alle miteinander auskommen!, dachte sie frustriert.

Aber die Atmosphäre der Gereiztheit und Nervosität verschlimmerte sich eher noch. Von Tag zu Tag distanzierte sich Lou mehr von ihrem Vater, und Jack mied ihn weiterhin konsequent.

Das einzig Positive in all diesen Tagen war, dass Feather sich beständig gut benahm, sodass Amy am Freitag beschloss, Mrs Newhart auf die Farm einzuladen, damit sie ihre Tochter reiten sehen konnte.

Nach ihrer heutigen Arbeit mit Feather unternahm sie einen Ausritt mit ihrem Vater. Wie üblich saß sie auf ihrem Pony Sundance, während er Solo ritt, einen Vollblutwallach, dessen Rennlaufbahn wegen seiner schwachen Nerven beendet worden war. Auf Heartland begann er, sich vom nervösen, überreagierenden Galopper allmählich zum freundlichen Freizeitpferd zu entwickeln. Tim ritt ihn mit leichter Hand.

Als sie ihre Pferde entspannt am langen Zügel wieder auf den Hof lenkten, wurden sie von Lous Kleinwagen überholt.

Amy und ihr Vater saßen ab.

Die Autotür flog auf, und eine völlig veränderte Lou sprang heraus: Sie strahlte übers ganze Gesicht. „Ich hab eben die Post aus dem Briefkasten geholt!“ Sie wedelte mit einem Umschlag herum. „Der Brief von der Bank ist da! Wir *kriegen* den Kredit!“

Amy entrang sich ein „oh“, und sofort erlosch die Begeisterung ihrer Schwester. Das war nicht die Reaktion, die sie sich erhofft hatte.

„Ja, wirklich Klasse“, zwang Amy sich zu sagen, „toll.“ Aber es klang wenig euphorisch.

„Das hast du gut gemacht, Lou!“, sagte Tim. „Ein schlüssiges Konzept zuwege zu bringen, ist bestimmt keine leichte Sache!“

„Sobald Grandpa den Kreditvertrag unterschrieben hat, unterbreite ich den Youngs ein Angebot für das Land“, erklärte Lou. „Dann könnnen wir endlich eine feste Einkommensquelle für uns erschließen. Wir müssen keine Dollars mehr zusammenkratzen und können für die Zukunft planen. Dann geht es voran auf Heartland, das wird großartig!“

„Das hoffe ich für euch“, sagte Tim zurückhaltend.

„Skeptisch?“ Lous Augen verengten sich.

„Nun ja“, begann er vorsichtig, „ich weiß nicht, ob es gut ist, sich so Hals über Kopf in dieses Projekt zu stürzen. Du würdest damit auf der Farm eine Menge verändern.“

„Zum Guten!“, entgegnete Lou gereizt.

„Lou“, lenkte Tim ein, „ich sage doch nur, dass ein wenig Vorsicht bei so einem Unternehmen ganz angebracht ist!“

„Ich habe alles bedacht!“, erwiderte Lou. „Ich weiß, dass es funktionieren wird!“

In diesem Augenblick trat der Großvater vor die Tür. Er musste die erhobenen Stimmen gehört haben. „Was ist denn los, Lou?“

Sie antwortete nicht, sondern stürzte an ihm vorbei ins Haus.

Der Blick, den der Großvater Tim zuwarf, war eisig. „Ich weiß nicht, was du zu Lou gesagt hast, aber ich dulde es nicht, dass du meine Enkeltochter aufregst, ist das klar? Es ist wohl besser, wenn du uns jetzt verlässt!“

„Nein!“, protestierte Amy und griff dem Pferd ihres Vaters in den Zügel, als könnte sie auch ihn damit festhalten. „Geh nicht weg!“

„Es ist wohl das Beste, Amy", sagte Tim zurückhaltend. „Ich will hier keine Probleme machen. Lass uns die Pferde reinbringen, und dann fahre ich. Wir telefonieren."

„Aber Grandpa!", wandte sich Amy aufgebracht an Jack, „Daddy wollte Lou überhaupt nicht aufregen. Er hat lediglich gesagt, dass so ein Unterfangen wie diese Reitschule gut bedacht sein will, weil sich dadurch ziemlich viel auf Heartland verändern könnte! Lou fasst alles nur negativ auf! Daddy trifft absolut keine Schuld!"

Amy sah, wie Jacks Zorn sich legte. Dann nickte er langsam. „Okay, verstehe." Er sah Tim nachdenklich an. „Wenn es wirklich nur darum ging, dass du Lou einen guten Rat geben wolltest, dann entschuldige ich mich für meine heftige Reaktion. Ich stehe zurzeit ein wenig neben mir."

Tim schüttelte den Kopf. „Du brauchst dich nicht zu entschuldigen, Jack. Ich weiß ja, dass du Lou und Amy nur schützen willst, und glaub mir, ich bin dir dankbar dafür. Es ist nur – ich habe meine Erfahrungen mit Reitschulen und weiß, dass es ziemlich schwierig ist, sie gewinnbringend zu betreiben." Er streichelte abwesend Solos Nüstern. „Dennoch, ich akzeptiere, dass meine Meinung hier nicht gefragt ist. Ich hätte meine Einwände für mich behalten sollen."

Jack sah ihm fest in die Augen. Die Argumentation Tims imponierte ihm. „Nein, Tim, du hattest Recht. Wenn du fundierte Erfahrungen auf diesem Gebiet hast, dann darfst du hier auch deine Meinung äußern. Und außerdem", fügte er zögernd hinzu, „eine gestörte Beziehung zwischen Menschen wieder aufzubauen, kann nur heißen, dass sich dies auf Offenheit gründet."

Die letzten Worte hatte Jack mit besonderem Nachdruck geäußert.

Tim Fleming sah ihn an.

„Das stimmt allerdings. Und ich wollte eine neue Beziehung zu Lou und Amy auf Ehrlichkeit und Vertrauen gründen. Und, Jack, deine Unterstützung würde mir dabei sehr viel bedeuten."

Amys Blick wanderte zu ihrem Großvater. Der zögerte. Doch schließlich nickte er langsam. „Du *hast* meine Unterstützung."

Tim lächelte. „Danke. Das ist mehr, als ich erhofft hatte, Jack."

Amy fühlte eine tiefe Erleichterung. Jack hatte ihrem Vater zwar noch keine Freundschaft angeboten, doch der erste Schritt zur Versöhnung war getan.

„Wenn du es gestattest, rede ich noch einmal mit Lou", bat Tim, „ich hatte ja keine Ahnung, dass sie meine Bedenken so aufnehmen würde."

Der Großvater nickte zustimmend.

„Lass uns nur rasch die Pferde versorgen", sagte Amy zu Tim.

Sie brachten Solo und Sundance in ihre Boxen, sattelten ab und putzten sie kurz über, ehe sie gemeinsam ins Haus gingen.

10

Lou war in der Küche und deckte den Tisch. Sie tat es mit heftigen, wütenden Bewegungen.

Ihr Vater blieb im Türrahmen stehen, während Amy an ihm vorbei in den Raum schlüpfte.

„Hey, Lou“, sagte er behutsam, „ich hätte wissen müssen, wie viel die Reitschule dir bedeutet. Ich wollte dich nicht vor den Kopf stoßen, wirklich nicht! Aber solch ein Unterfangen will nun einmal wohl überlegt sein …“

„Ich hab’s mir *wohl überlegt*!“, fiel Lou ihm ins Wort.

„Ja doch, bestimmt hast du das!“ Tim ging ein paar Schritte auf sie zu. „Lou, bitte“, sagte er freundlich, „lass uns nicht streiten! Ich hab doch nur noch einen Tag mit euch gemeinsam!“

Lou ging an ihm vorüber, zögerte, trat dann ans Fenster und sah hinaus. Amy und Tim warteten schweigend. Stille breitete sich aus.

Endlich räusperte sich Lou. Sie drehte sich wieder um. „Du hast ja Recht. Entschuldige, dass ich so aufgebraust bin. Aber, wie du schon sagst, mir liegt sehr viel an dem Projekt, und ich halte es nun einmal für eine wirklich gute Idee.“

„Das weiß ich jetzt,“ sagte Tim. Er trat neben sie und einen Moment lang sah es so aus, als wollte er den Arm um Lous Schulter legen, tat es dann aber doch nicht. „Und … wann willst du dein Angebot unterbreiten?“

„Eigentlich wollte ich die Youngs gleich anrufen."

Die Tür wurde geöffnet und der Großvater trat ein.

Lou nahm an, dass er ihre letzten Worte gehörte hatte, und fügte hinzu: „Ist das okay, Grandpa?"

Er nickte und bedeutete Tim, sich zu setzen. Amy nahm zwischen den beiden Platz, während Lou ins Büro ging, um dort ungestört zu telefonieren. Amy konnte einfach nicht glauben, dass das Projekt Reitschule jetzt wirklich in die Tat umgesetzt werden sollte. Alles würde sich verändern auf der Farm!

Schließlich kam Lou zurück in die Küche. Sie wirkte verstimmt.

„Was haben sie denn gesagt?", drängte Amy.

„Sie haben schon ein Angebot erhalten!"

„Green Briar!", platze Amy wütend heraus.

„Die Youngs wollten nicht sagen, von wem", antwortete Lou, „aber ich bin mir sicher, dass du Recht hast. – Also habe ich unser Gebot noch einmal erhöht. Jetzt müssen wir abwarten. Höher kann ich, ehrlich gesagt, kaum gehen."

„Wann werden sie sich entscheiden?", wollte Jack wissen.

„Innerhalb der nächsten vierundzwanzig Stunden", sagte Lou.

Obwohl Ty am nächsten Tag, dem Sonnabend, eigentlich frei hatte, kam er morgens, um beim Füttern und Ausmisten zu helfen. Allerdings konnte er nur für ein paar Stunden bleiben, weil er seiner Mutter versprochen hatte, ihr heute bei den Einkäufen zu helfen. Als er wieder ins Auto stieg, trat Tim auf ihn zu, um sich zu verabschieden.

„Es war schön dich kennenzulernen, Ty“, sagte er herzlich, „und was ich mir von dir in dieser Woche abgeguckt habe, war sehr interessant und wird hilfreich für mich sein.“

„Gleichfalls“, sagte Ty lächelnd. „Das mit der Korbweide werde ich so schnell nicht vergessen.“

Jetzt kam auch Amy zu ihnen.

„Rufst du mich heute Abend an?“, wandte sich Ty an sie.

Amy nickte. Obwohl er es nicht laut aussprach, wusste sie, was er meinte: dass sie mit ihm reden könnte, nachdem ihr Vater abgereist war.

Er ließ den Motor an, winkte noch einmal kurz und fuhr vom Hof.

„Sympathischer Junge“, sagte Tim und bedachte Amy mit einem vielsagenden Blick.

Sie lächelte offen. „Ja, das ist er.“

Tim machte eine Armbewegung, die den ganzen Hof umfasste. „So, was gibt's jetzt noch zu tun?“

„Die restlichen Boxen säubern, den Misthaufen aufschichten, den Hof und die Futterkammer fegen ...“

Tim legte ihr die Hand auf die Schulter, um die Litanei zu beenden. „Ich hab's erfasst und greife zum Besen.“

Wenig später traf Jo-Ann ein. Sie packte ebenfalls mit an und begann dann Feather zu putzen. Ihre Mutter hatte sich erst zwei Stunden später angekündigt.

Als Amy den Wagen von Mrs Newhart auf den Hof fahren sah, stellte sie den Besen beiseite, rannte zu Feathers Stall und rief Jo-Ann. „Deine Mom ist da!“

„Oh, nein!“ Das Mädchen stöhnte.

„Mach dir keine Sorgen!“, versuchte Amy sie zu beruhigen, „wenn Feather gesattelt ist, bring ihn zum Reitplatz, aber sitz nicht auf, bevor ich auch da bin!“

Amy ging wieder zurück. Inzwischen war Lou aus dem Haus gekommen und unterhielt sich mit Jo-Anns Mutter. Beim Näherkommen bemerkte Amy, wie angespannt Mrs Newharts Miene war. „Wenn ich doch nur wüsste, was das Beste für sie wäre!“, hörte Amy sie sagen. „Wenn Jo-Ann irgendetwas zustieße, würde ich mir das nie verzeihen!“ Sie seufzte. „Hätte sie sich doch nur ein anderes Hobby ausgesucht! Aber ich kann sie einfach nicht vom Reiten abhalten! Sie liebt Pferde über alles!“

Lou nickte verständnisvoll. „Ich kann Ihre Sorge gut nachvollziehen.“

Mrs Newhart lächelte dankbar. „Wissen Sie, auf allen anderen Reiterhöfen, wo Jo-Ann bisher war, wurde ich als verrückte, neurotische Mutter angesehen. Aber ich kann's nicht ändern. Nach allem, was passiert ist ...“ Sie brach ab, und ihr Blick schweifte in die Ferne.

„Das glaube ich“, sagte Lou freundlich. „Ist Feather gesattelt?“, erkundigte sie sich bei Amy.

Diese nickte. „Jo-Ann führt ihn gerade zum Reitplatz.“

„Sie wird doch nicht etwa unbeaufsichtigt reiten?“, fragte Mrs Newhart ängstlich.

„Nein, ich habe ihr gesagt, dass sie auf uns warten soll.“

Als Amy und Mrs Newhart zum Reitplatz kamen, war Jo-Ann gerade dabei, Feathers Hals mit T-Touch zu massieren. Doch das Pony war heute ungewöhnlich aufgeregt. Es tänzelte seitwärts, und Jo-Ann riss es am Zügel zurück. „Hallo, Mom“, sagte sie nervös.

Amy ging zu ihr hinüber „Bist du so weit?“

Jo-Ann nickte und atmete tief durch. Sie zog die Steigbügel herunter und gurtete nach.

„Nun mach nicht so ein Gesicht!“, versuchte Amy sie aufzumuntern. Sie hielt Feather fest, damit das Mädchen aufsitzen konnte.

Mit einem ängstlichen Blick zu ihrer Mutter stellte Jo-Ann einen Fuß in den Steigbügel.

Feather wich zur Seite. „Ruhig, Junge!“, murmelte Amy. Aber das Pferd schlug mit dem Kopf und trat noch weiter zur Seite, sodass Jo-Ann – den linken Fuß noch immer im Steigbügel, die Hände am Sattel – auf einem Bein hinterherhüpfen musste.

„Sieh dich vor!“, rief Mrs Newhart.

„Steh jetzt!“, befahl Amy dem Pferd mit fester Stimme. Zwar ließ Feather seine Reiterin jetzt aufsitzen, doch kaum war sie im Sattel, stürmte er los. Amy hielt ihn jedoch am Trensengebiss fest.

„Reite erst mal Schritt, damit er sich entspannt!“, riet sie Jo-Ann, während diese die Steigbügel aufnahm und die Zügel ordnete. Obwohl Amy versuchte zuversichtlich zu klingen, fühlte sie Zweifel in sich aufsteigen. War Feather wirklich sicher? Warum war er ausgerechnet heute so nervös? Noch nie hatte er sich so aufgeführt!

Jo-Ann legte die Schenkel an, um ihn vorwärts zu treiben, doch Feather wich stattdessen zurück.

Amy schnalzte mit der Zunge und klatschte ihm mit der Hand auf die Kruppe. „Los jetzt!“

Plötzlich machte Feather einen Satz, und Jo-Ann warf sich mit aller Kraft nach hinten und riss am Zügel, um ihn zu bremsen. „Ruhig!“ Sie warf einen erschrockenen Blick zu ihrer Mutter. Statt im Schritt zu laufen, fiel das Pony jetzt in einen Zockeltrab und kämpfte gegen den Zügel.

Jetzt kamen auch Lou und Tim hinzu. „Wird das gut gehen?“, fragte Lou ihre Schwester leise.

„Aber ja doch!“, antwortete diese entgegen ihren Befürchtungen. Sie sah, wie Mrs Newhart die oberste Zaunstange so krampfhaft umklammert hielt, dass ihre Fingerknöchel weiß hervortraten.

Tim trat dicht hinter Amy und murmelte ihr ins Ohr: „Das Mädchen ist völlig verkrampft, das Pferd spürt das, so wird das nichts!“

Amy nickte besorgt. Jo-Anns Schultern waren nach vorn gezogen, sie hielt die Zügel viel zu straff. Auf der gegenüberliegenden Seite des Reitplatzes machte Feather auf der Hinterhand kehrt und versuchte, in Richtung Ausgang zu galoppieren.

Jo-Ann hielt ihn gewaltsam zurück, jedoch ohne den Zügel wieder nachzugeben, wodurch sich die Spannung im Pferd nur noch verstärkte. Mit hoch erhobenem Kopf versuchte es, sich der Reiterhand zu entziehen, und wich erneut seitwärts aus.

„Lass locker!“, rief Amy. Was war denn nur mit Feather los? In den ganzen zwei Wochen, die er nun auf Heartland war, hatte er sich nicht ein einziges Mal auch nur ansatzweise so aufgeregt! Warum ausgerechnet heute?!

„Komm lieber runter und lass es Amy einmal versuchen!“, rief Mrs Newhart angstvoll.

„Das geht schon, Mom!“, entgegnete Jo-Ann verbissen. Sie riss Feather herum, schlug ihm die Hacken in die Seiten und dirigierte ihn wieder in die Mitte des Platzes.

Tim stieß Amy sacht an. „Ich denk mal, die Kleine sollte aufhören, sich um ihre Mutter zu kümmern, und endlich anfangen zu reiten!“

Natürlich, das war es! Ihr Vater hatte den Nagel auf den Kopf getroffen! „Das hätte mir gleich einfallen sollen!“, sagte Amy zu Tim. „Das *kann* heute nicht gut gehen mit den beiden.“ Und schon war sie durch den Zaun geschlüpft und eilte dorthin, wo Jo-Ann verzweifelt mit dem widerspenstigen Pony kämpfte – das immer aufs Neue versuchte, rückwärts zu laufen und sich dem Willen seiner Reiterin zu entziehen.

Ruhe bewahren, nicht rennen, nicht rufen!, mahnte Amy sich selbst, während sie sich dem unglücklichen Paar näherte.

Da auf einmal preschte Feather aus der Rückwärtsbewegung nach vorn, und Amy hörte Mrs Newhart hinter sich aufkreischen.

Jo-Ann verlor die Steigbügel, blieb aber sitzen und hackte dem Pony trotzig die Absätze ihrer Schuhe in die Seiten. Dabei hielt sie die Zügel straff, aus Angst, das Tier könnte wieder losrennen. Diese widersprüchliche Hilfengebung musste das Pferd nur noch mehr verwirren.

„Hör auf, Jo-Ann!“ Amy versuchte, ihre Stimme ruhig zu halten. Nur noch wenige Schritte, und sie hätte das Mädchen erreicht!

Noch einmal hieb Jo-Ann dem Pferd die Schenkel in die Weichen.

Amy schnellte vor, um Feather in den Zügel zu fallen. „Komm runter!“ – Doch es war zu spät.

11

Feather stieg kerzengerade in die Luft.

„Jo-Ann!“, brüllte Mrs Newhart entsetzt.

Einen schrecklichen Augenblick lang glaubte Amy, dass Feather sich rückwärts überschlagen würde. Doch Jo-Ann schaffte es gerade noch, ihr Gewicht nach vorn zu werfen und den Hals des Pferdes zu umklammern.

Kaum hatten die Vorderhufe des Ponys den Boden berührt, griff Amy in den Ring des Trensengebisses. „Ruhig jetzt!“

Mrs Newhart kam über den Platz gerannt. „Bist du okay, Jo-Ann?“

Das Mädchen war blass, aber es nickte.

Trotz ihrer Absatzschuhe stöckelte Mrs Newhart in beachtlichem Tempo auf sie zu.

Jo-Ann glitt vom Rücken des Pferdes, dessen Flanken dampften und bebten. „Mom, bitte!“

„Du wirst dich nie wieder auf dieses Pferd setzen!“ Sie umarmte das Mädchen heftig.

„Ist doch gut, Mom, ist ja nichts passiert!“ Jo-Ann versuchte, sich der Umarmung zu entziehen.

Mrs Newhart war den Tränen nahe. „Es reicht! Das Pony muss weg!“

„Aber, Mrs Newhart, ich habe eine Erklärung!“, mischte Amy sich ein. „Geben Sie Feather noch eine Chance!“

„Noch eine Chance?!", wiederholte Jo-Anns Mutter empört, „Na, Sie haben vielleicht Nerven!" Sie wurde immer lauter. „Haben Sie mir nicht gesagt, er sei sicher? Er hätte meine Tochter umbringen können."

„So lassen Sie mich wenigstens erklären …", setzte Amy an, doch Mrs Newhart fiel ihr ins Wort. „Nichts da! Ich will keine Erklärungen mehr hören. Jo-Ann, du reitest dieses Pony nie wieder!"

„Aber, Mom!", protestierte das Mädchen.

Mrs Newhart zerrte sie am Arm vom Platz. „Nein, Jo-Ann, ich habe Feather eine zweite Chance gegeben, und jetzt reicht es! Ich bin nicht bereit, es noch einmal zu versuchen. Du weißt, was deiner Großmutter zugestoßen ist. Ich werde nicht zulassen, dass ein Pferd auch *dein* Leben ruiniert. Komm jetzt mit nach Hause, sofort!"

„Aber …"

„Kein ‚aber', Jo-Ann, und wenn ich dich einsperren muss, um dich von diesen Tieren fernzuhalten!"

Jo-Ann begriff, dass es ihrer Mutter bitterernst war. Sie brach in Tränen aus, riss sich los und rannte über den Hof zum Auto. Ihre Mutter folgte ihr mit langen Schritten.

„Mrs Newhart, so warten Sie doch!", rief Lou.

Amy stöhnte und barg das Gesicht in Feathers Mähne. Er schnupperte freundlich an ihr. „Ach, Feather", seufzte Amy. Der Blick des Pferdes war immer noch verängstigt. „Jetzt hast du's wirklich vermasselt!" Amy war wütend auf sich selbst, weil sie die Ursache für ein Problem, das so auf der Hand lag, nicht erkannt hatte. Der Vorfall hätte vermieden werden können!

„Bist du okay?“, vernahm sie plötzlich Tims Stimme hinter sich.

„Ehrlich gesagt, nein.“

„Mach dir keine Vorwürfe!“, sagte ihr Vater sanft. „Du hieltest ihn für sicher. – Daran hätte ich auch nicht gezweifelt.“

Amy schüttelte den Kopf. „Es hat mich die ganze Zeit schon beunruhigt, dass bei ihm absolut nichts zu finden war.“ Frustriert kickte sie einen Stein beiseite. „Wenn mir nur eher ein Licht aufgegangen wäre, hätten wir die Sache ganz anders angehen können!“

„Was meinst du?“

„Es liegt an Jo-Ann selbst – beziehungsweise an ihrer Mutter. Wenn sie zuschaut, ist Jo-Ann dermaßen verkrampft, dass sich die Anspannung auf Feather überträgt. Er ist ein unglaublich sensibles Pferd. Das ist ja eigentlich sein Vorzug. Dabei hat Jo-Ann mir selbst erzählt, dass Feather nur ganz selten gestiegen ist, doch leider hätte immer gerade dann ihre Mutter zugeschaut. Ich habe das nicht in Zusammenhang gebracht, ich dachte, es wäre einfach nur Pech gewesen.“

„Richtig erkannt“, pflichtete Tim ihr bei. „Das war vorhin auf den ersten Blick zu sehen. Dabei ist das ein alt bekanntes Phänomen: Der Reiter hat Angst, verspannt sich und die Spannung überträgt sich auf das Pferd. Es beginnt sich aufzuregen, der Reiter verkrampft sich immer mehr und so weiter und so fort …“

„Und Feather hat versucht, zum Tor zu laufen und vom Platz zu kommen“, folgerte Amy weiter, „als Jo-Ann das verhindern wollte, ist er in Panik verfallen, weil er aus einer Situation, die ihn ängstigte, nicht ausbrechen konnte! Deshalb wollte er Jo-

Ann loswerden und ist gestiegen!" Sie streichelte das Pferd. „Die Erklärung ist so einfach und so logisch. Er reagiert so einfühlsam auf den Reiter, dass man die Hilfen nur *denken* muss, damit er sich entsprechend verhält! Er hat einfach nur Jo-Anns Panik übernommen, weil ihre Mutter zuguckte!"

„Warum setzt *du* dich jetzt nicht einmal rauf und probierst, wie er geht?", schlug Tim vor.

Amy zog die Augenbrauen hoch. „Hast du denn keine Angst um mich, nach dem, was du eben gesehen hast?"

Er lächelte. „Wenn ich das Pferd wirklich für gefährlich hielte, dann würde ich dich nicht aufsitzen lassen, nein. Aber ich habe genau denselben Eindruck wie du."

Amy erwiderte das Lächeln. „Also dann!", sagte sie und saß auf.

Das Pony stand wie angewurzelt, während Amy in den Sattel glitt und die Steigbügel verschnallte. Dann trieb sie es mit sanftem Schenkeldruck vorwärts. Ruhig ging es erst eine Runde im Schritt. Dann verkürzte Amy die Zügel, trabte an und galoppierte schließlich links und rechts herum – alles ohne die geringsten Schwierigkeiten.

Schließlich parierte sie das Pony vor ihrem Vater durch.

„Ich hatte Recht!", rief sie begeistert.

„Gut gemacht!"

Sie sah Tim in die Augen, und plötzlich kam das Glück wie eine Riesenwelle über sie. Er versteht mich, dachte sie. Er ist mein Vater, wir haben die gleichen Gedanken! Am liebsten hätte sie laut gejubelt! Sie war seine Tochter, und trotz der zwölf Jahre, die sie ihn nicht gesehen hatte, gab es ein Band zwischen ihnen, das offenbar unzertrennlich war.

„Oh, Daddy! Du bist meiner Meinung! Das ist so ein großartiges Gefühl!"

Er sah sie gleichzeitig überrascht und freudig an. „Du nennst mich ‚Daddy'?"

„Weil du wirklich mein Vater bist!" Amy strahlte. „Du hast mir vertraut. Du hast mir geholfen, das Problem zu erkennen."

„Aber was habe ich schon getan? Du hast die Gelegenheit ergriffen und dich auf das Pferd gesetzt, um deine Theorie zu beweisen. Du warst einfach überzeugt." Seine grauen Augen ruhten auf ihrem Gesicht. „Amy, die bist unglaublich talentiert. Ich kann dir gar nicht sagen, wie stolz ich auf dich bin!"

Sie spürte einen Kloß im Hals. „Das bedeutet mir sehr viel", brachte sie mühsam hervor. In ihren Augen standen Tränen.

„Und ich bin sehr froh, dass du das sagst", antwortete Tim, ebenso aufgewühlt.

Hätte sie jetzt nicht auf Feather gesessen, wäre Amy in seine Arme geflogen.

Plötzlich waren rasche Schritte zu vernehmen.

Amy sah auf und war verwundert. „Lou!"

Das Gesicht ihrer Schwester war verzerrt. „Amy! Was hast du auf dem Pferd zu suchen! Runter da!"

„Halt, stopp, Lou!", rief Amy lachend, „Ich hab's geknackt. Feather ist völlig okay, er hat nur auf Jo-Anns Anspannung reagiert. Pass auf!"

Lou fiel ihr in den Zügel. „Nein!"

Amy war das Lachen mit einem Schlag vergangen. Lou war wirklich völlig aus dem Häuschen! „Aber es passiert nichts!", versuchte sie ihre Schwester zu beruhigen.

„Runter von dem Pferd!“ Lous Stimme überschlug sich hysterisch.

„Es ist alles in Ordnung, Lou“, mischte sich jetzt auch Tim besänftigend ein. „Amy hat ihn in allen Gangarten geritten. Er ist völlig klar im Kopf!“

Lou fuhr auf ihn zu wie eine Schlange. „Unfassbar, dass du das zugelassen hast!“

„Aber, ich …“, setzte Tim an.

Doch Lou kreischte: „Wie konntest du nur so verantwortungslos sein! Deine eigene Tochter! Sie hätte schwer verletzt werden können!“

„Hätte sie nicht“, antwortete er fest.

„Ach, weil *du* auch dieser Ansicht bist oder was?“, fauchte sie zurück. „Verdammt noch mal, als ob du nicht am eigenen Leibe erfahren hättest, was alles passieren kann! Ist dir Amy denn völlig egal?!“

„Das ist doch Unsinn!“, entgegnete Tim. „Nicht, weil …“ Er brach ab, und Amy sah die Ernüchterung in seinem Gesicht. „Es geht hier überhaupt nicht um Amy, nicht wahr, Lou?“, sagte er plötzlich, „es geht um dich!“

Lou starrte ihn fassungslos an. „Was? – Was redest du da?“

„Dieser ganze Ausbruch, diese Überreaktion auf Amys Reiten … Ich hatte Recht! Du hast Angst vor Pferden, nicht wahr, Lou?“

„Sei doch nicht albern!“, versetzte Lou brüsk.

Tim schüttelte den Kopf. „Ich weiß es, Lou. – Mein Mädchen, verfolgt dich denn immer noch das, was *mir* einmal zugestoßen ist? – Sieh nur, ich selbst bin darüber hinweggekommen. Ich war schwer verletzt. Aber ich kannte die Risiken im Springsport. Und es wird im Leben immer wieder Situationen geben, wo wir mit unseren Ängsten umgehen müssen." Er versuchte, ihr in die Augen zu sehen. „Du musst dich mit deiner Angst auseinandersetzen, Lou! Tust du das nicht, bleibt dir für immer das Gefühl, etwas versäumt zu haben!"

„Ich *muss* überhaupt nichts!", erwiderte Lou giftig. „Was fällt *dir* denn ein, mir vorschreiben zu wollen, was ich tun oder lassen soll! Das Recht dazu hast du an dem Tag verwirkt, als du abgehauen bist!" Sie wandte sich heftig um und marschierte davon.

Es herrschte betroffenes Schweigen. Amy blickte zu ihrem Vater. Sein Gesicht war fahl.

„Soll ich ihr nachgehen?", fragte er.

„Besser nicht", sagte Amy rasch, „soll sie sich erst einmal beruhigen!"

Tim zögerte und nickte dann. „Wahrscheinlich ist es das Beste." Er sah Amy bekümmert an. „Trotzdem habe ich Recht. Glaub mir, ich spüre so etwas."

„Ich denke wie du", sagte Amy. Lou hatte regelrecht entsetzt ausgesehen, als sie Amy von dem Pferd herunterholen wollte. Es war genau derselbe Gesichtsausdruck wie bei Mrs Newhart, als Feather mit Jo-Ann in die Luft gegangen war. Tims Gefühl stimmte. In Lou saß eine tief verwurzelte, unbändige Angst, selbst wenn sie es nicht eingestehen wollte, vielleicht nicht einmal sich selbst.

Tim seufzte. „Hätte ich doch bloß nichts gesagt! – Das alles belastet nur wieder unser Verhältnis!"

„Gib ihr Zeit!“, sagte Amy, ein wenig verwundert über sich selbst und den plötzlichen Rollentausch zwischen ihr und ihrer Schwester. Sie klopfte das Pony und saß ab. „Den bringe ich jetzt wohl besser in seine Box.“

Tim lief neben ihr her zum Stall. „Wie soll es mit dem Pony jetzt weitergehen? Die Situation ist ziemlich vertrackt, wie?“

„Keine Ahnung. – Ich fürchte, nicht Feather, sondern Jo-Ann braucht ein Beruhigungsmittel.“

„Oder besser noch ihre Mutter“, warf ihr Vater ein.

„Das Problem ist: Wie könnte man Mrs Newhart überhaupt noch davon überzeugen, Jo-Ann mit Feather umgehen zu lassen? Vorausgesetzt, sie hört uns überhaupt zu!“

Tim dachte laut nach. „Wer könnte dem Mädchen sonst noch beistehen und die Mutter umstimmen? – Vielleicht dieser Onkel. Schließlich hat er Feather gekauft.“

Amy nickte. „Ich werde Jo-Ann heute Abend einmal anrufen und mich nach ihm erkundigen.“

„Tu's doch gleich“, schlug Tim vor, „wahrscheinlich sind sie schon zu Hause. Ich an deiner Stelle würde nicht warten.“ Er griff nach Feathers Zügel. „Den kann ich doch für dich absatteln!“

Die Küche war leer, als Amy eintrat. Offenbar hatte Lou sich auf ihr Zimmer zurückgezogen.

Amy nahm das Telefon und wählte die Nummer der Newharts. Als das Freizeichen ertönte, überlegte sie, was sie wohl sagen sollte, wenn Mrs Newhart abnehmen würde. Doch zu ihrer Erleichterung meldete sich Jo-Ann. Amy erklärte dem

Mädchen, was sie herausgefunden hatte. „Es stimmt doch, dass er sich immer nur so aufführt, wenn deine Mutter zuschaut, oder?“, schloss sie.

„Natürlich stimmt das!“, brach es aus Jo-Ann heraus. „Oh, Amy, wenn du meine Mutter davon überzeugen könntest, Feather noch nicht zu verkaufen!“

„Ich bezweifle, dass sie mir überhaupt zuhören würde“, sagte Amy, „aber gibt es nicht irgendjemanden in deiner Verwandtschaft, der mit ihr reden könnte? Was ist mit dem Onkel, der Feather gekauft hat?“

„Er ist geschäftlich in Kanada!“, antwortete Jo-Ann verzweifelt, „noch ein ganzes Vierteljahr lang! Die Einzige in unserer Familie, die sonst noch etwas von Pferden versteht, ist meine Grandma. Vielleicht kann sie mit Mom sprechen.“ Das klang nicht gerade sehr hoffnungsvoll.

„Du hattest mir doch erzählt, dass sie ihre Pferde nach ihrem Reitunfall alle verkauft hat?“

„Richtig“, gestand Jo-Ann ein, „und sie weiß nichts von Feather. Mom hat ihr nie etwas erzählt, weil sie Angst hatte, dass Grandma sich nur aufregen würde, wenn sie erführe, dass ich ein Pferd habe. Ich glaube, dass sie sich seit ihrem Sturz vor Pferden fürchtet.“

„Dann wird sie wohl wenig hilfreich sein“, meinte Amy.

„Vielleicht doch. Ich weiß, dass sie mich lieb hat. Und wenn du mit ihr sprechen würdest, Amy …“

Amy zögerte. „Na ja, ich kann’s versuchen …“ Sie ließ sich die Telefonnummer geben, versprach wieder anzurufen und legte auf.

Sie gönnte sich einen Moment des Durchatmens, bevor sie die Nummer von Jo-Anns Großmutter wählte.

Zu Amys Erleichterung blockte die alte Dame nicht sofort ab, als Amy auf das Thema Pferde zu sprechen kam, sondern hörte aufmerksam zu, während das Mädchen ihr die Geschichte ihrer Enkelin erzählte. Beinahe nachdenklich willigte sie ein, nach Heartland zu kommen, um Jo-Ann reiten zu sehen.

Nach dem Telefonat rief Amy Jo-Ann zurück, um ihr die Neuigkeit zu berichten.

„Ach, Amy, das ist wunderbar!“, rief sie aus.

„Sie hat aber nichts versprochen“, warnte Amy, „sie hat lediglich gesagt, dass sie bereit ist zu kommen, um dich reiten zu sehen. – Kannst du heute Nachmittag gegen vier Uhr hier sein?“

„Kann ich nicht!“, entgegnete Jo-Ann verzweifelt. „Mom hat mir verboten, Heartland zu besuchen. – Amy, was soll ich nur tun?“

„Okay, mach dir keine Sorgen, wir finden einen Weg.“ Amy wünschte, dass sie selbst daran glauben könnte.

Die ganze Zeit über, während Amy gemeinsam mit Ty und Ben die Routinearbeiten auf dem Hof erledigte, hoffte sie, dass sich für ihren Vater eine Gelegenheit ergeben würde, mit Lou zu reden und die Dinge, die zwischen ihnen waren, zu bereinigen. Doch zu ihrem Erstaunen sah sie ihre Schwester gegen Mittag ins Auto steigen und vom Hof fahren.

Amy lief in die Küche. Ihr Großvater saß da und las die Zeitung.

„Wo ist Lou hingefahren?“, platzte sie heraus.

„Geht essen mit Scott.“

„Aber es ist Daddys letzter Tag!“

„Tja, ich fand es auch etwas merkwürdig“, antwortete der Großvater, „aber sie war fest entschlossen.“

Amys sah vor sich hin.

„Ist irgendetwas vorgefallen?“, erkundigte sich Jack.

„Nicht wirklich“, sagte Amy ausweichend. „Eigentlich gar nichts.“ Sie ging wieder hinaus. Tim würde in drei Stunden abreisen. Was, wenn Lou bis dahin nicht zurück wäre?

12

Aber Lou kehrte innerhalb der nächsten drei Stunden nicht zurück.

„Ich kann nicht länger bleiben", sagte Tim schließlich zu Amy, „Ich muss noch packen und im Hotel auschecken."

„Aber du kannst doch nicht fahren, ohne dich von Lou verabschiedet zu haben!", protestierte Amy.

„Das ist auch wirklich das Letzte, was ich möchte, glaub mir!" Er warf einen Blick auf seine Armbanduhr. „Aber ich habe gar keine andere Wahl, wenn ich mein Flugzeug nicht verpassen will."

Plötzlich war ein Motorgeräusch zu vernehmen. Ein Auto kam die Auffahrt herauf.

„Das ist Lou!", rief Amy erleichtert aus.

Sie war es wirklich.

„Daddy reist ab", rief Amy ihr zu, als sie ausstieg.

In diesem Augenblick kam auch der Großvater aus dem Haus. „Du fährst also?"

„Ja, ich muss los", antwortete Tim. Er warf Lou einen erwartungsvollen Blick zu. Doch die baute sich nur neben Jack auf und sagte kühl: „Tschüss, Daddy!"

Amy sah, wie Tims Blick zu ihrem Großvater wanderte. Sie wusste, dass es für Tim keine Möglichkeit gab, noch ein klärendes Wort mit Lou zu wechseln, wenn Jack danebenstand.

Also überlegte sie fieberhaft, wie sie ihren Großvater für einen Augenblick weglocken könnte. Doch es war schon zu spät. Jack streckte Tim die Hand entgegen.

„Auf Wiedersehen, Tim“, sagte er, „es war eine gute Begegnung, wirklich.“

Tim ergriff die Hand. „Auf Wiedersehen, Jack!“ An seiner betrübten Miene sah Amy, dass er die Hoffnung auf ein letztes Gespräch mit Lou aufgegeben hatte. „Vielen Dank für dein Entgegenkommen.“ Dann wandte er sich Amy zu und schloss sie in seine Arme. „Auf Wiedersehen, Liebling. Versprich mir, dass du mich in Australien besuchen kommst!“

„Ich versprech's!“, sagte Amy mit Tränen in den Augen. So lange hatte sie sich gegen den Besuch ihres Vaters auf Heartland gesträubt, und jetzt wollte sie ihn nicht gehen lassen, schon gar nicht unter diesen Umständen. „Ich rufe dich an und schreibe auch!“

Ihr Vater küsste sie aufs Haar. „Tu das. Schreib mir gleich, wie der Besuch von Mary Butler ausgegangen ist, ja?“

„Wer ist denn Mary Butler?“, erkundigte sich Jack.

„Die Großmutter von Jo-Ann“, erklärte Amy. „Sie kommt heute Nachmittag, und ich hoffe, ich kann sie davon überzeugen, dass Feather nicht gefährlich ist.“ Sie sah zu Lou, doch die wich ihrem Blick aus. „Vielleicht hilft sie uns dann, Mrs Newhart zuzureden, dass sie das Pony doch nicht verkauft.“ Der Großvater hob erstaunt die Augenbrauen.

„Ich weiß, dass die Aussicht auf Erfolg gering ist, aber irgendetwas musste ich schließlich unternehmen“, sagte Amy.

„Ich hoffe wirklich, dass es funktioniert“, sagte Tim und

drückte Amy noch einmal fest an sich. Dann wandte er sich Lou zu, um sie zu umarmen.

Lou presste die Lippen aufeinander, und einen Moment lang glaubte Amy, sie wollte die ausgestreckten Arme ihres Vaters ignorieren. Doch dann tat sie einen Schritt nach vorn und fügte sich in eine kurze, steife Umarmung. „Gute Reise", sagte sie.

Ihre Stimme klang kühl und höflich, doch ihr Gesicht war angespannt. Nun sag schon, dass er dir fehlen wird, dachte Amy verzweifelt. Doch Lou tat nichts dergleichen. Sie stand wieder neben Jack, während Tim ins Auto stieg und den Motor startete.

Er ließ das Fenster herunter. „Tschüss! Ich melde mich." Amy sah die Traurigkeit in seinen Augen und es schnürte ihr die Kehle zu. „Tschüss, Daddy!", sagte sie zum letzten Mal.

Er fuhr vom Hof.

Einen Augenblick lang herrschte Schweigen. Dann wandte sich Lou abrupt um und rannte ins Haus.

Amy wollte ihr folgen, doch der Großvater hielt sie zurück. „Ich glaube, Lou will jetzt allein sein. Sie muss erst einmal mit sich selbst ins Reine kommen."

„Aber ich verstehe sie einfach nicht!", sagte Amy frustriert. „Wie kann sie so grantig zu ihm sein, sie hat sich ja kaum umarmen lassen!"

Jack strich ihr übers Haar. „Beim nächsten Mal wird es besser."

Beim nächsten Mal!, dachte Amy, als Jack hineinging. Ich will aber nicht, dass es bis zum nächsten Mal so bleibt! Wer weiß, wann das nächste Mal sein wird!

Sie fühlte sich miserabel. Doch an der Situation konnte sie

nichts ändern. Also machte sie sich auf den Weg zu Feather, um ihn noch einmal überzuputzen, bevor Mrs Butler käme.

Pünktlich um fünf vor vier kam ein Kleintransporter auf den Hof gefahren. Am Steuer saß eine weißhaarige Frau. Amy hatte Schmetterlinge im Bauch, als sie zu dem Wagen hinüberging, um Mary Butler zu begrüßen.

Die Autotür wurde geöffnet. „Guten Tag", sagte Amy und stellte sich vor.

„Mary Butler." Die alte Dame bemühte sich, freundlich zu klingen, doch Amy bemerkte die Nervosität in ihrer Stimme. „Freut mich, Sie kennenzulernen." Sie gaben einander die Hand. Mrs Butler mochte nur wenige Jahre älter sein als Amys Großvater, aber sie wirkte sehr gebrechlich. „Würden Sie so freundlich sein und meinen Rollstuhl ausladen", bat sie mit müder Stimme.

„Selbstverständlich." Als Amy die Seitentür aufschob, registrierte sie, dass der Kleinbus speziell als Behindertenfahrzeug umgebaut war. Anstelle der Rückbank war Platz für den Rollstuhl geschaffen worden. Amy lud ihn aus und half Mrs Butler, sich hineinzusetzen.

„Danke!" Mrs Butler sah sich auf dem Hof um, und Amy hatte das Gefühl, dass sie den Blick eines verängstigten Tieres hatte.

Ihr Mut sank. Wahrscheinlich war das Ganze eine schlechte Idee gewesen!

In diesem Augenblick öffnete sich die Haustür, und zu Amys Überraschung kam Lou heraus. „Hallo!", sagte sie aufgeräumt und kam herüber. „Ich bin Lou Fleming, Amys Schwester."

Eine grauenvolle Sekunde lang glaubte Amy, dass Lou sich sofort lang und breit über die Gefahr auslassen wollte, die Feather ihrer Meinung nach darstellte. Doch stattdessen lächelte sie nur und fragte höflich: „Möchten Sie, dass ich Ihnen die Farm zeige?“

Mrs Butler zögerte und atmete tief durch, bevor sie heiser antwortete: „Das wäre sehr nett.“

Als Lou hinter den Rollstuhl trat und die Griffe umfasste, bemerkte Amy, dass ihre Augen gerötet waren. Sie hatte also geweint. Lou tat, als bemerkte sie Amys fragenden Blick nicht. Verwundert über die plötzliche Hilfsbereitschaft ihrer Schwester folgte Amy den beiden über den Hof.

Lou zeigte der alten Dame jede Box und stellte alle Pferde vor.

„Das sind Red, Rosie und Jake“, erklärte Lou, als sie an den Außenboxen entlangkamen. Red und Rosie fanden den Rollstuhl anscheinend unheimlich und wichen davor zurück. Doch Jake streckte seinen großen Kopf neugierig über die Tür und schnupperte an Mrs Butlers Haar.

„Manieren, Jake!“, rief Amy und wollte seine Nase fortschieben.

Doch Mrs Butler sagte: „Lassen Sie ihn, ist schon okay.“ Mit zitternden Fingern holte sie ein Stück Zucker aus der Tasche und hielt es dem Pferd hin. „Das ist es doch, was du suchst, oder?“

Stets auf Leckerbissen aus, nahm Jake den Zucker sanft von der ausgestreckten Handfläche. Jo-Anns Großmutter saß wie versteinert. Jake kaute und beschnüffelte dann das Gesicht der alten Dame. Vorsichtig hob sie die Hand und streichelte seine weichen Nüstern.

„Dreißig Jahre“, sagte sie so leise, dass Amy sie kaum verstehen konnte. „Zum ersten Mal seit dreißig Jahren habe ich wieder ein Pferd angefasst!“

Nicht einmal Lou fielen dazu die passenden Worte ein.

„Ich nehme an, Sie wissen von meinem Unfall?“.

Amy nickte.

„Dann wissen Sie auch, dass ich mich danach von meinen Pferden getrennt habe.“ Ihr Blick verklärte sich. „Meine schönen Pferde.“

Amy missfiel die Wortwahl. „Haben Sie die Pferde nicht verkauft?“

Mrs Butler schüttelte den Kopf. „Ich wollte sie so schnell wie möglich loswerden. Bei ihrem Anblick wurden mein Mann und meine Tochter jedes Mal an das erinnert, was sie nicht mehr hatten – eine gesunde Ehefrau und Mutter.“

„Sie haben sie schlachten lassen?“, fragte Lou heiser.

Die alte Dame nickte. „Ich wollte damals alles loswerden, was nur im Geringsten mit den Pferden zu tun gehabt hatte – den Stall haben wir zu einer Garage umbauen lassen, meine Erinnerungsfotos und Trophäen habe ich in den Müll geworfen, sogar Reithosen und Stiefel verbrannt!“

Amy war entsetzt. Wenn sie das gewusst hätte, wäre sie niemals auch nur auf den Gedanken gekommen, Jo-Anns Großmutter einzuschalten!

Auch Lou war bestürzt. „Aber warum haben Sie dann eingewilligt, heute hierherzukommen?“, fragte sie.

„Ich weiß es selbst nicht so genau", sagte Mrs Butler. „Vielleicht hat mir Ihr Anruf den entscheidenden Anstoß gegeben, den ich gebraucht habe, um in meinem Leben etwas zu verändern. Seitdem mein Mann im vergangenen Jahr gestorben ist, überlege ich, ob ich damals richtig gehandelt habe." Abwesend streichelte sie wieder Jakes Nüstern. „Und jetzt, wo ich die Pferde hier sehe, rieche, fühle ... jetzt weiß ich, dass ich einen Fehler gemacht habe – einen grauenvollen Fehler." Ihr Stimme zitterte. „Dreißig Jahre lang habe ich diese Wesen verleugnet, die mir früher einmal so viel Freude bereitet haben. Wie war ich doch unglücklich und verbohrt!"

Amy blickte zu Lou. Die Schwester wirkte sehr nachdenklich.

„Und jetzt soll Jo-Ann nicht auch noch darunter leiden", sagte Mrs Butler. „Wo ist ihr Pony? Zeigen Sie es mir!"

„Feather ist im hinteren Stall", sagte Amy. Sie machten sich auf den Weg dorthin.

„Du bist also der Kerl, der all die Aufregung verursacht hat", sagte Mrs Butler, als Lou den Rollstuhl vor Feathers Box schob. „Was für ein hübsches Pony!"

„Grandma!" Lou und Amy fuhren herum und sahen Jo-Ann, die den Stallgang herab zu ihnen gerannt kam. Ihr rotes Haar flog um ihre Schultern.

„Ich weiß, dass ich Feather nicht reiten darf!", rief sie atemlos, „aber ich wollte Grandma sehen und ihr Feather zeigen. Ich hab Mom einen Zettel geschrieben, dass ich nur meine Reitsachen hier abholen will und bald wieder zurück bin. Bitte,

Grandma!", sie beugte sich nieder und schlang ihrer Großmutter die Arme um den Hals. „Du musst mir helfen! Feather ist nicht gefährlich!" Plötzlich bemerkte sie, dass der Rollstuhl vor der geöffneten Boxentür stand und ihre Großmutter dem Pony gestattete, sie von oben bis unten zu beschnuppern. Mrs Butler streichelte Feathers Hals.

„Hast du denn gar keine Angst vor ihm?", fragte das Mädchen verblüfft.

„Ich hatte niemals Angst vor Pferden, mein Schatz", sagte die alte Frau lächelnd. „Ich habe sie nur aus meinem Leben verbannt. – Und jetzt beginne ich zu begreifen, welchen Verlust ich mir damit selbst zugefügt habe!" Sie nahm die Hand ihrer Enkelin. „Aber dir soll das nicht auch widerfahren. Komm, lass mich zusehen, wie du dein Pony reitest. Wenn es so sicher ist, wie Amy sagt, werde ich alles tun, um deine Mom zu überzeugen."

„Oh, Grandma!", rief Jo-Ann aus und umarmte sie erneut. Dann biss sie sich auf die Unterlippe. „Aber Mom hat mir verboten, ihn zu reiten."

Mrs Butler drückte ihre Hand. „Keine Sorge, ich übernehme die Verantwortung."

Zehn Minuten später war Feather gesattelt. „Hier, bevor du aufsitzt, nimmst du davon ein paar Tropfen auf die Zunge", sagte Amy und gab Jo-Ann eine kleine, braune Flasche.

„Was ist das?" Das Mädchen las das Etikett: „‚Odermenning' – wozu ist das gut?"

„Bach-Blüten", erklärte Amy. „Es wirkt entspannend und wird dir helfen, locker zu bleiben."

Jo-Ann nahm das Fläschchen und führte Feather dann zum Reitplatz. Amy gesellte sich zu Mrs Butler und Lou, die am Zaun standen.

„Bleib ganz ruhig“, sagte Amy noch einmal eindringlich, als Jo-Ann aufsaß.

„Mach ich“, antwortete Jo-Ann fest.

Und sie schaffte es. Ob es an den Bach-Blüten lag oder an dem Umstand, dass Jo-Ann jetzt die Ursachen für Feathers Steigen kannte, oder daran, dass sie sich der Unterstützung ihrer Großmutter sicher war, wusste Amy nicht zu sagen. Das Mädchen saß locker und geschmeidig im Sattel und Feather führte tadellos alle Lektionen aus, die seine Reiterin ihm abverlangte. Beide bewegten sich in vollendeter Harmonie.

„Siehst du, Grandma!“, jubelte Jo-Ann, als sie den Dunkelschimmel endlich vor den Zuschauern zum Stehen brachte. „Ist er nicht perfekt?!“

„Ja, das ist er“, sagte Mary Butler leise und wandte sich dann an Amy: „Sie sind eine bemerkenswerte junge Frau. Herauszufinden, was mit dem Pony los war, und die Courage aufzubringen, sich an mich zu wenden … alle Achtung! Sie haben meinen Respekt.“

„Wirst du mir helfen, Mom zu überreden?“, fragte Jo-Ann aufgeregt.

Ihre Großmutter nickte. „Ganz bestimmt!“ Ihre bleiche Gesichtsfarbe war gewichen und ein Hauch von Frische zeigte sich auf ihren Wangen. „Und ich werde ihr auch sagen, dass ich bereit bin, dich hierherzufahren und bei dir zu sein, denn darauf wird deine Mutter Wert legen. Die Freude, dir beim

Reiten zuzusehen, wird mich ein wenig entschädigen für all die verlorene Zeit, die ich ohne Pferde zugebracht habe."

Jo-Ann strahlte über das ganze Gesicht. „Ach, Grandma, das ist großartig!" Sie klopfte den Hals ihres Ponys. „Feather, hast du gehört, das ist das Beste, was uns passieren konnte!"

„Jo-Ann!" Der Schrei ließ alle herumfahren, und auch Mary Butler wendete ihren Rollstuhl.

Über den Hof kam Mrs Newhart gerannt, den Blick voller Entsetzen auf Jo-Ann und Feather geheftet.

13

„Um Himmels willen, komm da runter, Jo-Ann!", schrie Mrs Newhart, blieb aber plötzlich wie angewurzelt stehen, als sie den Rollstuhl entdeckte. „Mom! Was *tust* du hier?"

Die alte Dame lächelte schwach. „Ich bin gekommen, weil Amy mich darum gebeten hat. Sie hat mir von Jo-Anns Pony erzählt." Mrs Butler wandte sich an das Mädchen. „Vielleicht ist es besser, wenn du absitzt, während ich deiner Mutter alles erkläre."

Jo-Ann befolgte den Rat. Dann erst fuhr Mrs Butler, an ihre Tochter gewandt, fort: „Warum hast du mir kein Sterbenswort davon erzählt, Donna?"

Mrs Newharts Blick wanderte verunsichert zwischen Jo-Ann und ihrer Mutter hin und her.

„Du hättest mir von Feather erzählen sollen!", beharrte die alte Dame.

„Aber ich … ich wollte dich nicht aufregen!", antwortete Jo-Anns Mutter endlich. „Ich wusste doch, wie sehr du Pferde hasst!"

„Hassen? – Ich bin gar nicht in der Lage, irgendetwas zu hassen, Donna! Ich habe die Pferde aufgegeben, weil ich *dich* und deinen Vater nicht mehr aufregen wollte!"

„Du hast keine Angst vor ihnen?", fragte Mrs Newhart ungläubig.

„Überhaupt nicht."

„Nicht, nach all dem, was passiert ist? – Ich meine, das Pferd hat dich beinahe zerquetscht, als es auf dich gefallen ist."

„Es war ein *Unfall.* Das Pferd traf keine Schuld. Es war ein junger, übermütiger Hengst, und er hat beim Steigen das Gleichgewicht verloren. Er hat sich doch nicht mit *Absicht* überschlagen! Niemals hätte ich mich daraufsetzen dürfen, ohne ihn vorher an der Longe zu bewegen! Es war Leichtsinn!" Sie seufzte. „Ihr beide wart so entsetzt, als der Arzt euch sagen musste ..." Sie schloss die Augen und atmete tief durch. „Ich möchte dich nur bitten: Vergifte nicht auch noch Jo-Anns Leben mit unserer Verbitterung! Schütze sie, aber nicht um den Preis ihres eigenen Glücks! Feather ist kein gefährliches Pferd. Ich habe Jo-Ann reiten sehen. Sie passen wunderbar zusammen. Lass ihr das Pony!"

Mrs Newhart schnappte nach Luft.

An ihrer Stelle sagte Lou: „Ihre Mutter hat Recht, Mrs Newhart. Jo-Ann hängt an dem Pony. Und wenn Sie ihr das Reiten verbieten, wird sie immer das Gefühl haben, etwas versäumt zu haben. Natürlich ist es ein riskanter Sport, aber um ehrlich zu sein: Ist nicht vieles von dem, was das Leben erst lebenswert macht, riskant?"

Amy sah ihre Schwester erstaunt an. Plötzlich sprach Lou wie ihr Vater! Doch Lou vermied Amys Blick.

Mrs Newhart rang sich zu einem Nicken durch. „Da mögen Sie Recht haben. Trotzdem", ihr Blick wanderte besorgt zu Feather, „habe ich Angst um meine Tochter. Ich meine – das Pony ist vor meinen Augen gestiegen ..."

„Amy kann dir sein Verhalten erklären“, sagte Mrs Butler.

Amy erzählte in knappen Worten von Jo-Anns Ängsten, die sich in Gegenwart der besorgten Mutter auf das sensible Pferd übertrugen.

Mrs Newhart blickte nachdenklich vor sich hin. Nach einer ganzen Weile sagte sie: „Also war ich selbst mit meiner Hysterie der Auslöser für sein Verhalten! – Darauf wäre ich nie gekommen. Aber jetzt, wo Sie es sagen, erscheint es mir einleuchtend.“

Amy atmete erleichtert auf. Sie hatte befürchtet, dass Mrs Newhart ihre Argumente strikt zurückweisen würde.

„Mama, darf ich Feather jetzt behalten?!“, brach es aus Jo-Ann heraus.

Mrs Newhart tat einen tiefen Atemzug. „Ich will doch nur, dass du glücklich bist, Jo-Ann. Ja, du darfst ihn behalten.“

„Oh, Mom!“ Das Mädchen warf Amy den Zügel zu, rannte zu seiner Mutter und fiel ihr in die Arme. „Danke! Danke, Mom!“

Ein halbe Stunde später verließ Mrs Butler mit Tochter und Enkelkind die Heartland Farm.

„Ich habe Jo-Ann niemals glücklicher gesehen“, sagte Amy zu Lou, als sie den Besuchern zum Abschied winkten.

„Ich freue mich wirklich für sie“, sagte Lou, aber sie klang bedrückt. Mit einem Seufzer lehnte sie sich an den Koppelzaun.

„Was ist denn los?“, fragte Amy. „Dich bedrückt doch was.“

„Schlechte Neuigkeiten.“ Lou ließ ihren Blick über die grasenden Silhouetten von Solo und Dancer hinweg in die Ferne wandern. „Ich habe nur auf den richtigen Moment gewartet, um es dir zu sagen: Wir kriegen das Land nicht.“

„Nicht?“ Amy zog die Stirn kraus. „Wer dann? Green Briar etwa?“

„Zum Glück nicht“, sagte Lou rasch. „Die Youngs haben sich entschieden, doch nicht zu verkaufen.“

„Ach, was!“

Lou zuckte mit den Achseln. „Sie wollen es nun doch noch einmal selbst versuchen.“

„Das tut mir leid, Lou.“ Amy streichelte ihrer Schwester mitfühlend den Arm. „Ich weiß, dass dir die Sache mit dem Reitstall viel bedeutet hat.“

Lou betrachtete in Gedanken versunken die Pferde. „Das stimmt“, gab sie zu, „aber ich habe darüber nachgedacht: Wahrscheinlich ist es besser so. Offen gestanden, ging es mir dabei in der Tat weniger um das Wohlergehen der Farm als um die Rolle, die ich selbst dabei spiele. Es wäre *mein* Projekt gewesen, verstehst du? Etwas, worum ich mich ganz allein hätte kümmern können.“ Sie sah Amy wehmütig an. „Du, Grandpa, Ty – ihr alle habt hier eure Aufgaben zu erfüllen. Nur ich nicht!“

„Aber das ist nicht wahr!“, rief Amy empört aus. „Ohne dich könnten wir den ganzen Bürokram niemals bewältigen!“

„Ach, natürlich“, entgegnete Lou traurig. „Ihr könntet euch einfach einen Steuerberater nehmen!“

„Aber der hätte nicht deine Ideen!“, protestierte Amy. „Außerdem geht es doch nicht nur um die Buchhaltung! Du kannst einfach gut mit Leuten umgehen, viel besser als ich, als irgendjemand sonst hier auf der Farm. Schließlich warst du es, die Mrs Newhart überreden konnte, Feather überhaupt hierherzuschicken! Und heute Nachmittag hast *du* Mrs Butler dazu gebracht, aus sich herauszugehen und schließlich ihre Tochter davon zu überzeugen, dass Jo-Ann das Pony behalten darf."

„Meinst du, das hättest du nicht auch geschafft?"

„Nein!" Eine Frage, die sich Amy schon längst aufgedrängt hatte, musste endlich ausgesprochen werden. „Eines verstehe ich nicht: Warum bist du überhaupt herausgekommen, um uns beizustehen, als Mrs Butler kam? Ich meine, nachdem du dich heute Morgen so über Feather aufgeregt hast – du warst doch auch davon überzeugt, dass er gefährlich ist!"

Lou zögerte. „Na ja ... ich habe beim Essen mit Scott darüber gesprochen. Und er meinte, dass Daddy dir bestimmt niemals erlaubt hätte, Feather zu reiten, wenn er den Eindruck gehabt hätte, dass mit dem Pony was nicht stimmt. Scott hat mir klargemacht, dass ich überreagiert habe."

„Und warum hast du dann kein Wort zu Daddy gesagt, als er weggefahren ist, Lou? – Du hast ihn so gekränkt!"

Lou antwortete nicht.

„Lou!", sagte Amy eindringlich, wobei sie sich an den verletzten Blick ihres Vaters erinnerte, weil Lou so abweisend war, „du hättest den Streit nicht auf sich beruhen lassen dürfen! Er wollte sich mit dir aussöhnen vor seiner Abreise, aber du hast ihn einfach nicht an dich herangelassen. Er hat sich elend gefühlt, deinetwegen! Er ..."

„Aber, Amy!", brach es aus Lou heraus. „Ich wollte es, doch ich konnte einfach nicht! Ich hab mich genau so mies gefühlt wie er!"

„Aber warum denn?“, brauste Amy auf.

„*Warum*?“ Lou sah sie an, als läge die Antwort auf der Hand. „Was glaubst *du* denn? Die ganze Woche über habt ihr zusammengehangen. Daddy und Amy tun dies und Daddy und Amy tun jenes gemeinsam! Und was war mit *mir*?“

Amy starrte sie wütend an. „Du hättest genauso mit Daddy zusammen sein können! Aber du wolltest ja überhaupt nicht! Hast dich hinter deinen Computer verzogen!“

„Er hätte ja reinkommen können!“

„*Du* warst es doch, die behauptet hat, sie sei beschäftigt!“, rief Amy aus. „Du kannst dich doch nicht darüber beschweren, dass er dich nicht stören wollte, weil du behauptet hast, du hättest so viel zu tun!“

„Ich weiß, ich weiß.“ Lou ließ den Kopf sinken. „Es tut mir leid. Es war nicht dein Fehler – und auch nicht Daddys. Es war ganz allein meine Schuld. Ich hatte mir so eine Vorstellung von diesem Treffen in den Kopf gesetzt … du weißt schon, dass ich ihm entgegenrenne und er mich umarmt. Lauter so ’n Kitsch wie in der Soap-Opera. Und dann sah die Realität ganz anders aus. Daddy hat sich so verändert!“

Amy zögerte, ehe sie einzuwenden wagte: „Bist du sicher, dass Daddy derjenige ist, der sich verändert hat? Ich meine“, fuhr sie vorsichtig fort, „dass du nichts mehr mit Pferden zu tun haben willst, ist das nicht die größere Veränderung?“

„Es ist ja nicht so, dass ich überhaupt nichts mit ihnen zu tun haben will …“, entgegnete Lou lahm.

Amy spürte, dass etwas Unausgesprochenes zwischen ihnen stand. „… sondern?“, ermutigte sie ihre Schwester.

Lou schluckte und schloss die Augen für einen Moment, ehe sie es wagte, Amy wieder anzusehen. „Ich habe Angst. Daddy hat Recht. – Oh, nein“, ergänzte sie rasch, als sie Amys entsetzten Blick bemerkte. „Ich fürchte mich nicht davor, mit Pferden umzugehen. Aber ich habe Angst vorm Reiten. Immer wenn ich nur daran denke, auf ein Pferd zu steigen, habe ich Daddys Unfall vor Augen: wie er mit Pegasus in das Hindernis kracht – und nicht wieder aufsteht.“ Sie begann zu schluchzen. „Amy, ich habe damals alles mit angesehen! Im ersten Augenblick dachte ich, er ist tot! Niemals, niemals kann ich dieses Bild vergessen! Deshalb habe ich Daddy gemieden! Er war so tapfer, er ist darüber hinweggekommen. Aber ich, die es nur mit angesehen hat, konnte nie damit fertig werden. Ich wollte nicht, dass er mich für feige hält!“

Amy legte ihr unbeholfen die Hand auf den Rücken. „Ist ja gut, Lou, wir kriegen das alles wieder hin.“

Lou wischte sich die Tränen von den Wangen. „Wie denn? Du kannst meine Erinnerung doch nicht ausradieren!“

„Nein, das nicht“, sagte Amy, jetzt schon wieder bestimmter, „aber du kannst das Problem für dich lösen. Denk doch daran, was Daddy selbst gesagt hat: Lass nicht zu, dass die Vergangenheit dein Glück ruiniert, stelle dich deinen Ängsten! Du kannst die Pferde nicht aus deinem Leben verbannen, nachdem du sie einmal so geliebt hast! Du hast doch Jo-Anns Großmutter erlebt!“

„Ja, Amy“, flüsterte Lou. „Aber ich kann mich einfach nicht auf ein Pferd setzen!“

Amy dachte rasch nach. Wie würde sie mit einem verängstigten Pferd arbeiten? – Sie würde die Dinge langsam angehen, Schritt für Schritt.

„Du musst ja nicht sofort in den Sattel steigen", schlug sie vor. „Fang mit Bodenarbeit an. Longieren oder ...", Amy war von ihrer Idee ganz begeistert, „Join-up. Versuch ein Join-up mit einem Pferd, Lou!"

Lou schüttelte den Kopf. „Nein, es würde nicht funktionieren, weil ..."

„Doch, es wird funktionieren!", beharrte Amy. Sie blickte zum Stall hinüber. Dämmerung lag bereits über der Farm, aber es war noch nicht dunkel. „Versuch es gleich!", sagte sie plötzlich.

„Gleich?", wiederholte Lou ungläubig.

„Ja, und zwar mit ... Sugar, ja, mit Sugar!"

Zehn Minuten später stand Lou mit dem Shetlandpony, das sie einst vorm Verhungern bewahrt und eigenhändig aufgepäppelt hatte, im Ring. „Ich weiß wirklich nicht so recht, Amy ..."

„Es wird klappen", versicherte Amy ihrer Schwester vom Tor her und versuchte, so überzeugt wie möglich zu klingen. „Mit Sugar hat noch niemand ein Join-up versucht, aber ich bin mir sicher, dass es funktioniert."

Lou schnallte die Longe aus und sah überrascht zu, wie Sugar sich von ihr entfernte. Er stöberte mit der Nase im Sand, seine dicke, flachsfarbene Mähne verdeckte Hals und Augen. „Denk dran", erinnerte Amy, „stell dich im rechten Winkel zu ihm und fixiere ihn mit deinem Blick!"

„Willst du nicht lieber zur mir ins Roundpen kommen?", fragte Lou unsicher.

„Es wird besser gehen, wenn ich hier am Tor stehen bleibe“, antwortete Amy. „Ohne mich kannst du dich besser auf Sugar konzentrieren. Achte auf die Signale, die du von ihm empfängst, und reagiere darauf!“

Amy ließ die Augen nicht von ihrer Schwester.

Die Sonne war untergegangen, und die Schatten der Bäume legten sich auf den Ring. Ein einsamer Vogel sang. Die Stimmung war friedlich, und doch wechselte Lou die Longe nervös von einer Hand in die andere.

Amy musste sich mit aller Macht zusammenreißen, um nicht irgendeine Anweisung zu brüllen. Schließlich wusste sie, dass dies eine Prüfung war, die Lou ganz allein bestehen musste.

Unbeholfen warf Lou das Longenende in Sugars Richtung. Er betrachtete sie erstaunt, machte ein paar Trabtritte und fiel dann wieder in den Schritt, um weiter am Boden zu schnuppern. Lou schnalzte mit der Zunge und schleuderte die geraffte Longe nun etwas energischer in die Richtung von Sugars Hinterhand. Das Pony fuhr herum und sah sie konsterniert an.

„Blickkontakt, Lou“, murmelte Amy, „Blickkontakt!“

Als ob sie es gehört hätte, fixierte Lou das Shetlandpony mit ihrem Blick und brachte ihre Schulter in einen rechten Winkel zum Pferd. Dann schwang sie die Longe erneut, und Sugar begann zu traben. Lou straffte sich. Plötzlich schien sie entschlossen zu sein, das Angefangene zu beenden. Sie strahlte Überlegenheit aus, ließ das Pony Autorität spüren. Und mit jeder Runde, die Sugar zurücklegte, schien ihr Selbstvertrauen zu wachsen. Runde um Runde sandte sie den kleinen Wallach hinaus auf den Zirkel, ließ ihn die Richtung ändern und erneut antraben. Sie ließ die Longe fliegen, und Sugar begann zu galoppieren. In eifrigem Rhythmus trommelten seine kleinen Hufe über den Boden.

„Da ist es!“, flüsterte Amy, als Sugar anfing, den Unterkiefer zu bewegen. Bald schon kaute er, seine Zunge fuhr über die Lefzen, und schließlich streckte er den Hals und senkte den Kopf.

Amys Blick wanderte zu Lou. Die Schwester hatte sich vollkommen auf das Pony konzentriert. Sie empfing die friedfertigen Signale des Tieres und reagierte darauf, indem sie plötzlich die Augen senkte, sich umwandte und eine abwartende Haltung einnahm. Mit nur wenigen Tritten kam Sugar hinter ihrem Rücken zum Stehen. Und beinahe ohne zu zögern lief er in die Mitte des Zirkels, wo Lou stand. Mit einem sanften Schnauben stupste er sie an.

„Es geht los, Lou!“, sagte Amy leise, mehr zu sich selbst als zu ihrer Schwester, und lächelte breit. Lou drehte sich zu dem Pony um und kraulte ihm die Stirn, genau so, wie sie selbst es getan hätte.

Dann begann Lou, kreuz und quer durch das Roundpen zu laufen, und das Shetlandpony folgte ihr wie ein Schatten.

Als Lou schließlich wieder stehen blieb und das Pony erneut liebkoste, konnte Amy nicht länger an sich halten. „Du hast es geschafft, Lou!“, rief sie und sprang über den Zaun.

Lou empfing sie mit ausgebreiteten Armen. Sie drückte Amy an sich und als sie sie wieder freigab und einen Schritt zurücktrat, leuchteten ihre Augen. „Oh, Amy, das war ein fantastisches Gefühl!“

„Ich weiß“, sagte Amy lächelnd.

Lous Wangen glühten. Ihre ständige Anspannung war wie fortgeblasen. „Das war wie … Zauberei! Der Augenblick, als er zu mir kam – da ist mir richtig ein Kribbeln über den Körper gelaufen!“

„Du hast mit ihm in seiner Sprache kommuniziert“, sagte Amy.

„Ja, genau so war es!“ Lou fuhr sich aufgeregt mit der Hand übers Gesicht. „Wow! Ich habe das Gefühl, auf der Stelle auf ein Pferd steigen und losreiten zu können!“

„Beim nächsten Mal“, sagte Amy bestimmt. Sie wusste, wie wichtig es war, jetzt nichts zu überstürzen.

Lou nickte: „Ja, ein andermal.“ Sie klopfte Sugar auf den Hals und lächelte Amy zu. „Ich war – wie im siebten Himmel! Ich dachte, ich komme nie wieder runter!“

„Warum auch runterkommen?“, ließ sich eine vertraute männliche Stimme vernehmen.

Amy und Lou fuhren herum.

„Daddy!“, riefen beide wie aus einem Munde, als ihr Vater aus der Dämmerung auftauchte.

„Ich konnte die Dinge nicht einfach auf sich beruhen lassen“, erklärte Tim lächelnd, während er das Tor öffnete und zu seinen Töchtern kam. „Ich war schon auf dem Weg zum Flughafen. Aber es ließ mir keine Ruhe. Ich musste noch einmal umkehren. – Jack sagte mir, dass ich euch beim Roundpen finden würde.“

„Hast du Lou beim Join-up zugesehen?“, fragte Amy.

„Natürlich.“ Tim lächelte. „Ich habe alles gesehen.“

„Du hattest Recht, Daddy“, sagte Lou plötzlich, „ich hatte wirklich Angst.“

„Und jetzt?“

„Weniger. Und wenn du das nächste Mal zu Besuch kommst ...“ Sie atmete tief durch. „... habe ich vielleicht überhaupt keine mehr.“

„Ich bin stolz auf dich, Lou!“, sagte Tim sanft. „Glaub mir, ich weiß, wie schwer es ist, sich den eigenen Ängsten zu stellen. Auch ich hatte viele Ängste, auch die, euch beide wiederzusehen, und deshalb habe ich unsere Begegnung immer wieder vor mir hergeschoben. Du erst hast es geschafft, mich dazu zu bewegen, weil du nicht lockergelassen hast. Zwölf Jahre eures Lebens habe ich verloren. Und wenn du nicht gewesen wärst und dein fester Wille, dann wären es wohl noch mehr geworden.“

Lou sah betrübt aus. „Ich wünschte, ich hätte in der vergangenen Woche mehr Zeit mit dir verbracht.“

„Es ist schon in Ordnung“, sagte Tim. „Du hattest es nicht leicht. Wir alle mussten mit der Situation irgendwie zurande kommen. Am Anfang wusste ich auch nicht, was ich zu dir sagen sollte ... Anstelle meines kleinen Mädchens stand plötzlich eine erfolgreiche junge Frau mit ihren eigenen Vorstellungen und Plänen vor mir!“

„Und mit Angst vor Pferden“, fügte Lou hinzu.

Tim schüttelte den Kopf. „Ich wollte dir deshalb keinen Kummer machen. Es war nur so, dass ich den Gedanken nicht ertragen konnte, dass du vielleicht Jahres deines Lebens in dem Bewusstsein vergeudest, hier versagt zu haben, so wie ich es getan habe. Ich wollte einfach nur, dass du glücklich bist. Und das ist alles, was ich euch beiden wünsche." Er sah von Lou zu Amy. „Ich weiß, dass ich den Schmerz, den ich euch in der Vergangenheit zugefügt habe, nicht wiedergutmachen kann. Aber ich möchte, dass ihr eines wisst: Wenn ihr mich jemals braucht, werde ich für euch da sein. Nach all dem, was ich versäumt habe, fehlt mir das Recht, mich euer Vater zu nennen. – Aber wenn ihr wollt, können wir versuchen, Freunde zu sein."

„Du bist viel mehr als nur ein Freund", sagte Amy und umarmte ihn.

Und dann schloss auch Lou ihn in die Arme. „Amy hat Recht. Du *bist* unser Daddy und daran wird sich nichts ändern."

„Meine Töchter", murmelte Tim bewegt, als er sie beide an sich drückte.

„Da ist noch etwas, das ich dir erzählen wollte", sagte Lou, als er sie wieder losließ. „Wir bekommen das Land nicht. Die Idee mit der Reitschule hat sich zerschlagen."

„Oh, Lou, das tut mir Leid", sagte Tim voller Bedauern. „Du hattest so viel Energie auf das Projekt verwendet."

„Ach, weißt du", gestand Lou, „ich glaube sowieso, dass meine Gründe für das Unternehmen nur vorgeschoben waren. Ich wollte mich ... na ja .... etwas wichtig machen." Sie verzog spöttisch den Mund und blickte kurz zu ihrer Schwester. „Aber Amy hat mich inzwischen davon überzeugt, dass ich auch ohne Reitschule wichtig für die Farm bin. Ich gehöre hierher. Und wenn wir uns wirklich Gedanken darüber machen müssen, wie wir Heartland finanzieren sollen, dann werden mir die Geld bringenden Ideen schon nicht ausgehen."

„Das ist meine Lou, wie ich sie kenne!“, sagte Tim. „Und ich bin schon gespannt, etwas über deine nächsten Pläne zu erfahren. Allerdings“, fügte er widerstrebend hinzu, „muss ich euch jetzt wirklich verlassen, sonst verpasse ich den Flieger endgültig. Sehen wir uns bald wieder?“

Lou lächelte unter Tränen. „Glaubst du, ich lasse dich noch einmal los, nach all dem, was ich angestellt habe, um dich in unser Leben zurückzuholen?“

Amy grinste. „Australien ist nicht weit genug weg, du kannst dich nicht einmal dort vor Lou verstecken, Daddy.“

„Und ich dachte, wenigstens auf der anderen Seite der Erdkugel wäre ich sicher!“, entgegnete Tim lachend. Dann wandte er sich an Amy: „Und du, hör ja nicht auf, irgendwelche Risiken einzugehen, hörst du?“

„Och, das ist nicht zu befürchten“, neckte Lou.

„Und das nächste Mal, wenn wir uns sehen“, sagte Tim ernst, „reiten wir zu dritt aus.“

„Ich glaube, ich freue mich jetzt schon darauf!“, antwortete Lou.

Amy fiel plötzlich das alte Foto ein, das Lou auf ihrem Pony zeigte: glücklich, unbelastet – genau so erschien ihr die Schwester jetzt. Sie war eine ganz andere Person als die, die sie noch vor einer Stunde über ihre Ängste und Zweifel hinweggetröstet hatte.

„Denk immer daran, Lou “, sagte Tim, „du wirst gebraucht – und du gehörst hierher, ebenso wie Amy!“

Er küsste beide auf die Stirn, gab Sugar einen Klaps und verschwand in der Dunkelheit.

Nach kurzem Schweigen sagte Lou: „Es ist Nacht geworden. Lass uns reingehen."

Sugar schnaubte, als Amy und Lou ihn gleichzeitig streichelten.

„Weißt du was, Amy", sagte Lou, „ich glaube, jetzt sind wir wieder eine Familie – eine richtige Familie!"

„Ja", antwortete Amy. Sie lächelte. „Und wir halten zusammen, wir gehen gemeinsam, durch dick und dünn."

Worterklärungen

Absprung geben Der Reiter gibt dem Pferd das Signal, zum Absprung vor dem Hindernis anzusetzen, ohne es selbst entscheiden zu lassen.

Appaloosa amerikanische Pferderasse, bekannt als Indianerpony, häufig Schecken

aufhalftern das Halfter auflegen

Brechen gewaltsames Zureiten (den Willen des Pferdes brechen)

Gamaschen Beinschützer

Halfter gebissloser Zaum zum Führen des Pferdes

Headshaker (engl.) = „Kopfschläger" – der englische Begriff ist auch im deutschen Sprachraum gebräuchlich

Hufschlag hier: äußere Reitbahn

Hunter britische Jagdpferderasse

Join-up wörtl. „Kontaktaufnahme" oder „Verbindung herstellen" – Kurzbegriff der in Evans Buch „Der Pferdeflüsterer" beschriebenen Monthy-Roberts-Methode, das Vertrauen des Pferdes in der freien Arbeit zu gewinnen

Kardätsche spezielle Pferdebürste

kopfscheu Pferd, das sich nicht am Kopf anfassen und schwer oder gar nicht aufhalftern und -trensen lässt.

Military Reitsportdisziplin, die aus drei Prüfungen besteht: über feste Hindernisse im Gelände, im Springparcours und in der Dressur

Morgan (Horse) elegante amerikanische Pferderasse

Paddock kleiner Auslauf, Koppel

Painthorse (= buntes Pferd) Schecke

Roundpen eingezäunter Zirkel zur freien oder Longenarbeit mit dem Pferd

Schweifwurzel Schweifansatz (wird zum Transport bandagiert, damit das Pferd sich nicht die Schweifhaare abscheuert)

Streichkappen Schützer, die am untersten Gelenk der Hinterbeine angebracht werden, um zu verhindern, dass das Pferd sich beim Laufen selbst „streicht" (wie wir gelegentlich mit den Fußknöcheln)

Trensengebiss Gebissstück der Zäumung im Maul des Pferdes

trocken (Fachbegriff) gemeint: Kopf oder Beine im Sinne von klar strukturiert, nicht verschwommen, d. h. edel

Vollblut „arabisch" oder „englisch"; die beiden edelsten, vom Menschen geformten Pferderassen, in die keine Pferde anderer Rassen mehr eingekreuzt werden dürfen (u. a. die meisten Galopprennpferde)

Volte enger Kreis (auch Bahnfigur in der Dressur)

Leseprobe aus dem Heartland-Doppelband, Band 9 + 10
„Morgen kommt der neue Tag“ & „Mehr als nur ein Wort“
von Lauren Brooke
ISBN 978-3-473-34778-0

Das Pferd preschte vorwärts, den hellen, üppigen Schweif stolz erhoben. Atemlos verfolgte Amy, wie die Hufe über den Boden wirbelten. Der Reiter auf dem Rücken des Tieres saß gelassen, ohne jede Kraftanstrengung. Er schien mit dem Pferd verschmolzen zu sein, verlängerte die Galoppsprünge und brachte den Schecken in kürzester Zeit mit derselben Leichtigkeit wieder zum Trab.

Das Pferd reckte selbstbewusst den Kopf in die Höhe. Ein beeindruckendes Bild:

Es trug weder Zaum noch Sattel. Kein Zügel verband es mit dem Reiter, der auf seinem blanken Rücken saß. Und dennoch war die Beziehung zwischen ihnen unübersehbar.

Amy war tief beeindruckt. So viel sie auch wusste über das besondere Band, das zwischen einem Pferd und einem Menschen bestehen konnte, sie hatte noch niemals so etwas Großartiges gesehen. Das Pferd reagierte auf die kleinste Gewichtsverlagerung des Indianers. Er dirigierte den Schecken zum Tor des Trainingsringes herüber, dorthin, wo Amy stand. Sie strahlte ihn an. Doch im Gesicht des alten Mannes regte sich nichts. Aber seine braunen Augen hatten einen warmen Schimmer. Er glitt vom Rücken des Pferdes.

„Hallo, ich bin Amy Fleming“, sprach sie ihn an. „Sie müssen Huten sein.“

Der Mann taxierte sie mit Blicken, während er das Tor öffnete.

„Ihr Sohn Bill hat mich vom Haus aus hergeschickt", erklärte sie. „Ich bin mit meiner Schwester zusammen zu Besuch im Reservat hier. Sie kannten meine Mutter – Marion Fleming von der Heartland Farm in Virginia. Wir wollten Ihnen endlich ein Buch zurückgeben, das Sie ihr einmal geliehen haben."

Die bisher verschlossene Miene des Mannes wurde zugänglicher. Er schien sich zu erinnern.

„Marion Fleming", murmelte er, „die mit den Zauberhänden." Plötzlich verengten sich seine Augen. „Du sagtest, ich *kannte* deine Mutter. Was ist geschehen?"

„Sie – sie ist letztes Jahr gestorben." Obwohl Amy inzwischen einigermaßen mit ihrer Trauer umgehen konnte, fiel es ihr nach wie vor schwer, darüber zu reden. Jedes Mal überwältigte sie der Schmerz.

Auch Huten wirkte betroffen. Dann betrachtete er Amy eingehender. „Du warst schon einmal hier", sagte er. „Ich vergesse niemals ein Gesicht."

Amy nickte verblüfft. „Das ist richtig. Ich kam damals mit meiner Mutter. – Aber ich war erst sechs!" – Ihr selbst fielen keine Details dieser Reise mehr ein. Es war neun Jahre her, dass sie mit Marion das Cherokee-Reservat Ocanumba besucht hatte. Sie erinnerte sich lediglich an viel menschliche Wärme und an das Gefühl, einer großen Familie anzugehören.

Huten und das Paint Horse verließen den Ring. Noch immer folgte das Pferd dem alten Mann dichtauf – aus freiem Willen, ohne Halfter und Strick. Gemeinsam gingen sie einen schattigen

Weg entlang. Buchen und Roteichen säumten ihn zu beiden Seiten. In größerer Entfernung erstreckte sich rechts davon eine Bergkette. Links lagen Weiden, auf denen Pferde grasten.

„Ihre Art zu reiten ist beeindruckend", sagte Amy, „wirklich etwas ganz Besonderes."

Der alte Mann lächelte bedächtig. „Albatros ist etwas ganz Besonderes." Er streckte die Hand aus und liebkoste die Stirn des Pferdes. „Er galt als Verbrecher. Dabei ist er alles andere als das. Aber er ist stolz und hat einen starken Willen … und wenig Respekt."

„Meine Mutter hat immer gesagt, es gibt keine Verbrecher unter den Pferden", sagte Amy.

„Und da hatte sie Recht", stimmte Huten ihr zu. „Die meisten Pferde arbeiten freiwillig mit dem Menschen zusammen. Und wenn sie sich weigern etwas zu tun, haben sie dafür meist einen triftigen Grund."

Amy nickte. Ihre Mutter hätte es wohl nicht anders formuliert. Dennoch hatte sie selten ein so williges Pferd wie Albatros erlebt, das sich ohne Sattel und Trense reiten ließ. Albatros schnaubte, während er hinter ihnen hertrottete, und schüttelte den Kopf, um die Insekten zu vertreiben. Amy wischte ihm mit der Hand die Fliegen vom Fell und streichelte dann seinen Hals.

Was für ein erstaunliches Pferd, dachte sie, und was für ein erstaunlicher Mensch!

Eine junge Frau von etwa fünfundzwanzig Jahren wartete am Ende des Weges, der zum Gehöft führte. Die Sonne verlieh ihrem kurzen blonden Haar einen Goldschimmer.

„Das ist meine Schwester Lou“, sagte Amy zu Huten. „Sie ist etwas spazieren gegangen, während ich Ihnen zugeschaut habe.“

„Sie war damals nicht mit dabei“, bemerkte der Cherokee-Indianer.

Wieder war Amy von seinem Erinnerungsvermögen überrascht. „Nein“, bestätigte sie. „Lou ist in England aufgewachsen, in einem Internat. Sie ist erst nach dem Collegeabschluss in die Vereinigten Staaten gekommen.“

Sie erreichten Lou. „Das ist Huten Whitepath“, stellte Amy vor.

Lou streckte ihm die Hand entgegen. „Ich freue mich, Sie kennen zu lernen.“

Huten nickte und schüttelte die dargereichte Hand, ohne jedoch Lous Lächeln zu erwidern. „Bitte geht schon zur Hütte“, sagte er. „Ich bringe nur noch Albatros in den Stall.“

Amy und Lou folgten dem Weg, der zu einer großen Holzhütte führte, malerisch unter einigen alten Buchen.

„Lou, das war unglaublich!“, flüsterte Amy ihrer Schwester zu. „Du hättest es sehen müssen! Das war wie Telepathie zwischen Mensch und Pferd! Es ist, als könnte einer die Gedanken das anderen lesen. Kein Wunder, dass Mom sich hier wohl gefühlt hat!“

Lou lächelte. „Nun, mein Spaziergang war auch fantastisch. – Dieser Ort hat etwas Besonderes an sich.“

Amy nickte und atmete tief die klare Frühlingsluft. Das Ocanumba-Reservat befand sich hoch im Appalachengebirge, umgeben von riesigen Wäldern. Als sie sich der Hütte näherten, trat eine Frau mittleren Alters auf die Schwelle.

„Hallo!", begrüßte sie die Gäste. „Ich bin Barbara, Bills Frau. Er hat mir schon erzählt, dass ihr vorbeigekommen seid, um Huten zu besuchen. Immer herein!"

Sie folgten ihr in die Hütte. Sie war einfach, aber gemütlich eingerichtet. Die Wände waren mit farbenfrohen Teppichen geschmückt. Barbara lotste sie weiter zur Küche. Hier gab es einen großen Tisch, der die Mitte des Raumes einnahm, Regale mit Geschirr, Töpfen, Dosen und Tiegeln. Getrocknete Kräuter hingen in Bunden über dem altmodischen Herd, in dem ein Feuer knisterte.

„Meistens sitzen wir hier", erklärte Barbara. „Es ist der wärmste Platz im Haus. – Die Winter hier draußen haben es in sich, wie ihr euch vorstellen könnt." Sie schob den Vorhang zu einem benachbarten Raum beiseite und rief: „Carey, komm Hallo sagen!"

Ein Mädchen, das einige Jahre älter als Amy sein mochte, betrat die Küche. Amy bemerkte ihre große Ähnlichkeit mit Huten: Sie war ebenso schlank und drahtig und hatte seine markanten Augenbrauen, und sie bewegte sich mit derselben Anmut und Würde wie der Indianer.

„Hi, ich bin Amy Fleming."

„Und ich bin Lou."

„Hi", sagte Carey kurz angebunden. Amy betrachtete sie neugierig. Sie hätte sich gern mit ihr unterhalten, doch Carey wirkte nicht, als sei sie zu einem Schwatz mit den Gästen aufgelegt.

„Setzt euch", sagte Barbara mit einer einladenden Geste. „Bill und Huten werden auch gleich kommen. Ich habe heute Früh einen großen Nusskuchen gebacken. Der muss weg!"

In diesem Augenblick traten auch die Männer ein.

Wenig später saßen alle gemeinsam um den Küchentisch herum. Jeder hatte eine dampfende Tasse Kaffee vor sich stehen.

„Seid ihr auf ein paar Tage hergekommen?", erkundigte sich Bill freundlich, als seine Frau den Kuchen anschnitt. Anders als Huten und Carey war er offen und gesprächig – wie Barbara eben, dachte Amy.

„Weniger als ein paar Tage", erklärte Lou. „Wir haben lediglich ein langes Wochenende eingeplant. Am Freitagabend sind wir angekommen und wollen morgen Früh wieder zurückfahren. Wir können beim besten Willen nicht länger als zwei Nächte von Heartland fortbleiben."

„Was ist Heartland?", fragte Carey.

„Die Farm, auf der wir leben", antwortete Amy. „Eigentlich gehört sie unserem Großvater, Jack Bartlett. Aber unsere Mutter hat die alten Rinderställe zu Pferdeställen umbauen lassen. Wir nehmen Pferde auf, die Hilfe brauchen. Traumatisierte Tiere oder welche mit Verhaltensproblemen."

Huten bedachte Amy mit einem langen, nachdenklichen Blick. „Und wer arbeitet jetzt nach dem Tod deiner Mutter mit den Pferden?", fragte er schließlich. Amy registrierte die erschrockenen Blicke von Carey, Bill und Barbara. Offensichtlich war auch ihnen die Nachricht von Marions Tod neu.

Lou beantwortete die Frage: „Amy schult die Pferde, zusammen mit einem Gehilfen – Ty. Sie setzen die Arbeit auf dieselbe Art und Weise fort, wie sie von Marion begonnen wurde."

„Wir verwenden viele verschiedene Naturheilmittel, je nachdem, mit welchem Problem wir es zu tun haben", fügte Amy hinzu. „Doch das Wichtigste ist, dass wir versuchen, mit dem Pferd zu kommunizieren, ihm zuzuhören. – So wie Sie es auch tun."

Huten nickte geistesabwesend. Sein Blick schien durch Amy hindurchzusehen, als sei sie aus Glas.

„Und wie groß ist eure Farm?", erkundigte sich Bill.

„Wir haben achtzehn Boxen", sagte Amy. „Aber momentan sind nicht alle belegt. Sobald ein Pferd geheilt oder korrigiert ist, muss es die Farm verlassen, damit sein Platz für ein anderes frei wird, das unsere Hilfe braucht. Nur so kann es funktionieren."

„Gehst du denn nicht zur Schule?", erkundigte sich Carey etwas befremdet.

„Doch, klar!" Amy lächelte. „Aber ich stehe morgens früh um sechs auf, um Ty zur Hand zu gehen, und nachmittags arbeite ich mit den Pferden."

Carey hob eine Augenbraue und bemerkte: „Du bist ja verrückt!"

Amy fühlte sich vor den Kopf gestoßen. „Aber es macht mir Spaß!", widersprach sie heftig. Sie war irritiert. Wie konnte es sein, dass Carey so anders dachte, obwohl sie jemand wie Huten zum Großvater hatte?

Huten erwachte plötzlich aus seiner Versunkenheit und beugte sich über den Tisch. Er fixierte Amy mit seinem durchdringenden Blick. „Wie gut erinnerst du dich an deinen Besuch hier, Amy?"

Amy dachte nach. „Nicht mehr besonders gut", gab sie zu. „Ich glaube, wir sind nicht lange geblieben. Aber ich erinnere mich, dass meine Mutter hier sehr glücklich war." Sie wechselte einen Blick mit Lou. Beide wussten, dass Marion damals, vor neun Jahren, noch unter der Trennung von ihrem Mann litt. Tim, ein Springreiter von Weltklasseformat, hatte seine Frau und die beiden Töchter verlassen. Das war nach einem schweren Sturz im Parcours gewesen. Die Diagnose lautete Querschnittslähmung. Damals wusste Tim nicht, dass er wieder genesen würde, und er wollte der Familie keinen Pflegefall im Rollstuhl zumuten.

Huten nickte. „Ja, sie war glücklich, weil sie hier zu sich selbst zurückfand und weil sie ihre besondere Gabe entdeckte: die Zauberhände."

Amy hörte aufmerksam zu. Es war beinahe unheimlich, einem Fremden gegenüberzusitzen, der Marion so gut gekannt hatte.

„Und vor lauter Begeisterung", fuhr Huten fort, „hat sie ein Versprechen gegeben. – Ein Versprechen, dass sie nie gehalten hat."

„Welches Versprechen?", fragte Amy argwöhnisch. Sie hasste es, Schlechtes über ihre Mutter zu hören.

„... zurückzukommen", antwortete Huten. „Sie sagte, sie würde eines ihrer Pferde herbringen, damit wir gemeinsam damit arbeiten könnten." Er schwieg nachdenklich und fügte dann hinzu: „Sie wollte warten, bis die Zeit dafür reif ist."

Amy und Lou tauschten Blicke. In den vergangenen Monaten hatten sie eine ganze Menge Neues und Unbekanntes über ihre Mutter erfahren.

„Doch sie kam nicht wieder", fuhr Huten fort. „Und jetzt ist Marions Zeit abgelaufen."

Amy atmete tief durch. „Es gab immer so viel zu tun auf Heartland. Vermutlich …“ Ihr versagte die Stimme.

Auf Hutens Gesicht zeigte sich ein weises Lächeln. „Ich weiß, ich weiß. Es ist schwer, den rechten Zeitpunkt zu erkennen. Immer liegt er außerhalb unseres Horizonts.“

Schweigen senkte sich über die Runde am Tisch. Amy ließ Hutens Worte wirken und vermied es, Lou anzusehen. Sie spürte, dass ihre Schwester sich unbehaglich fühlte. Doch die Whitepath-Familie konnte mit der Stille umgehen.

„Wir haben Ihnen Ihr Buch zurückgebracht“, sagte Amy schließlich zu Huten.

Er nickte. „Es ist nach einem unserer Sprichworte benannt: ‚Hör zu oder deine Zunge macht dich taub!‘“

Nach kurzem Zögern ergänzte Amy: „Sie hatten eine Widmung hineingeschrieben: ‚Wenn dieses Buch keine Antworten mehr enthält, ist die rechte Zeit gekommen.‘ – Ich glaube, jetzt verstehe ich, was damit gemeint war.“

Sie bückte sich nach ihrem Rucksack und fischte ein kleines Buch heraus. Es war blau eingebunden und hatte abgestoßene Ecken. „Hier ist es.“

Huten nahm es mit einem Kopfnicken entgegen.

„Es tut mir wirklich Leid, dass Mom niemals Zeit gefunden hat“, sagte Amy traurig.

Die Schatten der Bäume wurden schon länger, als Amy und Lou am Abend die Hütte verließen.

„Soll ich euch den Stall zeigen?“, fragte Bill.

„Unheimlich gern!“, rief Amy aus.

Sie folgten Bill einen grasüberwucherten Weg entlang, der um die Hütte herum führte.

„Hier im Reservat gibt es mehrere Reitanlagen", erzählte er. „Sie bieten Urlaub in den Bergen an. Einige Leute kommen in den Ferien sehr gerne her. Aber wir passen auf, dass es nicht zu viele Touristen werden. Huten und ich versuchen, ihnen einen Einblick in die Lebensweise der Cherokee zu geben. Außerdem arbeiten wir mit Problempferden."

„So wie wir auf der Heartland Farm", sagte Amy.

„Das war wohl der Grund, weshalb eure Mutter herkam", sagte Bill lächelnd. Er führte sie zu dem großzügig angelegten Stallkomplex. Jedes Pferd verfügte über einen großen, zu einer Seite hin halb offenen Unterstand und ein eigenes Paddock. Aber nur wenige waren besetzt. „Unsere Pferde sind den ganzen Tag über draußen. Nur die, mit denen wir gerade arbeiten, bleiben im Stall. Es sind Herdentiere, sie gehören nicht in Einzelhaft."

Amy dachte darüber nach. Es war Routine, dass ein Pferd in eine Box gehörte. Aber warum eigentlich?, überlegte sie.

„Wisst ihr, obwohl wir eigentlich nur mit den Pferden arbeiten wollen, haben wir mindestens genauso viel mit den Menschen zu tun", fuhr Bill fort. „Sie werden magisch angezogen von diesem Ort. Vielleicht, weil die Cherokee noch vieles wissen, was sie in ihrer hektischen, lauten Welt vergessen haben. Wir bewahren unsere Traditionen und halten unsere Sprache lebendig."

„Sie sprechen Cherokee?", fragte Lou.

„Ja, immer wenn wir unter uns sind. Unsere Kultur ist uns wichtig."

In einem der Paddocks entdeckte Amy einen mageren Fuchs. Sein Fell war struppig, und die Rippen stachen unter der Haut hervor. Sie trat an die Umfriedung heran und streckte die Hand nach ihm aus, aber er scheute und trabte in den Schutz seines Unterstandes, von wo aus er die Besucher misstrauisch beäugte.

„Wir haben ihn Marverick genannt", erklärte Bill. „Ein Mustang. Er hat einiges durchgemacht und war halb verhungert, als wir ihn fanden. Es wird noch eine Weile brauchen, bis wir ihn herausgefüttert haben. Außerdem ist er kaum gezähmt. Da liegt noch viel Arbeit vor uns."

Amy wäre gern zu dem Mustang hineingegangen. Das Tier hatte etwas Besonderes, Unbändiges an sich, das sie faszinierte. Aber Lou begann zu drängeln: „Amy, wir müssen jetzt langsam ins Motel zurück fahren. Es ist spät!"

„Wenn du meinst", sagte Amy widerstrebend, „Dann sollten wir wohl reingehen und uns verabschieden."

Sie gingen zurück zur Hütte. In diesem Augenblick sah Amy die ersten Sterne am Himmel über dem dunklem Bergmassiv aufleuchten. Sie seufzte. Was für ein großartiger Ort!

„Jammerschade, dass wir nicht länger bleiben können!", sagte sie zu Lou.

Ihre Schwester lächelte. „Vermisst du Heartland nicht? – Oder jemand Bestimmten dort?", fügte sie hintergründig hinzu. Sie spielte auf Ty an. Seit einigen Wochen bestand zwischen Amy und dem Pferdepfleger mehr als nur Freundschaft, aber sie empfand diese Liebe noch immer als neu und seltsam.

„Na ja", sagte sie schließlich, „kann schon sein …"

„Es ist schwer, den rechten Zeitpunkt zu erkennen. Immer liegt er außerhalb unseres Horizonts", zitierte Amy die Worte des Indianers am nächsten Morgen. Sie saßen im Auto und waren auf dem Weg zurück nach Heartland. „Was glaubst du, hat Huten damit gemeint? – Warum ist Mom nie wieder hingefahren?"

Lou zögerte. „Ich – ich bin mir nicht sicher, ob sie das überhaupt wollte."

„Warum denn nicht?" Amy begriff, dass Lou sich bei den Indianern offenbar längst nicht so wohl gefühlt hatte wie sie selbst.

„Nun, auf der Farm ist immer so viel zu tun, und ein Pferd die ganze Strecke bis hierher zu transportieren, das ist doch verrückt! Bestimmt war das nur so dahingesagt, aber Huten hat sie eben beim Wort genommen."

Amy runzelte die Stirn. Sie war anderer Ansicht. Sie wusste, dass Marion alles getan hätte, um einem Pferd zu helfen. Ein Transport von der Heartland Farm bis in das Appalachengebirge wäre da kein Hindernis gewesen!

Amy und Lou waren oft geteilter Meinung. Es fiel ihnen nicht immer leicht, all die Veränderungen zu verkraften, die der Tod ihrer Mutter mit sich gebracht hatte. Lou war auf die Heartland Farm gezogen. Dafür hatte sie ihren lukrativen Job bei einer Bank in Manhattan aufgegeben. Außerdem konnten sie ihren Vater Tim ausfindig machen. Vor zwei Wochen hatte er sie auf der Heartland Farm besucht, nachdem er jahrelang aus ihrem Leben verschwunden war.

Tims Besuch war aufwühlend gewesen. Deshalb hatte der Großvater den Schwestern geraten, ein Wochenende über zu verreisen und sich zu erholen. Anfangs war Amy von der Idee wenig angetan gewesen. Aber dann war ihr das Buch, das Huten gehörte, in die Hände gefallen und sie hatte den Trip zum Ocanumba-Reservat vorgeschlagen.

Amy seufzte. Sie wollte Lous Worte nicht so stehen lassen. „Ich glaube nicht, dass Huten sich darüber beschweren wollte, dass Mom ihr Versprechen nicht gehalten hat“, überlegte sie. „Vielleicht er wollte einfach nur sagen, dass sie den richtigen Zeitpunkt verpasst hat. Und jetzt ist es zu spät.“

Lou zuckte die Achseln. „Ich bin mir da nicht so sicher. Das Versprechen war einfach nicht realistisch. Ziemlich unpraktisch!“

„Unpraktisch!“, neckte Amy. „Das war eben typisch Lou!“

Lou wurde rot, aber sie lächelte.

„Wenigstens einer muss schließlich auf dem Boden der Tatsachen bleiben.“

Amy schüttelte grinsend den Kopf und sah dann aus dem Fenster.

Vielleicht hatte Lou Recht. Es war sinnlos, sich darüber Gedanken zu machen, ob Marion etwas versäumt hatte. Andererseits war wirklich etwas ganz Besonderes an der Art und Weise, wie Huten die Dinge sah. Aber Lou hatte nicht zugeschaut, als er Albatros ritt. Sie konnte es nicht wissen ...

„Ich dachte, wir könnten gleich noch am Supermarkt vorbeifahren“, sagte Lou. „Das spart uns einen Trip in die Stadt. Oder hast du's eilig nach Heartland zu kommen?“

„Nein, das ist okay“, meinte Amy. – Sie waren fast zu Hause und in der Nähe eines Gewerbegebietes, wohin sie manchmal einkaufen fuhren.

Lou bog von der Schnellstraße ab und fuhr auf den Parkplatz des Shopping-Centers.

„Lou!“, rief Amy plötzlich aus, als ihre Schwester den Wagen rückwärts in eine Parklücke bugsierte. „Da ist Ty!“

Der junge Mann ging zielstrebig auf den Eingang des Gebäudes zu.

„Brauchst du mich noch oder kann ich mit ihm zurückfahren?“, fragte Amy, während sie schon die Tür aufstieß.

Lou lächelte. „Mach nur! Wir sehen uns dann auf der Farm!“

Amy sprang aus dem Auto und rannte über den Parkplatz. Ty war inzwischen hineingegangen. Amy folgte ihm und blieb ratlos im Eingangsbereich stehen. Plötzlich entdeckte sie seine schlanke Gestalt auf einer der Rolltreppen. „Ty!“, rief sie und sprintete los. Sie erreichte die Rolltreppe und nahm mehrere Stufen auf einmal. „Ty!“

Er fuhr überrascht herum. „Amy! – Wo kommst du denn her!“

Sie erreichte ihn mit großen Schritten, und er umarmte sie spontan. Lachend blickte sie zu ihm auf. Da beugte er sich herab, um sie zu küssen.

„Ty!“ Amy befreite sich aus seinen Armen. „Wir sind im Supermarkt!“

„Na, und?“, entgegnete er.

„Na, und? Berechtigte Frage, Amy!“, ließ sich eine Stimme hinter ihnen vernehmen. Amy erkannte sie sofort. Sie gehörte ihrer Klassenkameradin Ashley Grant, der schrecklichsten Person, die Amy je über den Weg gelaufen war.

Ashley warf ihr platinblond gefärbtes Haar mit einer einstudierten Geste über die Schulter und bedachte Amy mit einem hämischen Grinsen. „Wie überaus romantisch“, sagte sie herablassend. „Knutschorgie auf der Rolltreppe. Und keiner war bisher im Bilde über euch zwei. Aber da bin ich mit Ty einer Meinung: Ein Supermarkt ist schließlich der beste Ort, um eine Verlobung bekannt zu geben!“

Amy fühlte, wie das Blut in ihren Schläfen pulsierte. Sie konnte sich denken, dass ihr Gesicht puterrot aussah. Ashley war wirklich die Letzte, die sie in das Geheimnis ihrer Beziehung mit Ty einweihen wollte! Sie hatte die lästige Angewohnheit, einfach alles in den Dreck zu ziehen.

Mühsam zwang Amy sich, ruhig zu bleiben. „Das geht dich gar nichts an, Ashley!“

„Natürlich nicht, Amy“, versetzte die andere. „Aber rein geschäftlich gesehen, ist es ziemlich unprofessionell, sich mit dem Stallburschen einzulassen, oder? Nicht, dass es mich überrascht. Ihr auf Heartland hattet noch niemals Stil.“

Ravensburger Bücher

Ein Muss für alle Heartland-Fans

4 Doppelbände der beliebten Serie!

Band 3 & 4

ISBN 978-3-473-**34775**-9

Band 5 & 6

ISBN 978-3-473-**34776**-6

Band 7 & 8

ISBN 978-3-473-**34777**-3

Band 9 & 10

ISBN 978-3-473-**34778**-0

www.ravensburger.de

Ravensburger

HC_09_045